MINGUO TONGSU XIAOSHUO
DIANCANG WENKU

流水浮云·雪地沉冤

民国通俗小说典藏文库·冯玉奇卷

冯玉奇◎著

中国文史出版社

目　　录

流水浮云

雪地沉冤

流 水 浮 云

第一回

名园留芳影两小无猜

和煦的阳光照耀在一条富有诗情画意的、挺直的环龙路上，两旁树上嫩绿色的树叶儿更显出它的幽静美丽的姿态。到处都是和暖的生气，蓬勃的景象，显然春天是已经降临在人间了，尤其是青年的人们，感觉到这是一个多么使人愉快的季节啊！

因为今天是星期日，所以路上的行人来来往往的，拥挤得了不得，尤其是戏院里、公园内，更充满了比往日还多的游客。年轻的“他”和“她”含了春风得意、甜情蜜意的浅笑，正是他们总动员的当儿了。

在复兴公司的大门口站着一个青年，他穿了一套灰色哔叽的西装，在肩头上还背了一架镜箱。他那张英俊的脸蛋上露了一丝和蔼的笑容，他的头发是亮得光可鉴人，倒是煞费了一番苦心，经过了很细心的修饰。

时间是无情地不知不觉地溜了过去，而这个青年还是呆呆地站着，两眼只是望着前面呆呆地出神，他的态度由安闲而转变焦急了，同时脸上的一丝微笑却也已经变成了愁眉不展。他眼瞧着前面一对一对男女情侣手挽着手，满面春风地低语着、微笑着，向着公园门内走了进去，使他想到了还未到来的她，一时真觉得有些羡慕。这个青年姓田名云侠，今天才只有二十一岁，还在华光大学念书。因了今天是星期日，所以他约了他的女友杜毓英，也可以说是情人，预备在公园拍小照游玩，谁知道左等不来，右等也是不来，所以使他不免有些失望。其实等人本来是一件心焦的事情，何况所等的又是他所心爱的情人呢。

大凡一个青年与一个刚相识的异性发生了一些好感之后，就觉得最好立刻知道对方的性情，并家庭间一切的状况，能做更进一步的认识。这个田云侠就是上面所说的这一类典型。此刻他因了心中焦急的缘故，所以根本没有注意时间究竟已是过去了多少时刻，偶然地向自己手腕上那只手表望了一眼，一时连自己也不禁扑哧一声笑了出来。原来他瞧了手表之后，这才知道时候是离开约会尚有十分钟。因为当初原对她说定的是二时正在公园门口等候，此刻表上的长针不是还只有指在那十时的字母上吗？于是在他的脸上又恢复了刚才收敛的笑容，他依然展开了十分的希望，挺直了自己的胸部，表示非常骄傲的神气。但想想自己那种急于要和她见面的心理，觉得不免真也有些痴得可怜，好像对于这个约会，比接洽一件什么赚大钱的生意还要紧十分，所以在宿舍中吃了中饭，便急急地赶了来。也没有仔细瞧瞧是什么时候，害得自己在公园门口白白地等着干急，真也糊涂得透顶的了，现在想起来，真有些好笑。但换句话说，不也是为了对她有着一种特别好感吗？可是她到底比我聪明，姗姗来迟。假使她要迟到一分钟的话，我一定要罚她呢！云侠暗暗地思量了一会儿，忽然心中又想：她这个姑娘虽然生得非常美丽，但她像玫瑰花朵儿般生长了刺，也是一个厉害的角色。等一会儿与她见面时候，我和她谈话中倒要留心一些，不要太欢喜得显形于色，把什么话都嚷了出来，那么和她见面第一句说的话该是说些什么，接着第二句、第三句以至告别的时候说些什么，他已经是都考虑到了。其实这个考虑原是多余的事，因为今天约会并非是谈判什么条件，那么需要把要紧的话在肚子中打一个草稿，不至于有吃亏的地方，但今天约会根本是一同游春，见面时要说的话当然随时都有变化。这也可见一个初恋的少年，对一个女朋友热情到这一份样儿的地步。

“云侠，你已等候好久了吧？啊，真对不起！”

“不，我也刚到了不多一会儿。毓英，你也没有来迟……多少时候。”

因为云侠只管低了头思虑着，所以对于四周的一切倒反而没有像刚才那样注意了。此刻忽然耳旁听见有人在招呼他，抬头一见，正是他所渴望的心上人，在他的心中这就真有一种说不出的欢喜，连忙含笑向她回答着。虽然自己是的确足足已等了一个钟点，在她未到之前，心中很有埋怨她几句的意思，但此刻见了她人之后，也不知为什么，竟鼓不起一点儿勇气，所以说到末了一句的时候，又觉得说不上去了。这大半还是为了尊重女权的缘故，以为男女约会总应该是男的先等女的，女的迟到了一点，这好像也是应该的事情。所以他把要埋怨出来的话，立刻又缩了进去，而且连忙急中生智地转变着说了一句“没有多少时候”。毓英当然不知道他肚子里有这许多思想，遂含笑点点头，两人边说边走地已走进了公园。

今天毓英似乎是显得特别高兴，她打扮得好像四月里的蔷薇花一般娇艳。她那婀娜苗条的身段，更衬托出她的亭亭玉立的风姿。在她笑盈盈的脸蛋儿上，时常可以见到有两个深深的惹人爱怜的酒窝儿，乌溜溜的眸珠水盈盈地老是望着云侠，逗着有意无意的甜笑。

“云侠，你带了镜箱，是不是预备给我拍照吗？”

毓英在偶然转眼瞥见了云侠肩头上所带着的镜箱，她不禁乐得把身子跳了一跳，显得仿佛是小鸟依人那么天真可爱。

“傻孩子，我带了镜箱，那还用问吗？当然是预备给你拍照来的。现在你可又快乐了？”

“嗯，我不依，老是动不动就叫人家傻孩子。看你那种老气横秋的样子，好像已经有了七八十岁的模样，那才叫人听了生气。”

毓英听了云侠这种口吻，她撇了小嘴，逗给他一个娇嗔，扭动着一下腰肢，这意态至少还包含了一些淘气的成分。云侠见她虽然说是生气了，不过粉脸上还掩不住地露出一丝笑容来。在暖和和的春阳光芒笼映之下，像一朵映日的海棠，但海棠却无其香，又仿佛是一朵芬芳的幽兰，所以在他的心眼儿里是更感到令人心醉，甜蜜蜜的。这就握紧了她的手，真是越瞧越爱，忍不住笑了一笑，故意地说道：

“哦，是的，我知道了。你的年纪也不算小了，当然是不喜欢做孩子了，那么你大概要做我的……”

“云侠，你敢再往下说，我可恼了。看你这人总是狗嘴里长不出象牙来！”

毓英不待他说下去，就急急地向他阻止，并且还鼓起了粉颊，表示这回可真的生气的模样。云侠知道这也许是女孩儿家的一种假惺惺作态的缘故，遂故作很失望的样子，微微地叹了一口气，说道：

“毓英，那么你难道不喜欢做我的……”

“嗯，你再说？你再说？”

“咦，奇怪了，你知道我说什么？干吗急得这个样子？”

“我知道你的心，你一定说不出什么好话来。”

“凭你这句话那就好了，我的心你知道，你的心我也知道，那么我们可说心心相印，是不是？”

云侠说到这里，望着她娇艳的两颊，还笑嘻嘻地追问。毓英低垂了头，赧赧然的，这回却并无什么表示，看她的意思，显然是已经默认了。云侠扑哧地一笑，他感到自己的胜利，心中不觉荡漾了一下。但毓英却斜偏了粉脸过来，恨恨地逗了他一个妩媚的白眼。

“好了好了，都是我不好，又要惹你这位好小姐发脾气了。毓英，你看那边一条小河，不是一个很好拍照的背景吗？我们还是正经地去拍照相吧。”

“谁和你生气？我就犯不着和你生气！”

云侠一面赔罪，一面拉了她的手，一同走到沿河的那枝垂杨荫底下去。和暖的春风把娇弱的柳条吹得撩东倒西，发出和谐的音节。一对对的蝴蝶在那红红的百花丛中飞舞。一双双的燕子在那层层的白云堆里追逐。这好像是启示着生命的活力，向着无边际的天空进展、奋斗。

“嗯，这样的姿势很好，可是脸上最好再加一点儿笑意。哎，嘴不要笑得太大，但是也不要笑得太小。要微笑，要微笑!”

“我从拍照到现在，也没有看见你这样难弄的摄影师。你到底叫我怎么样的笑法？我简直笑不出来了。”

“哎哎！这样很好，这样很好。你把脸再斜过来一点儿，嗯，好，好，好极了。不要动，不要动，眼睛瞧到我这儿来……”

毓英站在那枝垂杨荫下，纤手攀了柳丝，浅笑含颦地凝望着云侠，故作特别美妙的姿态。但云侠却一味地还要叫她笑得再美一点儿，把个毓英麻烦得恼起来。云侠这才哎哎两声，又叮嘱她别动别动。就在这两句话中，只听嘀嗒一声，毓英的倩影就摄入在照相的软片里去了。云侠很得意地笑道：

“我这摄影师的艺术不错，你这张照相，我准有把握。不但姿势好，而且风景又好，至于镜头的角度更好了。拍出来你看了，保险不会失望。”

“省省吧，吹牛的朋友，艺术就大高而不妙，也没有这么难弄的，笑得嘴张大了又不好，笑得闭了嘴又不好。人家还没有预备好，就拍了进去，我想这张照片明天洗出来，就不会好到什么地方去。”

“你不信，明天给你看了，你就知道我言之不谬。老实跟你说，我对于此道，素有研究。”

“你不要大言不惭，我也没有听人家一个真正有本领的人，专门做自我鼓吹的。”

“嘿，这算得了什么？你不见报上登载的什么星相家大吹大擂，还不是拼命地做自我鼓吹吗?”

“越是鼓吹得厉害，越是不学无术，卖野人头。没有知识的人才会上当。”

“你就说得人家这么一屁不值，人家还是外国留学的博士呢!”

“外国留学不一定是好的。得了吧，我们空争这些干什么？还是到别处再去拍照相玩儿吧。”

毓英话说到这里，乌圆眸珠一转，便调转话锋，忍不住好笑起来，于是他们两个人手挽手地又走到别处拍照去了。

夕阳是慢慢地西斜了，天空中浮现了五彩的云霞，但不多一会儿，又被一层暮霭所轻笼着。这是李义山所谓“夕阳无限好，只是近黄昏”的一句诗了。鸟倦飞而知还，云侠、毓英玩了一下午，两脚有点儿酸汪汪的，于是含了一颗甜蜜的心踱出了这使人尚有些留恋之情的园地。两人经过锦江茶室的门口，云侠的肚子感到一阵咕噜的怪叫，于是要毓英答应他一同去吃点心，毓英不忍拒绝他的一片盛意，遂点头说好，两人便走进了锦江茶室，拣了一张靠着墙壁的火车座桌旁坐了下来。云侠拿起点心单子，说道：

“毓英，你喜欢吃些什么，你自己点吧，这儿不是客气的地方。”

“你喜欢吃什么，我也喜欢吃的。随便你点好了，况且我的肚子也并不十分饿。”

“嗯，不错，我忘了刚才你说过，我的心你知道，那么你的心我自然也晓得。我点，我点，点来的点心，你一定喜欢吃。”

“瞧你这人，人家跟你正经地说，你偏爱这么贼秃嘻嘻的样子，被旁人听见了，成个什么意思？”

毓英一面说，一面心里真感觉得有些怪难为情的，红晕了粉脸，秋波逗给他一个娇嗔。云侠笑了一笑，这就不敢再作声，遂叫侍者拿上两碗虾仁鸡丝煨面，侍者答应下去。这里云侠遂给她斟了一杯香片茶，因为现在他们两人是坐在对面的缘故，所以云侠望着她那张白里透红的脸蛋儿，真有说不出的可爱，不禁呆呆地出了一会子神。毓英当然有些不好意思，遂瞅了他一眼，低低地说道：

“云侠，你怎么不认识我了吗？为什么老是望着我？”

“嗯，我觉得你真是生得太美丽了，叫人有点儿百看不厌。假使把你比方说八月里的桂子，恐怕桂子还没有像你那么幽香可爱。假使把你比方霜中的菊花，恐怕菊花也没有像你那么清高脱俗。比方说你是寒冬的水仙吧……”

“好了好了，给你开口一说，就是这么啰啰唆唆的一大套，真也亏你想得出来。假使聘你去做推销员的话，那倒一定是生意兴隆哩。”

两人正在甜情蜜意地说着笑话，侍者已将那煨面拿上来，两人遂不再说话，静悄悄地吃着面了。云侠忽然又想到了什么似的，望了她一眼，俏皮地说道：

“毓英，你说我像推销员，可是哪一家公司会录用我呢？”

“假使我开设什么公司的话，一定请你做营业主任。”

“真的吗？我想我们还是合伙开店吧，我做营业主任，你就在店里做经理。经理的才干也要好的，我觉得像你这么人才，假使给你在店里调度一切事务，生意保险蒸蒸日上，而且还可以添了不少小伙计哩。”

“哧！你这个坏东西，嘴里总喜欢说得不干不净的。我瞧你这一张油腔滑调的嘴真是越看越讨厌！”

“毓英，你难道不肯和我合伙开店吗？”

“不知道……”

“为什么不知道呢？”

这个毓英也是一个绝顶聪明的姑娘，她当然知道云侠的话中全是有着骨头的，所以恨恨地把秋波向他白了一眼，但却又感到他顽皮得有趣，忍不住嫣然地一笑，接着说道：

“只怕我没有这个资格。”

“绝对不会没有资格，我觉得除了你，就没有一个人配得上和我合伙开店。假使你不答应，我就永远地不开店了。”

“你不开店，与我又有什么相干呢？”

“毓英，你心肠这么硬吗？”

云侠见她大有拒绝的神气，心中一急，几乎要哭出来的样子。

毓英这就感到他对自己的痴心，遂情不自禁地扑哧一笑，低低地说道：

“你忙什么呢？我和你开玩笑的呀，你才是一个傻孩子哪！”

“毓英，承蒙你答应了，我心中真是感激你。哎，下星期日到我家中去吃饭好吗？”

云侠这才又展开了一丝春风得意的笑容来，十分喜欢地说。毓英摇了摇头，表示难以委决的样子，说道：

“陌陌生生的，恐怕有些难为情，我不去。”

“这怕什么？虽然我是个没有父母的人，但姑妈非常地爱我，就像我亲生的娘一样。她是个慈祥的老年人，而且她也很愿意见见你呢。”

“咦，这就奇怪了，她难道也知道你有像我这么一个女朋友吗？”

“嗯，这是我告诉她的，我说你是我生命中最知己的好朋友，换句话说，就像是我的意中人一样。我姑妈很欢喜，所以她老人家说要见见我这个心上人。”

“亏你说出来！你也真是一个天字号的老面皮！我真没有想到，你会对我有这么的好感。”

毓英见他这么得意忘形的样子，遂啐了他一口，心里真有点儿羞人答答的。但彼此已经是这么坦白了，所以她也不避什么嫌疑地说着，表示无限欣喜的神气。云侠笑了一笑，说道：

“这就连我自己也有点儿说不出所以然来，我觉得把你当作一个小妹妹地疼爱着。”

“那么我就做你小妹妹吧，从此我就叫你亲兄长。”

“不，这又何必呢？我倒不希望做你的亲兄长。”

“这又为什么呢？我觉得你这人说话反复无常，一会儿这样，一会儿那样，真有点儿靠不住。”

“毓英，你别刁难我了，我这一番苦心你难道还不晓得吗？”

云侠脉脉含情地向她凝望，他说话的语气，是求她赐予一点儿爱怜的成分。毓英微微地一笑，于是也就不再说什么了。两人吃毕点心，从锦江茶室里出来。这时黄昏已整个地降临了大地，街上几家百货商店内都已开亮着日光灯了。

“毓英，那么下星期日，你就准定到我家里来吃饭吧。我姑妈见了你这么一个美丽的姑娘，她心里一定十分欢喜的。”

“我想到了下星期日再说吧，反正还有七天日子哩。云侠，我们再会吧。”

“那么我讨街车送你回去。”

云侠和毓英在人行道上站着了，大家又这么地说了几句，遂给她叫了一辆人力车，还代她付了车资，方才握手分别。这时云侠瞧着人力车在暮色苍茫中渐渐地消逝了，自己也就跳上了一辆街车，回到学校的宿所里去了。

夜之神穿了黑漆漆的长袍，已步入了整个的宇宙。月亮姑娘在灰白的浮云堆里探露了一个晶莹玉洁的脸庞，她在吐露着一缕缕柔软的光芒。

第二回

妯娌演好戏如此家庭

蒲石路是一条很宽阔、很清静的街道，两旁法国梧桐，枝叶张盖得十分茂盛，在树蓬里面可以看见红色砖瓦高大的洋房，巍峨地矗立在半天。这些洋房里面，在敌伪的时期内，都住了什么要人、闻人、出风头的人物，差不多个个都是显赫一时，威风凛凛。这是一座五楼五底的花园洋房，门口两扇乌漆的大铁门，门口亮着清清楚楚的一盏大门灯，上书“杜公馆”三字，四周是相当清静幽雅，尤其在夜色降临了宇宙的时候，更显得万籁俱寂。就在这个当儿，远远地拉过一辆人力车，在杜公馆门口停了下来，车上跳下一个豆蔻年华的女郎，那就是和田云侠在锦江茶室分手的杜毓英了。毓英匆匆地走到铁门旁边，伸手在铁门上的电铃上揿了一下。不多一会儿，就见铁门右侧上的一个小圆洞里钻探出半个脸来，向外面望了一眼，一见是小姐回来了，遂很快地拉开边门，让毓英走进里面，并且还含了笑容，十分恭敬地叫了一声：“小姐，您回来了。”

毓英的父亲杜佛卿是社会上一个有名的银行界人物，论他的地位也相当高了，但是还不够满足他的欲望，所以竭力地和这些三点儿水的汉奸们互通声气。毓英是个很有思想的姑娘，对于父亲的行为自然十分不满意，但她是一个小辈的身份，因此也只好敢怒而不敢言的了。杜佛卿除了毓英这个女儿之外，还有三个儿子，大的叫俊杰，第二个叫邦杰，第三个叫人杰。老大、老二都已娶了妻子，但都是纨绔大少爷的派头，一天到晚吸鸦片、玩舞厅、赌铜钿，荒唐就是他们的日常工作；只有老三人杰是个很前进的青年，一则没有娶女人，一则还在求学时代。他们姊妹四个人，也只有人杰和毓英很合得来，因为毓英比人杰长一岁，所以人杰叫她姊姊的，十分亲热。

毓英在走完这一条花园的甬道，一脚跨进了会客室。只见她爸爸佛卿和几个陌生的客人正在高谈阔论，笑意生春，而且仆人们正在摆着桌子上的银台面，显然爸爸又在欢宴这一班时代的大人物了。毓英对于父亲结交这一班狐群狗党，心中是大不为然，所以也就只装没有看见的样子，低了头，自管匆匆地回到卧房里去。不料佛卿早已一眼看见了她，遂很高兴的神情把她叫住了，说道：

“毓英，你在什么地方游玩呀？怎么直到这时候才回家？”

“哦，我跟一个同学在看展览会，在外面又吃了一点儿点心，所以迟一点儿了。”

毓英被爸爸叫住了，这就没有了办法，只好停止了步。虽然芳心中有些跳跃，但她粉脸上还竭力镇静了态度，低低地圆了一个谎回答。杜佛卿笑着点头，一面指了指室内许多人，说道：

“毓英，你过来，我给你介绍。这位是陆基光大叔，他是宪兵队里总翻译。这位是沈龙华伯伯，他是警备司令部里书记官。这位张家骏老伯，他是一个大企业家，最近官运亨通，荣任税务局局长。你快给我一一地拜见了。”

毓英听父亲指点的那一批人，个个都是丧失心肝、廉耻全无的走狗，一时心中真有说不出的痛恨，要自己一个一个去称呼他们尊长，心中实在有些不大愿意，但迫于父命之下，那又有什么办法好呢？因此勉强含了一丝笑容，委委屈屈地走了上去，向他们一一地招呼了。

张家骏是个年近花甲的老年人了，但是因为营养得好的缘故，所以精神还很强健。他在国难的时期内，不惜丧心病狂勾结敌人，囤积居奇，所谓无恶不作，因此大大地发了一笔财。兼之最近又弄到了一个税务局的好差使，他哪里管得了是祸国害民的毒物，只要有钱到手，什么鸦片、吗啡，一切毒物都可以运进来。饱暖思淫欲，饥寒起盗心。张家骏有了这许多钱财之后，当然是需要女人的安慰了。所以他人老心不老，一天到晚见了女人色眯眯。他也不知讨了多少姨太太，租了多少小公馆，但大都是不久长的，最久半年，最短两三个月，花了一票钱，白相一个女人，在他也是无所谓。而实际上，他是伤了不少的阴骘，所以虽有三妻四妾，还是连一个儿女也没有。当时他一见了毓英，心头不免荡漾了一下，暗自想道：原来老杜还有这么一个花朵般的姑娘，自己女人也见得多，对于毓英这么美丽的少女，实在还是创见。此刻又听她清脆的喉音向自己低唤老伯，好像十分娇羞的模样，更觉令人心醉神迷。他呵呵地一阵大笑，耸了两耸肩膀，情不自禁地走上一步，把她手竟握了过来。这真所谓色胆大如天，在这个时候，他哪里还有什么尊长的资格？他只知道被一种色情的冲动，已经是变成一条春天的狗一样了，不过当他发觉毓英的粉脸上大有恼怒的神色，这才如梦初醒地放下了她的手。但他毕竟是个老奸巨猾的人，他还毫不介意的神气，哈哈地又笑了一阵，回头向佛卿望了一眼，显出羡慕的表情，说道：

“老杜，你几世修来的好福气，才有这么一个美丽的女儿呀！那叫我眼睛里看起来，实在是太羡慕了。”

“张老，你不用羡慕，假使你果真欢喜的话，我就把她过房给了你吧。要如毓英有你这么一个有财有势的过房爷，那还怕什么呢？”

“岂敢岂敢，只怕我没有这么好福气吧。”

张家骏听佛卿这样说，口里虽然是客气着，但他两眼却只管盯住在毓英的粉脸上，好像苍蝇见了血的神气。旁边陆基光、沈龙华等还附和着吃豆腐说：“好极了，好极了，张老还是准定收作了过房女儿吧。”毓英岂肯认贼作父，所以红了粉脸，便别转身子，头也不回地逃进里面去了。佛卿恐怕家骏生气，遂只好笑嘻嘻地说道：

“女孩儿家没见世面，她就怕难为情了。张老，你可别见气。”

“哪里哪里，害羞原是小姑娘的天性，我觉得令爱小姐真是太可爱了。她在什么学校里念书呀？”

“嗯，还在高中读书……什么学校，我倒记不得了。”

“哈哈，你这个做爸爸的也未免太以糊涂了，连女儿读书的学校都记不得了，可见你平日对于家事是不大过问的了。”

“我天天在外面接洽公务，大小事情至少有二三十件，你想，哪里还有精神来管孩子们的事情呢？好在孩子们都长大了，他们原也用不到我给他们再操心的了。”

他们在外面依然嘻嘻哈哈地谈笑着，这里毓英愤怒十分地走进里面，穿过小院子，经过大嫂的卧房，忽听一阵呜呜咽咽的哭声从房内播送出来，而且还听大哥的骂声十分凶恶。一时蹙了眉尖，暗想：大哥大嫂又在吵嘴了，这个家真是糟糕得很，因为夫妻吵嘴，外面人是不容易插嘴的，所以她也不打算进去劝他们。不料这时，房门开了，里面走出了小丫头阿芸，她一见了毓英，遂急急地叫道：

“三小姐，你来得正好，大少爷、大少奶吵得厉害，几乎要动手打起来了，你快进去劝劝他们吧！”

“好好儿的为什么老喜欢吵呀闹呀，像个什么样子！”

毓英听阿芸这样说，遂自言自语地埋怨着，身子也情不自禁地步入房中去了。只见大嫂坐在沙发上掩着脸呜呜咽咽地哭泣着。大哥俊杰却歪在红木的炕榻上，正在吞云吐雾地抽着大烟。这就说道：

“大哥，大嫂，你们为什么又要吵起来了？被人家知道了，岂不是笑话吗？并不是我做妹妹的老气横秋地来埋怨你们，夫妻常情，总要和睦为旨，要如这么常常吵闹，不但有伤感情，而且还会发生什么意外的不幸呢！”

“英姑娘，你倒来评评道理看，他一天到晚连个人影子也看不见，好容易此刻回家来了，我问他在什么地方，谁知道这句话又问错了，说我做妻子的不该管束一个做丈夫的。老实说，他现在还没有赚钱呢，我吃的、穿的、住的还都是靠着爷爷的，明天要如他赚了钱，我恐怕连一句屁都也没有资格放的了。你看他今年也快近三十岁的人了，名义上是个大学毕业的人，但按诸实际，什么事儿都干不来。一个青年，往后的日子长哩，总不能一辈子靠着父亲的。谁知他还是一点儿不求上进，吸鸦片、玩舞厅、跑赌场，是堕落的门径什么都会。你想，照你这样子下去，困马路的日子不是就在眼前吗？那叫我做人还有什么出头的日子呢？”

大嫂叶萍一见了毓英，好像是找到了一个诉苦的人似的，遂叫了一声英姑娘，一把眼泪一把鼻涕，滔滔不绝地说出了这一大篇的话。俊杰听她虽然是在告诉妹妹，但句句闲话是包含了讽刺谩骂自己的成分，所以心中这一愤怒，他丢了烟枪，猛可地从床上跳起身子，瞪着眼睛，好像把叶萍要吞下去的样子，大骂道：

“放你什么妈的臭狗屁！你啰啰唆唆地胆敢看不起我吗？你骂我困马路，你咒我没有好结果，你根本有了野心！”

“什么？我有什么野心？你说，你红口白舌地冤枉我，我不依，我跟你到婆婆那儿去评道理。你自己成天成夜地在外面玩女人，倒反而来咬我一口吗？好！好！喔喔！天哪！我不知前世作了什么孽，才嫁了这么一个好丈夫啊！”

“问你自己呀！你为什么要嫁给我？你福命好，你为什么不去嫁给别人呀！哼哼！你这种女人天下少有，我恨不得一拳打死你！”

“你打，你打！我本来不希望做什么人！给你打死了，我倒反而一切都干净了。哼哼！没有出息的东西！亏你有脸在世界上做人，自己连做人的资格都没有了，倒还想来打人吗？”

“好！你有种，你有种，我偏打你，我偏打你，打死了你，我情愿再给你抵命！”

俊杰被叶萍刺激得没有了落场势，这就有些骑虎难下了。他把心头一横，连叫了一声“好，好”，便怒目切齿地赶了上去，握着拳头，真的预备要把叶萍痛打的神气。毓英在旁边见到这个情形，一时也忍熬不住了，遂把身子拦到俊杰的面前，恨恨地逗给了他一个娇嗔，说道：

“大哥，你也想想自己的身份和地位，你不是码头小工，你不是拉车的赤脚人，什么可以动手讲打的吗？那似乎也太说不过去了。大哥，你把怒气平一平，大嫂虽然言语得罪了你，但也绝不是事出无因的，你且坐下来，我有几句话要对你谈一谈。想你也是一个聪明的人，要知道我们年轻的人，在这国破危急的时代，不替祖国去做一些事情，负一点儿救亡的责任，已经是很感到惭愧的了。何况再在社会上做一个勤吃懒做的寄生虫呢？你应该明白，吸鸦片、玩女人都是自灭的道路，直接地害了自身，间接地使国家衰弱。你且看上海这一隅之地，别的货物敌人都样样要统制配给，只有鸦片烟源源而来，盛销上海；至于这个麻醉青年意志的舞厅、妓院，也好像是雨后春笋地发展起来。从此可知敌人居心的险毒，他要灭绝我们人类，所以我们大凡有血肉的青年子女，应该要坚决自己的意志，绝不能受环境的支配，去随俗浮沉。我们要改造社会的不良和恶习，驱逐黑暗的掩埋，迎接光明的到临。大哥，妹妹是说不来话的小女孩子，倘若有得罪你的地方，你也不要生气。假使能够把妹妹的话采纳几句，那叫我心中很欢喜，很感激你了。”

毓英这一番话，虽然比叶萍说得更厉害着万倍，不过她脸上是含了笑容，语气是那么温和，完全显出一片好心的样子。俊杰在十分盛怒之下，反而慢慢地平静下来，而且还有些羞惭的感觉，他红了脸，低低地说道：

“妹妹，要如她也能和妹妹一样地好好儿劝慰我，我怎么会和她吵闹起来呢？不过我吸鸦片已经不是一月两月的日子了，只怪我那年害了胃痛病，因此把鸦片当作药医，不知不觉吸上了瘾头，现在已经有四五个年头了，所以一时里要戒绝，那也不是一件容易的事。至于我在舞厅游玩，其实不是真的白相女人，原是为了便利接洽生意的缘故，有几个西药行里的朋友，他们要在舞厅里坐坐，我怎么好不应酬人家呢？所以有些事情，在我也有不得已的苦衷，这是你们女孩子家所不能知道的。”

“大哥，我以为你这些话都是因为没有决心才这样的，我就不相信接洽生意一定要在舞厅里的。那么舞厅要如关门了的话，我看社会上大家就不用做生意了。至于你吸上鸦片是为了医病，但现在胃病好了，你总应该可以戒绝了，一个人只要有恒心，哪怕天大的事情，总也有解决的办法。大哥，我今日劝你的话，完全是金玉良言，并无一点儿虚伪的作用，所以你千万要仔细地想一想，切不能糊糊涂涂地过一辈子才好啊！”

毓英对于大哥这一番强辩的话当然是大不为然，遂摇了摇头，继续苦口婆心地向他劝告。俊杰到底也是一个明事理的人，虽然觉得要自己不吸烟、不跳舞，那是一件最最困难的事，不过外表上也只好敷衍着她，笑道：

“妹妹，你这些话当然说得对极了，不过一时之间要戒烟实在很痛苦的。所以我预备慢慢地先减少吸烟，然后再完全戒绝，这样我就可以拨云见天、重睹光明了。”

“大嫂，你听见了没有？大哥到底是个知识分子，他怎么会不晓得鸦片的毒害呢？只要和他吵闹，这倒反而越弄越僵了。”

毓英见大哥已有悔悟的意思，一时十分喜悦，扬着眉毛，回眸瞟了大嫂一眼，表示这一份得意的样子。叶萍也暗暗佩服毓英的手腕，她觉得无论什么事情，感化的力量是很大的，假使一味地拗执，这确实不是一件根本解决的办法。她拭了拭眼泪，逗了她一瞥感谢的目光，说道：

“英姑娘，真亏你有这一番话来把他劝醒过来，我心里真感激你。不过他这个人是靠不大住的，就只怕他此刻明白了，回头早又我行我素地把你一番金玉良言忘记得一干二净了。”

“大嫂，这是你过分考虑了，大哥绝不是这种口是心非的赖小人。他是一个堂堂七尺之躯的奇男子，他说要戒烟，他当然会实行的。假使他再不觉悟地沉沦在苦海里，老实地说，不但对不住我，而且也对不住他自己呀！”

毓英一面说一面把俏眼向俊杰脉脉地瞟，她这种捧人的话，显然是带着刺的成分。俊杰真有些坐立不安的样子，他觉得妹妹的厉害，但是却也奈何她不得，只好微微地笑了一笑。就在这个时候，阿芸匆匆地奔进来，说道：

“大少爷，老爷请您到外面陪客去。”

“哦，知道了。”

俊杰巴不得有阿芸来这一声请，他便头也不回地一溜烟似的走出房外去了。叶萍长长地叹了一口气，用了哀怨的目光向毓英望了一眼，低低地说道：

“英姑娘，我觉得你刚才这一番精神也是白花费的，他要如会觉悟的话，什么东道我都请。除非我死了，也许他会明白过来了。”

“大嫂，你何必说这些消极的话呢？我劝你自己身子保重一点儿吧。”

毓英见大嫂说完了这两句话，眼泪在她粉脸上又盈盈地淌了下来，一时心中亦觉黯然神伤，含了凄婉的口吻，向她低低地劝慰了一会儿，遂自管地回房来了。

天下的事情，真也无独有偶。毓英还未到自己的卧房，只听左首二哥的卧房里好像在展开一幕全武行，只听乒乒乓乓摔玻璃杯的声音，还有哭声、骂声一阵阵地播送出来。毓英想不到两房兄嫂都是一只袜筒管里的，觉得如此家庭真令人不胜感叹，这也许是爸爸作了孽，伤阴骘，所以才会产生了这两个不争气的哥哥来。一面想，一面又不得不匆匆地跨门进去。只见二嫂何秋心正在向邦杰破口大骂，说道：

“你说，你说，你还赖到什么地方去？昨天晚上一夜没有回来，还不是在外面玩女人吗？我看你穿父母、吃父母、住父母，而且还花了本钱，给你上学校里去读书，给你讨了老婆，你这样舒服的儿子，谁及得来你的福气？照理应该用功读书，力求上进，以期将来可以在社会上做一点儿事业才好。不料你早荒唐晚胡闹，跳舞是学校里第一要紧的功课，你不知在转什么念头，动没动还预备要打我的样子。你想得明白一点儿，我不是你家的丫头使女，你敢动我一根汗毛，哼哼，老实对你说，照你这种行为，恐怕你呀，吃苦的日子在不远哩！”

“好！好！你教训我！你教训我！妹妹来得很好，你倒听听她这贱人说的话，倒好像是我上八代的老祖宗，哪里还像是我的女人吗？我母亲也从来没有这样大声地骂过我，谁知你来把我教训，那你真是在做大乱梦！老实告诉你，我有我的自由，我喜欢不回家，我爱跳舞就跳舞，你无权来过问我！”

邦杰这个人平常本来有些怕老婆，因为秋心比叶萍泼辣，而且娘家也很有一些势力，所以她在丈夫面前非占一点儿上风不可。邦杰因为在妹妹的面前让女人这样放肆，那未免太失了面子，所以他也把脚一顿，也暴跳如雷地大骂起来。但秋心是并不会因邦杰的发火而稍稍退步的，她反而赶步上前，伸手一把抓住他西服领带，接着又哭哭啼啼地说道：

“你这是什么话？你爱跳舞就跳舞，你喜欢不回家就不回家？好！好！你说了不要赖，我们一同到爷爷那儿评道理去，这两句话是不是你应该说出来的？我为什么无权过问？我是不是你的妻子？英姑娘，你也听见的，你给我做一个见证。只要爷爷说一句话，我就是死了也甘心。”

邦杰一听她要把自己拉到爸爸面前去，一时不免急了起来，因为这两句话确实是不应该说的，所以涨红了脸，只好回头向毓英急急地求救。毓英见了，真是又好气又好笑，遂把秋心拉过一旁，低低地说道：

“二嫂，你看他发急了，还是放了他再说吧。”

“不行，他自己做错了事情，还不肯认错，反而来欺侮我。天下没有这么容易，我绝不肯放过他的。”

秋心却拉住他的领带，还不肯放松，满面显出怒气冲冲的样子回答。邦杰到底是个怕老婆的，遂只好厚了面皮，说道：

“就说是我错了，你也该先放了手，有话大家慢慢地说，叫英妹来评评道理。你这样恶狠狠地挟住我领带，不是要把我气管都勒断了吗？你若再不放手，那你简直要谋杀亲夫了！”

“英妹，你听，你听，这是他说的话吗？我谋杀他，我自己做寡妇吗？”

“那么二嫂你就先放了手，到底为了什么事情吵起来，我给你们做一个评判员吧。大家吵到爸爸那儿去，彼此也是没有什么面子的。”

秋心听他这样说，脸部上的表情虽然还是那么怨恨气愤，但她的手自动地会放了下来。毓英见二哥那种哭里带笑的意态，想想又要笑出来，觉得少年夫妻，吵闹本来就像寻开心，一会儿认真，一会儿闹笑，所以也用了一种俏皮的口吻，笑嘻嘻地说。邦杰见秋心放了手，才把身子躲闪到写字台旁边去，有些气馁的样子，告诉说道：

“妹妹，事情是这样的，昨天是星期六，下午没有课，同学请我吃饭。晚饭后大家有兴趣，就打了十二圈骨牌，不料一个同学输了很多的钱，一定不肯息手，因此不觉地又到了第二天早晨，我只好宿在同学的家里了。一觉醒转，已经午后，匆匆吃饭，因为同学赢了钱，请我瞧电影，我是情面难却，只好奉陪。看毕电影，急急回家，谁知你二嫂却跟我大吵而特吵，说我在外面跳舞、玩女人，这真是一件冤枉的事情。唉，也只有老天知道我的了。”

“英姑娘，你相信他这一篇鬼话吗？我真佩服他的本领，竟圆了这么一个滴水不漏的谎话，不过你是转错了念头，我可不是一个三岁的小孩子，我会相信你这些花言巧语吗？哼！天知道，看天会响雷来打死我，那么你才是真正地受了冤枉了！”

秋心听他絮絮地告诉了一大套的话，说到后面，还好像受了十二分委屈地深深地叹了一口气，这就冷笑了一声，逗给他一个白眼，这意态当然表示绝对不相信。毓英望了邦杰一眼，似乎很严肃的神气，低低地说道：

“我以为不管你是否在玩女人，抑是在玩骨牌，这样成天成夜地在外面，这也不是一件好事情。除非你在外面为祖国出力杀敌，否则你再说得圆滑一点儿，这你也逃不过‘荒唐’两个字。你说你要跳舞就跳舞，要不回家就不回家，二嫂无权过问，这你简直是胡说白道，亏你是个大学生嘴里说出来的。要知道夫妻情重，痛痒相关，当你一夜未归，二嫂一个人独坐灯下等你的时候，她心中是多么难受呢。就是她来管你，也完全是为了爱惜你身子的缘故，她为什么不去管别人，却来管你？你要仔细地想一想，那你以后一定也会不忍心再在外面过夜了。”

“这个我心中原也知道，因为她对我太凶恶了，所以我也无非说两句赌气的话而已。”

邦杰听了妹妹这一番话，他的态度是完全软化了，只好用了低沉的口吻，有些认错的意思强辩着。秋心听了，益发生气起来，说道：

“你自己做了好事，你还敢向我赌气吗？”

“我在朋友家里逢场作戏玩了一夜骨牌，也不能说是犯了杀头的罪名呀。”

“哼！你还要说朋友家里玩骨牌吗？你敢再说一声？”

“这……这是事实，我为什么不敢说呢？”

邦杰被秋心敲钉钻脚地问了下去，一时心头便别别地像小鹿般地乱撞起来。虽然他是竭力地镇静着态度，可是心虚的恐慌使他不免有些口吃的成分，支支吾吾地回答。毓英见哥哥这神情，也知道他说的大半是谎话，遂望了秋心一眼，笑道：

“在公说公有理、婆说婆有理的情形之下，叫我评判人也有些为难起来。二嫂，我的意思，这一次你就马马虎虎地不要追究他了。等明天有了相当证据之后，那时候看二哥还有什么话好辩白。”

“英姑娘，要不如你提起了‘证据’这两个字，我真险些忘记了，其实他在外面荒唐的行为，我已经是得到了铁一般的证据了。”

秋心被毓英这么一说，遂猛可地走到衣钩旁，把邦杰那领西服上褂取了下来，交给毓英，还连说了两声：“你看你看，这是什么印子？”毓英在灯光之下，见到那件浅灰色的西服上褂在肩胛上有个鲜红的唇膏印子，那分明是跳舞的时候，一个女子的嘴在肩上吻过的了，这就显出很不高兴的样子，白了邦杰一眼，冷笑道：

“二哥，你现在可以不用赖了，在跳舞还是在打牌，那已经是有事实可以来证明了。”

“这……这……是红墨水渍染上了。”

“哈哈，二哥，你也太会欺人了。一个青年做错了事没有关系，因为圣人也有三分错处，只要知过能改，那算不了什么。但是你偏偏说谎，这就太对不住你的良心了。我不是一个小孩子，况且我们是女人家，对于红墨水和唇膏的渍痕，我们虽然笨得很，但还总不至于会看不出来。”

“你说呀！你说呀！你现在还有什么话可说呢？”

邦杰被毓英说得哑口无言了，他觉得有些惭愧，红了脸，好像木然的样子。秋心这就又凶了起来，恶狠狠地白着眼睛，向他连连地逼问。邦杰还有什么话好说呢，他贼秃嘻嘻地笑了笑，只好低低地说道：

“昨天晚上实在是玩着骨牌，今天下午去茶室里坐一会儿，断命这个舞女偏偏矮得来，她把嘴唇膏弄在我的肩胛上，我还一点儿也不知道呢。”

“哼！你这块烂铜牌子已经是敲碎了，十句话哪有两句真的！我觉得你这些话多半还是造了谣言，昨天晚上要不是在外面和烂腐货开房间，随便什么东道，我都请。”

"好了好了，二嫂，你也别再要他说出来了。反正他不说，我们也很可想而知的了。"

毓英是个女孩儿家，对于二嫂这些粗俗的话，她有些难为情听进耳朵里去，遂劝阻着秋心，一面用了一本正经的口吻，向邦杰继续地说道：

"二哥，你到底还是一个在学校里求学的青年，岂可以在歌榭舞台中去醉生梦死呢？要知道，这种灯红酒绿的场所是我们青年堕落的门径，你若沉迷在其间，花费金钱不必说，消耗精神，那是更加可惜了。现在这个年头儿，我们在世界上偷生，照理是很可耻的。你不见多多少少的人，他们为了祖国、为民族，抛了父母，离了家乡，踏上了腥风血雨的征途，跨进了枪林弹雨的战场，挨着了饥饿，忍着了寒冷，和这强暴残忍的敌人做最后誓死的奋斗，为正义而流了鲜血，为自由而牺牲了生命。现在你和我固然不去为国效劳，那么至少也守了自己青年的本分。假使再要效那'商女不知亡国恨，隔江犹唱后庭花'的样子，我试问你，何以对得住抗战的将士？何以对得住自己的良心？"

"英姑娘这一番话说得真是沉痛极了，假使稍有一点儿天良的话，也应该痛悔前非了。但是他这个木然无知、没有灵感的人，他是并不知道英姑娘说这一番话也得费多少的心血。我知道这个人一定要拉他到爷爷那儿去一趟，叫爷爷停止付给经济，使他没有钱用，那么他才会安安心心地住在家里了。"

秋心一面说，一面走上去，伸手又把他拉住了，要向房外走。邦杰的弱点是被秋心窥中的。果然，邦杰听了她这两句话，急得满头大汗，他也顾不得妹妹在旁边，就赔了满面的笑容，苦苦哀求着说道：

"秋心，我的好妻房！过去的确实是我错了，从今以后，我是绝不敢再有荒唐的行为了。你千万要宽宏大量，马马虎虎地饶我这一遭吧！"

“哼！亏你是个堂堂七尺之躯的大丈夫，竟有这么厚皮地说出这几句不要面孔的话来！我不依，我不依，我一定要拖你到爷爷那儿去！你去！你去不去？”

“喔哟！喔哟！你这又是何苦来呢？常言道，一日夫妻百日恩，百夜夫妻海样深。我纵然有不好的地方，你也该瞧在结发之情，就宽放我这一次。妹妹，你怎么老是站在旁边哧哧地笑？你多少也给我代为向你二嫂讨一个情呀！难道当真地叫我到爸爸面前去出丑不成？”

秋心只管伸手把他拖拉到门外去，邦杰赖着不肯走，脸上显出小丑那么的笑脸来，一味地涎皮嬉脸的样子。因为毓英站在旁边抿着小嘴儿只管笑，这就又向妹妹埋怨地说。毓英把手指在颊上一划，撇了撇嘴，说道：

“你这种老面皮，就是去出出丑，那也没有什么大不了呀。”

“妹妹，你这话太黑心了，难道只管打落水狗，就没有一些怜悯心的吗？”

“落水狗我是不打的，二嫂，你听他说得怪可怜的，就马马虎虎地饶了他吧。不过，你下次要在外面再去荒唐的话，那你便怎么罚呢？”

“随便你们怎么罚，我都依得。好太太，你就把手放下了吧！”

邦杰贼秃嘻嘻的样子，还是向秋心连连地讨饶。秋心似乎想起刚才所受的委屈，还有些余气未消，遂冷笑道：

“谁要你此刻来拍马屁？我真没有福气来做你的好太太。刚才你那种凶恶的样子，好像恨不得要把我吞吃了的神气，可见你对我毫无一点儿夫妻之情。你以后假使再要在外面去玩女人，那你还是爽爽快快先把我打死了，那么让你快快活活地可以去寻欢作乐，再没有什么人来管束你了。”

“啊呀！天在头顶上，刚才是我凶还是你自己凶？老老实实地说一声好了。你看看这一地上的碎玻璃杯还不是你发的脾气吗？咦！

咦！你此刻好好儿的又哭起来，那不是太没有意思吗？”

女人唯一的法宝就是眼泪。秋心的哭倒并不是为了太受委屈，相反的，却是为了太占了男人的便宜，生恐被英姑娘传开去，说自己凶恶，所以她故作伤心的神情，说完了这两句话，便放了邦杰，倒在沙发上呜呜咽咽地哭起来了。邦杰叫了一声“啊呀”，搓着手，望了毓英一眼，表示真有些莫名其妙的样子。毓英笑道：

“不去管她，总而言之，你在外面宿夜玩女人，这总是你的大错而特错。二哥，我看这样吧，还是效绍兴戏里的小生这边有礼了，跪一跪么拉倒了。”

“妹妹，你还拼命地吃人家豆腐呢！”

“我是规规矩矩的话，谁高兴吃你的豆腐？你若怕难为情的话，我可以退出此房的。”

毓英见二哥红了两颊的神情，遂笑嘻嘻地一面说一面把身子向房门外走。她还回过头去，向邦杰眨了眨眼睛，逗给他一个顽皮的兔子脸。不料正在这时，忽然房外匆匆奔进一个小丫头来，毓英因为别转着头，自然没有看见，那个丫头也是冒冒失失的，这就两个人撞了一个满怀。毓英被她踏了一脚，忍不住“喔哟”了一声，弯了腰肢，恨恨地骂道：

“断命小花你这死丫头，抢火去吗？跑得这么快干吗？把我的脚趾头踏坏了！”

“因为……因为……老爷叫二少爷和三小姐、四少爷一同到外面坐席陪客去。我找了半天，不见三小姐、四少爷的人，所以急得慌了。”

小花是上房里的丫头，她涨红了小脸儿，一面口吃着说，一面至少是包含了害怕的神情。毓英见她可怜的样子，遂不再说什么了，因为她讨厌这一班狐群狗党，遂摇摇头，说道：

“你跟老爷去说，我有些不舒服，吃不下什么，要早点儿休息了。二哥，你去不去做陪客？”

“爸爸叫我去，那我怎么有不去的道理呢？我当然去。秋心，你不要伤心，一切还得请你原谅吧。”

邦杰觉得这是一个脱身的好机会，岂肯因此而错过呢？遂一面说一面到床前，把那件西服上褂匆匆地穿上，便一溜烟地奔出房外去了。小花见小姐不肯去，便也到大厅里回禀老爷去。这里毓英又向秋心劝慰了几句，方才大家到上房里。这时叶萍也在房内和杜太太谈天，仆妇开上饭菜，大家吃了晚饭之后，方才又各自回到房中去了。

毓英的卧房也相当宽敞，而且油漆着很美观的花纹。此刻在那盏绿荫荫纱罩笼映的灯光之下，觉得卧房里的一切更加包含了一点儿艺术的风味，室内的家具是全堂红木，而且是最新的式样。靠窗边还添置了一张玻璃写字台，台子上一盏绯色绿花纹的台灯，这时毓英坐在写字台旁边，正在研究她学校里的功课。四周静悄悄的，一丝声息也没有。忽然间有人伸手在毓英的眼睛上扪住了，因为是冷不防之间，所以这叫毓英倒不免大吃了一惊，急急地问道：

“是谁？是谁？”

“是我呀，三姊，你白天里玩得高兴，晚上却埋头苦干了？”

随了这两句话，毓英眼睛上的手放下了。回眸去看，还不是四弟人杰吗？因为他这两句话中显然是还有神秘的作用，因此粉脸像玫瑰花朵般地娇红起来，秋波逗给他一个娇嗔，埋怨地道：

“弟弟，你这人还是那么孩子气，干吗不声不响地唬我？我被你这么一来，那可真唬掉了我的灵魂。”

“该死！该死！姊姊魂灵唬跑了，我可赔不起你呀！”

人杰今年十七岁，比毓英小一年，他完全还是一个童心未泯的少年，一举一动多少还包含了一点儿天真的成分。他见毓英向他娇嗔着，却把手一合，反而嘻嘻地笑起来，显出那么顽皮的样子。毓英伸手把他拉过来，问道：

“你还只有刚回来吗？爸爸刚才找你，叫你大厅上陪客去，却不见你的人影子，回头爸爸要骂你。”

“我早知道啰。什么客啦，都是几只狗，谁高兴？要我陪他们吃饭，我情愿跟嘉利去白相，你不要看嘉利这只小花狗，此狗不比那狗，倒是挺忠心我的呢。”

人杰冷笑了一声，撇了撇嘴，讽刺地回答。毓英听他说得有趣，而且心中很感到痛快，这就抿了嘴微微地一笑，说道：

“你说得真好，但是在旁人面前，你千万说不得，知道吗？”

“知道……哎！哎！三姊，你下午上哪儿去游玩的呀？”

人杰“知道”这两个字是拖长音的，接着又“哎哎”了两声，好像想到了什么似的，笑嘻嘻地问。毓英被他问得那颗芳心再度地跳跃起来，但她故作生气的样子说道：

“干吗问得我这样紧？是不是你来管束我的行动吗？”

“哪里哪里，做弟弟的有资格能管束姊姊的行动吗？我不过随便问一声，三姊为什么却生气了？”

“我生什么气？你别胡说白道，那么你先告诉我，你在什么地方玩呀？年纪这么小就东逛西荡，跑到这么晚回家，这可不得了哪！”

毓英平静了脸色，故作一本正经的样子，向他大有教训的样子。但人杰顽皮地偎在她的身边，把手去拧她红喷喷的粉脸，“喔哟”了一声，笑道：

“你才长了我一岁，就这么老气横秋地来教训我了。我就先告诉你也没有关系，我在青年会跟同学看比赛足球，因为同学家里就在附近不远，所以他留我吃晚饭，我一吃完饭，马上就回来的。那么三姊你呢？总可以告诉我了吧。”

“我……我跟同学在公园游玩一会儿就回家的。”

毓英有些心虚，免不得支支吾吾地回答。人杰扑哧地一笑，“哦”了一声，拍了拍手，笑起来说道：

“嗯，对了对了，我还有一个同学王卿生也上我们那边来的，他说三点左右在公园里遇见你和一个西服青年在一同拍小照，还说情形十分亲热。我想这位大概是我未来的三姊夫了，几时能不能给我介绍介绍吗?”

“弟弟，你听他胡说，你要取笑我，我可恼了!”

人杰这几句话听到毓英的耳朵里，真是把她羞得连耳根子都红起来，这就把他捉住了，在他肋下去呵痒。人杰咯咯地笑弯了腰，只好连连地告饶。毓英才放了他，遂叫他把书本拿来，两人一同在灯下研究功课。静静地过了不知多少时候，壁上的钟已敲了十下，人杰伸手按在嘴上打个呵欠，大有倦意。就在这时候，忽然见爸爸和妈妈喜滋滋地走进房中来，好像有什么事情的样子。毓英、人杰同时站起身子，在叫过了一声爹妈之后，倒是呆呆地愣住了。

第三回

见钱眼睛凸庸夫泼妇

这是一间十分清静幽雅的书房，里面陈设着很考究的红木家具，四壁是苹绿色绲花的粉墙，其间悬挂着名家手笔的字画，一切都显出十分古色古香的情调。四周是非常静悄，只有一阵细微的声音呼噜呼噜地在空气中流动，同时在幽美柔和的灯光下，却弥漫了丝丝袅袅的烟雾。原来正中有张紫檀木的炕床，上面此刻正躺着两个人，在吞云吐雾地过着他们的烟瘾头儿。这两个人是谁呢？不用说的，当然是杜佛卿和张家骏了，他们在大厅里猜拳行令，觥筹交错，兴高采烈地吃毕了这一餐晚饭。俊杰、邦杰这一对难兄弟因为外面还有约会，所以早已溜之大吉。其余这班客人各有公务在身，所以也匆匆地别去。只有张家骏胸有城府，所以还留恋着没有走。佛卿因自己近来缺少现款，很想探探他的口气，是否肯调用款子，故而殷勤招待到书房里，两人横倒在烟盘旁抽他们的大烟了。

这时他们各人执了一支烟枪，凑在烟灯上面，你稀里我呼噜的，吸得津津有味。烟盘子里还放了两壶浓浓的红茶、一盘软糖、一盘水果，是预备随时甜甜嘴的意思，使吸烟的时候更有香味儿。家骏吸完了一筒之后，佛卿把另外装好的一支枪递到他的手里，很恭维的样子笑道：

“张老，你觉得这个烟味儿怎么样？还算不错吗？再吸一筒玩玩。这大烟是人家很远地从越南那边带来送给我，所以在上海实在很不容易尝得到。”

“嗯，这烟味儿确实与众不同，比云土还要香得多，不过我此刻已经很过瘾了，还是你自己来吸两筒吧。”

张家骏含了笑容，一面回答，一面摇了摇头，表示此刻不想再吸的意思。佛卿为了要博得他欢心的缘故，遂忙又说道：

“你既然认为这烟比云土还好，那我可以送你一罐子，回头给你带了去。”

“那你自己也要吸的，给了我，你不是没有了吗？”

“我还有两罐，一罐给了你，自己也留一罐子尽够了。张老，你最近在税务局里荣任了局长之后，生活一定是更加得意了。”

佛卿把说话的题目慢慢地转了过来，从他脸部上的表情猜想，可见他心眼儿里是十二分的羡慕。但家骏却摇摇头，毫不在意地说道：

“也不见得怎么样舒服，我觉得过去也是这么生活，现在也是这么生活，一点儿也没有什么样。所差别的是我现在跳下汽车的时候，人家呼我一声局长罢了。”

“嘿，张老，你这话有趣了，就是这一声局长很不容易受人叫呀！比方说我吧，虽然在银行界里有一点儿地位，但谁会来叫我一声局长呢？所以在我眼睛里看着你，你现在是够得意、够威风的了。”

佛卿听他说得那么轻描淡写，忍不住“嘿”的一声，表示自己达不到这个地位而眼热的意思。家骏笑了一笑，说道：

“这是你们外面人眼中这么看法，心里这么想法，其实我自己本身所感到的却并不觉得怎么的一回事，嗯，那也许是欲望都满足之后，反而感到一切都觉得空虚的了。”

“不过在你未任局长之前，我想你对于将要做局长的时候，心里总有几分得意吧？”

“话虽这么地说，但见了市长、省长、部长，还是得低头下气，所以身入宦海，也是十分烦恼。”

“这当然因为人是没有满足的缘故，假使给你做了大总统、国府主席，恐怕那时候你倒又想成神仙了。”

佛卿听他说着风凉话，忍不住微微地一笑，低低地回答。但家骏却轻轻地叹了一口气，好像有无限心事的样子，说道：

“做神仙我倒不想，但一个人要十全十美，那就很难得了。”

“我觉得张老真可说是十全十美了，多福多寿多……财，而且有地位、有名望，这你还有什么不如意呢？”

佛卿说到多寿下面，那应该是多子孙，但他却还一无儿女，因此顿了一顿，只好补说了一个多财。不过心中已经明白，他所感到不如意的，大概就是老来无子的缘故了。家骏连连摇摇头，说道：

“你是个明眼人，难道还不晓得膝下尚无一男半女吗？所以地位虽高，财产虽多，家中没有子女成群，那在我平日又是多么苦闷的事情，冷清清地走进，冷冰冰地走出，连叫我一声爸爸的人都没有，那怎么还能说我很如意呢？”

“张老，这样说来，你和我感觉上完全是相反的了，你是因为没有子女而感到苦闷，但我却因为子女太多了而感到烦恼。”

家骏听他皱了稀疏的眉毛，很感慨地说，一时有些茫无头绪的神气，望着他呆呆地出神，问道：

“我不懂你这话是什么意思。你有这么许多子女，家庭之中那是多么热闹，大的叫你爸爸，小的叫你爸爸，还有媳妇叫你爷爷，这是多么得意的事情。人家说起来，你是子孙满堂，福寿绵绵，这还有什么烦恼可说呢？”

“因为你没有养过儿女，所以怪不得你不知道其中的麻烦和痛苦。像我这一家的开销，少说也得几十万，有了子女没有用，不但没有帮助我做父亲的赚钱，而且还要花费。零用的不算，单拿几个人的教育费而说，其数也是相当可观了，所以把我在银行里做个行长的薪水来说，还维持不到家里几天的生活。为了这样，不得不动脑筋，将银行的存款看机会买股票、买条子，什么东西涨了囤什么，什么货色有利可图就买什么。有时候存户提取存款，而我货色没有脱手，因此东调西补，弄得焦头烂额。假使我只有像你张老这么一个人，开销省、负担轻，就可以高枕无忧，不必像我那样弄得连晚上睡觉都担心事呢！”

佛卿脸上含了一丝苦笑，先滔滔不绝地向他诉起苦来。在他心中当然也有计划，是可以作为等会儿调款的张本。家骏对于他这些话自然是不大相信，遂笑道：

“这是你老哥跟我太客气的话，其实你此刻花本钿栽培他们，将来子女们扬眉得意，那也是你老哥的福气呀！”

“不过‘福气’这两个字，福是空的，气倒是实在的呢！”

“你这话我总觉得不大为然，其实你有了子女，所以才这么说风凉话的吧？”

“哪里哪里，我实在觉得有些忧患着多子女呢！哎，哎，张老，我想你这样老当益壮的身体，就是再养几个子女也不算难呀！况且你有这么许多的姨太太，只要你自己努力些，还怕不制造几个小国民出来吗？”

佛卿在说完了自己本身的话之后，立刻又掉转话锋，表示向他鼓励的意思。家骏却微微地叹了一口气，有些失望的成分，说道：

“也不知道是我老了不中用呢，还是她们几个人都是石田难种玉的？”

“我想你大概命中得子要迟一点儿吧。”

“唉，你老兄和我真是在大开玩笑了，我今年已经五十八岁了，假使现在再不得子的话，那我除非要到棺材里再去养的了。”

“这倒不是那么说的，有个人八十岁得子的也不算稀奇呢。哎哎，张老，你的太太不用说，她当然是不会再生育了。那么你的大姨太，我见她生得白白胖胖，而且臀相当大，完全是一副多男的相，假使你着力一点儿的话，保险给你养个儿子的。”

家骏这两句话听到佛卿的耳朵里，倒是呆呆地窘住了，慌忙又含了笑容，竭力地向他奉承。但家骏却摇头叹气道：

“说起大姨太这个人是只有看相而无实际的，我和她也结合了快近十年了，但却是一屁也没有放过。其实这也难怪的，她本是长三堂子里的妓女，妓女大多数是不会生育的。”

“那么你的二姨太呢？她不是生得娇小玲珑吗？常言道，矮脚鸡娘会生蛋，二姨太定会养儿子的。也许你平常不大出力的缘故吧？”

“嘿，这件事情说起来还是一个秘密，我和你反正老朋友，那是无所谓的，我这二姨太却是个男子的身体，八月里也没有潮水呢！”

“啊，真的吗？原来没有经期的。那么这位三姨太呢？她难道也不会养的吗？”

“三姨太是人家一个死了丈夫的寡妇，看她样子，要她生小孩也是很难的了。”

“那么我的意思，你可以再讨几个姨太太做做试验品呀。我就不相信你会讨不着一个会生儿子的太太。”

佛卿明知他老了不中用了，但他却还打肿脸假充胖子，一切都推在女人的身上，心中想想，忍不住有些好笑，不过他故意显出一本正经的样子，存心吃他的豆腐。家骏觉得这给自己是个发挥心中意思的机会，遂皱了眉头，沉吟着说道：

“你这话虽然说得很有意思，但是我觉得也有一点儿困难，因为我是一个上了年纪的老头子，这是无论哪一个姑娘所不欢迎的。虽然我有的是地位和金钱，不过娶的姨太太也只有妓女和舞女，或是生意浪的女人，假使要讨一个黄花闺女，恐怕是太不容易。但生意上的女人，十个倒有九个不会生养的，我就是再讨得多一点儿，排成了队，编成了号，也是生不出一个儿子来。所以我现在有一个意思，我想讨一个年轻美貌的贵族千金，只要她肯嫁给我，我情愿和我的太太实行离婚，并且把我全部的家产划出一半归她管理，因为一个小姑娘，她一定是会生养的了。”

佛卿听他说完了这几句话，两眼望着自己微微地发笑，好像有什么作用的样子，这就暗暗地想了一会儿心事。他觉得非探听他一下意思不可了，遂笑道：

“张老既然有这一种意思，那也并不是一件困难的事情，我想你老且不要心急，等有什么机会的话，能够给我遇见一个美丽的好姑娘，我一定可以给你做月老，成全你的好事怎么样？”

“现在我已经发现了一位美丽的好姑娘了，这位姑娘在我眼睛里看起来，好比是月里嫦娥女天仙，这真是我理想中的好太太。不过这里有个困难，就不知道对方究竟肯不肯嫁给我。”

家骏内心一种兽欲的冲动，使他不知不觉地会忘记了廉耻，忘记了人格。其实这种人就本来没有什么人格可言，所以他鼓足了勇气，终于慢慢地说得接近起来。佛卿在起初原本已猜到了几分，但到底还不能十分肯定，此刻听了他这些话，那已经是很显明了，不由暗想：怪不得他刚才一见到了毓英，就显出那样失魂落魄的样子，原来这个老甲鱼却在转她的念头了。一时心中又计算了一会儿，方才低低地问道：

“哦，原来张老已经看中一个对象了，不知道是谁家的姑娘？能不能向我说出来听听吗？假使我也有几分认识的话，那或许我可以帮助你去做媒，只要你条件依得到，我想人家一定也乐而答应的吧。”

“说起这个姑娘，你老兄不但认识，而且还知道得很详细，只要你肯出力帮一点儿忙，事情也许有五成把握。”

佛卿见他说得那么神秘的样子，心中暗暗好笑，觉得这个老头子真是好色如命，我倒可以趁此发一票大财了。于是又故作纳闷的神气，急急地问道：

“张老，你说话不要那么藏头露尾的，到底是谁家姑娘呢？还是老老实实地说给我知道吧。”

“近在眼前，远在天边，就是……”

家骏到底是穿着衣服的一个人，所以他要说不说的，究竟有些怕难为情。说到“就是”的时候，顿了一顿，两颊早已涨得猪肝色了，便支支吾吾地再也说不下去。佛卿总不好意思自己承认上去，所以迫不及待的表情，急急追问道：

“就是哪一个呢？说呀，说呀，难道你还怕着难为情不成？”

“好，好，我说我说。因为我刚才瞧见你的令爱小姐之后，不知怎么的，我的老魂灵好像会失落一魄似的，觉得这样美丽的姑娘实在是不可多得。不要说全上海找不到第二个，就是全中国甚至全世界，恐怕也找不出像她那么美丽可爱的女子了。因此我的心中不免有些想入非非，要想娶一个像你令爱小姐那么姑娘做太太。但是这当然你不肯答应的，所以我要求你给我留心，倘然遇到和令爱小姐一样好人才的姑娘，那么你就给我做一个媒好不好？”

家骏真是一个老奸巨猾的东西，他不好意思说一定要向毓英求婚，所以故意地还绕了这么一个圈子说话。佛卿当然也明白他多半还是为了怕羞的缘故，不过他也不肯直接地就愿意答应把女儿嫁给他，当然很需要搭一点儿架子，说道：

“要和我女儿长得一模一样的姑娘，在上海倒很不容易找到的，就是找到了，也得非五年十年不可。那时候别的不成问题，就怕张老没有精力再养儿女了，所以你委托我找寻，我真有些不堪当此重任。”

“老哥，那么你难道忍心看着小弟断子绝孙吗？我觉得你也太不够朋友的情分了。唉，天下最难的就是知己呢！”

家骏看他的神情，听他的口气，也觉得他无非是刁难而已。心中一急，他终于厚了面皮，一面说，一面叹气，表示很失望而又很不快乐的样子。佛卿把烟膏子在烟灯上调和着，装在烟头上，用钢针扦刺了一个洞，送到家骏的面前，含了满面笑容，低低地说道：

“张老，你且不要难过，快再吸一筒烟，我们慢慢再好商量办法的。”

“咳，你若对我有一分同情的心，我以为你总应该给我想一个办法。”

佛卿这举动完全是拍马的意思。家骏知道事情已有转圜的余地，遂接过烟枪，一面呼噜呼噜地抽吸，一面还激动地说。佛卿笑了一笑，说道：

“被你这么一说，我假使不帮助你，那你断子绝孙倒好像是我伤的阴骘了。为了你张家一脉香烟的关系，我可以牺牲一点儿，情愿把我的女儿嫁给你，你还能说我对朋友不够交情吗？”

“老杜，你这话可当真的吗？”

家骏听他居然答应了自己，心中这一快乐，他的老心花也不免朵朵地开起来了，猛可地握住了佛卿的手，满面显出无限惊喜的样子，急急地问。佛卿笑道：

“我说的当然是真的，不过就只怕我小女不受抬举。”

“我以为你是一家之主，儿女的婚姻应由你父亲做主，所以我说令爱小姐方面倒不成问题，唯恐你老哥不肯真心地玉成，那事情就觉得麻烦了。”

家骏的心中，在一热之后又感到一冷，觉得佛卿这人也不是直爽的人，刁钻古怪，当然也是一只老狐狸，虽然很想和他谈条件，但觉得还没有到这个时候，所以先微皱了眉毛，竭力地拿话去俏皮他。佛卿连连摇头，显出十二分认真的样子，急急地向他解释说道：

“张老，你以为这是我故意地刁难你吗？这你也未免太以冤枉我了。要知道现在的时代不同了，比不了十八世纪，我们做父母的对于儿女的婚姻可以全权做主，但现在他们都在学校里读书，无论什么都学会了文明，说什么恋爱自由、婚姻自主，做父母的就只好顾问而已。所以我的意思，明天先问过了我的小女，然后再给你答复可好？”

“不行不行，这是无论什么都不行的。”

“你说什么不行呀？”

“我说你令爱小姐绝不肯答应的，你去问她，这似乎多此一举。”

“为什么？你这样高的地位和名望，也许我女儿是愿意嫁给你的。”

“唉，地位虽高，但人太老了，哪个红颜肯伴白发呢？”

家骏倒也很明白自己的缺点，一面说，一面微微地叹了一口气，大有怨恨自己年纪过得太老的样子。佛卿沉吟了一会儿，他在考虑用什么话来满足自己的欲望，过了一会儿，才低低地说道：

“你虽然年纪很老，不过精神却很好。我瞧起来还不算什么苍老，至多三十几岁可以瞧呢。”

“这也许是在你的眼睛里看着，要如被你令爱小姐看起来，就绝不会这么地说了。所以我的意思，你要去征求她的同意，那是万万也不能成功的。除非你硬一硬心肠，放出做父亲的尊严来，那么她不肯也就只好肯的了。”

“你这话倒也有道理，也好，我就答应你，不过……”

“不过什么？我已经明白了，你说吧，只要你答应我，我总也可以答应你。”

佛卿说到“不过”两字，他又顿住了，表示还有什么问题的意思。家骏不等他说下去，表示明眼人不必细说的意思，遂显出非常漂亮的样子，直爽地回答。佛卿笑了一笑，方才厚了面皮说道：

“这几天股票想不到会大跌，这当然一半还是为了银根太紧的缘故，所以多头大户出笼。我因为看准行情要好，假使就此斩掉，实在太感可惜，倘然任它套牢着，头寸方面又感周旋不灵，因此弄得我进退两难。”

“我道为了什么事情，原来是这一点儿小问题。你放心，你缺少多少头寸？我可以帮助你，就是我们不谈婚姻，那么朋友也应该有通财之义呀！”

家骏一改变他小儿科的脾气，居然显出十二分慷慨的神情，很痛快地回答。佛卿沉吟了一会儿，略有惭愧的意思，说道：

“这数目在我说来也很可观，不过在老兄身上，就好比拔去一根汗毛，最好是暂调三千万。等股票行情一好，马上可以原璧奉还，而且利息照市付给，绝不失信。”

“哪里哪里，老哥说话也未免太生疏了，三千万区区之数，还谈得到‘利息’两字吗？那叫我太不好意思了！”

家骏一听他狮子大开口，就借三千万，一时倒不免大吃了一惊。但是为了要看中他的女儿，没有办法，也只好镇静了态度，表示毫不在意的样子，笑嘻嘻地答应了。虽然他心头感到有些疼痛，但是一想到了毓英的可爱，他把痛苦也会被一阵甜蜜所掩去了。佛卿想不到他会一点儿也不打折扣，一时和家骏相反地感到无限快乐，遂连连地道谢说道：

“张老，你肯这样帮忙，这真是我的重生父母一样了，我一定不会忘记你的大恩！”

“这是哪里话？你把女儿嫁给我，那你就是我的老丈人了，怎么还能向我感激说重生父母？这岂不是活活地折死我了吗？”

“不过现在还没有实行之前，我岂敢先以老丈人自居呢？哈哈！哈哈！”

家骏被佛卿这一阵子大笑，他的脸又变成血喷猪头一般地红起来，为了避免难为情起见，于是也附和着哈哈地狂笑起来了。两人险恶地笑了一会儿，佛卿便老老实实地又说道：

“张老，那么最好你是开明天的即期支票。”

“没有关系，好在支票簿带在身边，我可以马上开给你。不过对于你这个张老的称呼，还是给我改掉了吧。”

“这……我是尊敬的意思，一班社会闻人，人家不是都称呼某老某老的吗？”

“我也知道你是尊敬的意思，不过我要预备跟你令爱小姐结婚，所以此刻最感到可恨的就是这个‘老’字。况且你是老丈人，哪里称呼一个女婿有这样口吻吗？所以这个要请你改掉，没有关系，你以后只管叫我名字。我也不敢再向你称兄道弟，应该恭而敬之称呼大人。大人，你说我这个话可对吗?”

家骏一面开好了支票，一面向佛卿絮絮地说出了这一篇话。但他还表示认乎其真的神气，真的先开始叫了一声大人，然后把支票交到他的手里。佛卿几乎忍俊不禁，一面接过支票，一面也只好却之不恭地把他这一声大人接受下来。其实家骏是个有打算的人，他这一声大人叫着，就表示敲定的意思，要佛卿无论如何非强逼他女儿嫁给自己不可，你想他是一个多么厉害的角色。此刻见佛卿接受了支票，不发一语，于是又接着说道：

“大人，我今天已给你解决头寸的困难了，那么你明天得给我一个喜信。”

“当然当然，回头我马上和太太去商量，然后一同再向小女去说，保险绝对没有什么困难的问题。”

“我这么留一个退步想想，万一你女儿倒不肯答应，你预备怎么地解决呢?”

“我们先和她好言相劝，劝不听的话，我就用强迫手段。好在她还只有十八岁，并不是二十八岁。一个小姑娘，我总还能够有捏得住的把握。”

佛卿说到后面，显出十分严肃的神气回答。家骏听了，满心欢喜，因为此刻吸了几筒烟，颇觉精神充足，遂预备到舞厅里活动去，笑着点头，一面起身整衣，一面又叮嘱他几句，方才告别走了。

佛卿怀了一颗无限喜悦的心送家骏走后，他把这张三千万的支票看了一会儿，不免独个儿地也打了一个哈哈，暗自想道：总算毓英这个小姑娘还值一点儿钱，凭这么一句话，就可以并无押款地借到三千万元钱，那么她真可以说是一个金元宝了。一面想，一面便兴冲冲地走进了上房。

说起杜佛卿这个人，他倒还是一个天下难寻的怕老婆。所以他要如一见到了太太发怒的时候，他立刻会吓得脸无人色，屁滚尿流，跪在地上，叩头不已。直等太太息了怒，开了笑脸，方才敢站起身子来。所以不论大小事情，都要经过内政部核准之后方可实行，那么今天这件事情，他当然也得和太太商量不可了。

当佛卿跨进上房的时候，只见杜太太已经躺在床上睡着了，回眸见桌上的时钟，原来已经九点半了。他不禁呆呆地出了一会子神，搓了搓手，觉得这就真有些为难起来了。原来杜太太对佛卿有个规矩，就是在杜太太睡熟的时候，不准把她吵醒，否则就得两个耳刮子，一点儿也不容情的。但这规矩是为什么定出来呢？这其中当然也有一个道理。因为有一天，佛卿在股票上赚了很多的钱，夜饭和朋友在外面吃的，回家已经十一点了，他又在书房里抽足了鸦片烟，回到上房，杜太太早已睡得很熟，他的肚子里有了酒和烟的缘故，因此偷偷摸摸地不免老兴勃勃起来，等杜太太被他吵醒，已经是难以自持，也只好被他轻薄了一会儿。但杜太太到底是个四十开外的人了，半夜三更被他吵醒，次早起身，难免头疼脑涨，所以非常痛恨，就和他定出这个规矩。可怜杜佛卿因为太太厉害，讨姨太太固然没有这个胆量，要想和太太亲热，却又遭拒绝，他内心的苦闷真也不是一支秃笔所能形容其万一的了。佛卿呆呆地站了一会儿之后，他觉得今天是件正经的事情，况且我把这张三千万的支票交给她看，她一定会饶恕我的了。想定主意，这就张大了胆子，坐到床边，伸手把杜太太轻轻地推醒了。果然不出佛卿所料，杜太太睁眸见到他坐在床边笑嘻嘻的样子，于是睁了三角眼，大骂道：

“你这老杀千刀！老不死的东西！我好好儿地睡着了，你喝饱了黄汤，你抽足了鸦片，精神好了，又来跟我吵闹了吗？难道你这些规矩就忘了不成？”

“不！不！我的好太太！请你不要发怒，请你不要误会，我……我这次叫醒你……并不是有无礼的举动。因为我要报告你一个好消息，你听了一定也会感到十二分的欢喜！”

杜太太见他慌张了神色，向自己急急地辩白，这就把怒火稍为压制一点儿下去，但还显出讨厌的神气．一面伸手打了一个呵欠，一面又追问道：

“有什么好消息坏消息的？搅七搅八地搅不清楚。明天你还做人呢，难道明天就不好向我再告诉吗？真是天晓得的，枉为你白白活了这一把年纪，真好像是活在狗身上一样，怎么啦？要说快点儿说呀！别死样怪气的，叫人一见了你就感到惹气。”

“是是是，我就说，我就说，但是还得请太太起床来商量商量，因为今天张家骏到我家来，我就顺便请几个大人物一同吃饭。”

佛卿被太太这一阵子狗血喷头的责骂，全身已经有些瑟瑟地发抖，所以他一连串地说了三个“是”字，好像在官场中下属见上司的样子，急急地告诉，但是心中愈急，口里也愈加会格格地说不出来。杜太太因为此刻正在好睡的当儿被他吵醒，心里实在有些不舒服，满以为他有什么好消息说出来，谁知他说来说去，还是为了请张家骏吃饭的事情。因为杜太太素来是个贪小的女子，她对于佛卿时常请客吃饭已经很感到肉痛。因为一桌酒筵又得花许多钱，佛卿请一次客，家中有两天可以开销，所以本当早已阻拦过，后来禁不住佛卿再三地恳求，才答应了他。此刻又听他口吃的成分，这就火星又直冒出来，不等他再往下说，大声喝道：

“你啰里啰唆地在说些什么？请姓张的这个奴才吃饭，我难道还不知道吗？什么大人物小人物，我们得了他什么好处呢，要给他们一顿一顿食祭呢……”

“好太太，你把性子耐一耐，我的话还没有说完哪，何必火气大得这个样子呢？火气太大，动了肝，不是要生病的吗？”

“好！好！你这老不死！把我叫醒了，原来是为了咒骂我生病吗？你这狼心的东西！我什么地方错待了你，你要这么欺侮我呢？”

可怜佛卿这一番好心，反而被杜太太恶意猜。她这会子真的动了肝火，猛可地坐起床来，伸手在他颊上啪啪的两声量了两个很干脆的耳光。她既打了丈夫，还破口大骂，骂了倒也罢，而且又呜呜咽咽地哭泣起来。佛卿把手按了自己的脸，真是哑子吃黄连，有苦没处诉。呆了一会儿，只好反而含了苦笑，向她赔错，说道：

“太太，我的好太太！我是无心这么说一句的，并不是故意咒骂你呀！你想，我不是发了神经病，我也没有吃过豹子胆，我怎么会敢来欺侮你？好太太，这两记耳刮子，也真打得我冤枉透顶了！”

“什么？还说冤枉吗？那么我打错了你，我该死！我给你打还好不好？”

杜太太立刻停止了呜咽，其实她的哭无非是一种泼辣的做作。她恶狠狠地白了他一眼，故意把脸凑了上去，是给他打还的意思。佛卿哪有这种胆量呢，为了要博得太太欢心起见，也只好又连连地说道：

“不！不！这又是我说错了话，我该打！我该死！好太太，你打得真有道理！你打得真有理由！”

“哼！你也知道吗？”

杜太太冷笑了一声，这就老实不客气地伸了手，啪啪地又是两下子巴掌。打得佛卿七荤八素，真是哭也不是笑也不是，心中一急，倒被他急出一个主意来，遂连忙说道：

“太太，因为张家骏他送我三千万的现钞呢！”

“啊！你……你……这话可是真的吗？那你为什么不老早地向我告诉呢？哎哎，他打给你的是支票还是银行里的本票啊？不是我在放马后炮，我早已看出张先生是个利落大派慷慨仗义的好人。这样够交情的朋友，你为什么不早些跟他交朋友呢？你也真是一个呆笨的死坯！不知今天的菜还定得好吗？要如你怠慢了人家，岂不是叫人家心中生气吗？”

果然，佛卿这一句话发生了很大的魔力，把个怒容满面的杜太太会一改变眉开眼笑的神情，向他急急地说。佛卿听她一会儿又这么地说了，那真是有些自说自话，令人感到有些好笑，不过太太既然欢喜了，自己也就放下心来，把被打的冤枉也忘了，立刻在袋内取出那一张三千万的支票，交到杜太太的手里，笑道：

“太太，你瞧，这不是一张三千万即期支票吗？我如何会骗你呢？”

“哈哈！真的，真的，三千万元，这四个字我认识的。哎，张先生为什么这样慷慨呢？我想无缘无故地绝没有这么的好人，那其中一定有什么原因了。”

杜太太在支票上面细细地瞧了一遍，她乐得拉开了嘴，忍不住哈哈地笑了一阵，但是她心中又发生了这样的疑问，遂望着佛卿又猜测地问着。佛卿笑了一笑，很得意的神气说道：

“原因当然是有一点儿的，认真这三千万元不是一个小数目。常言道，铜钿银子，不是瓦片石子，谁肯把这许多钱来莫名其妙地送人呢？不要说我和他是一个朋友，就是同胞手足、亲生骨肉，恐怕也找不出第二个来呢。”

“瞧你这老不死讨厌就这一点子上，好好儿正经的不告诉我，偏喜欢拉七扯八地说这些没关紧要的话干什么？那么他送你三千万元钱，总有一个目的。到底他要求你什么呢？快说呀！快说呀！”

杜太太说到这里，又表示很生气的样子，连连地追问。佛卿这才把张家骏看中了毓英做太太的话，向她诉说了一遍，并且说道：

“太太，张家骏还这么说过，假使毓英答应嫁给他，他情愿和他的太太去离婚，并且把他全部的家产划一半出来归毓英保管，是给她做保障的意思。你想，照他的家产，少说也有几十万万。倘然分一半给毓英，我和你做父母的岂不是也好沾点儿光了吗？”

“嗯！嗯！这真是好极了！好极了！想不到这姑娘倒是我家一棵摇钱树，总算我没有把她白白地抚养了一场。我第一个赞成这一头婚姻，那么你应该先答应他再作道理呀！”

佛卿后面这几句话，杜太太可说是句句都听得进去的，她“嗯嗯”地应了两声，连连地点头，脸上含了刻薄势利的笑容，向他急急地回答。佛卿也忙说道：

“我想这是一个极好的机会，所以早已答应他了，不过这件事情非比儿戏，我当然还要征求过太太的同意。现在太太也认为赞成，那么这头婚姻，我们就这样决定了。但这儿还有一点儿困难问题，就是毓英这个孩子，个性非常倔强，只怕她不肯答应，那事情就觉得很有些麻烦了。太太，你看怎么办呢?”

“你这人就做不来大事情，这一个极小极小的问题，你又怕麻烦了。老实说，孩子是我养大的，就得由我做主，不要说她是个小姑娘，就是上面她这两个哥哥的婚事，也还不是我做的主意吗?”

杜太太却表示毫不介意的样子，用了轻视的目光望了他一眼，这两句话是包含了讽刺的成分。佛卿点头说是，但还有所忧虑地说道：

“太太这话虽然说得不错，不过人大心大，恐怕有什么变化。所以我们此刻最好到她房中去一次，把这头婚事告诉了她，看她有没有什么反对的表示，假使她也欢喜的，那么就不必再说什么。倘然她要不欢喜，嘿，这就要借重你的大力了。”

“好吧，我就和你一同去一次。其实我说的话，谅她也不敢反对。”

杜太太想了一会儿，方才说了一声“好吧”，她便披衣起床，穿上了鞋子，把支票又交给佛卿藏好。她伸了两臂，打了一个呵欠，还喝口茶过了嘴，然后拿手巾抿抿眼皮，吸了一支烟卷，方才和佛卿一同步入毓英的卧房里来。

第四回

风波叠叠起快镜捉奸

毓英和人杰姊弟两人在房中静静地正用功着书本，忽然见父母含了满面笑容走进房中来，因为此刻已经十点多了，时候显然很不早了，他们双双地到来，多少总有些事故的。毓英芳心里有些猜疑，遂叫声爹妈，便呆呆地怔住了一会儿。佛卿先开口说道：

“毓英，你刚才不是说有些不舒服吗？为什么不早些休息？还在灯下用功读书呢？咦，人杰也在这里吗？”

“爸爸，我此刻已好点儿了，没有什么，太早睡觉也睡不着，所以温习温习功课。爹妈此刻到女儿房中来，有什么事情吗？”

毓英一面回答，一面又低低地问，同时她走到热水壶旁，斟了两杯玫瑰花茶，放在父母的面前。这时佛卿和杜太太先在两张沙发上坐下了，他向杜太太望了一眼，是叫她开口先说话的意思。杜太太心里也很知道，她握了杯子，在喝过了一口茶之后，方才微笑着说道：

“毓英，你的年纪不小了，我们做父母的对于你的终身问题，倒不能不说是一件心事，所以你爸爸就时常给你留心着，因为像我们这样人家，最要紧的是门当户对。常言道，粥家女儿嫁到饭家去，那么对于你的婆家，至少要比我们的家更要有钱一点儿，那么才可以称为是一头美满的姻缘。”

“妈，对于女儿的终身问题，我以为是太早一点儿了，你们说我年纪不小，可是我说我的年纪实在还太小呢。况且我高中还没有毕业，其实我很想读到大学毕业，此刻怎么能说起‘婚姻’两字来呢？太早了，太早了！”

杜太太说到这里，毓英已经明白他们郑重其事双双地到来，原是为了自己的婚姻问题。一时那颗芳心的跳跃，好像是小鹿般地乱撞起来，而且她的粉颊上也飞上了一朵娇艳的桃花，遂不等她再说下去，立刻显出一本正经的态度，表示完全拒绝的意思。杜太太听了，心中不免有些生气，遂急急地说道：

“你这孩子老是这样横对的脾气，我话还没有说完呢，等我说完了话，你再发表意思也不算迟呀！”

“其实你又何必再说下去呢，因为我抱定宗旨，就是暂不谈婚姻问题，妈就是说出大总统的儿子来，我也是并不需要呀！”

“我说三姊既然还不需要结婚，那么就不要再谈起了，况且这个年头儿，兵荒马乱，河山破碎，满目疮痍，这是霍去病所谓‘匈奴未灭，何以家为’。所以现在来谈我们婚姻问题，确实是不得其时哩。”

坐在写字台旁的人杰静静地听到这里，他也忍不住开口说话了，摇了摇头，表示同情毓英的意思。人杰这几句话，杜太太好比是牛吃薄荷，定住了眼睛，好像有点儿莫名其妙的样子。但佛卿听了，却不免大光其火起来，向人杰瞪了一眼，怒冲冲地说道：

“什么？什么？你在放什么臭屁？这个年头儿，你要知道是什么人的世界，你敢信口胡说吗？那你真是不要性命了！你不要性命倒也罢，要如被外面人知道我有你这么一个思想不健全的儿子，我的老命不是也要被你送掉了吗？咳！真是该死！该死！”

“哎哎哎！人杰他在说些什么话？我一点儿也听不懂，你怎么说得那样危险啊？”

杜太太见佛卿这样暴跳如雷的样子，一时更加丈二和尚摸不着头脑了，遂连声地说“哎”，向他急急地追问。佛卿还是怒气未消的样子，给她解释道：

“你以为这小子在说些什么？他说现在这个世界，日本人打进了中国，弄得国土没有一块完整的地方，人民都在受苦。说日本人没有打出去，一个人民的成家之事更不必谈起的意思。你想，你想，在此时此地的环境之下，这种杀头的话，能胡说白道吗？”

“啊呀，原来是这个意思，那确实是太糊涂了！人杰，人杰，爹妈花费了钞票给你学校里去读书，总以为你可以识时务、懂人情，谁知反而把书越读越坏了呢！你说这个年头儿不太平吗？那你在听谁的胡说呀？看我们一家人吧，照样住洋房、坐汽车、吃海味山珍，什么地方吃过苦呢？我们老百姓死人也不关，阿狗来也好，阿猫来也好，只要赚得着钱，过得着生活，什么闲账都不用管的。”

人杰听父母说出了这一篇丧失心肝的话来，他觉得十二分心痛。因为中国所以不会强盛的缘故，就是人民的国家思想太浅薄，简直是一点儿也没有。这就无怪当时孙总理痛心疾首地说：中国是只有做人家次殖民地的资格。不过自己在一口气没有断绝之前，总不能眼看别人把错误的思想错误到底，所以他猛可地站起身子来，鼓作了勇气，说道：

“妈，你这些话是大错而特错了！你以为我们是没有吃苦吗？但是你不知道还有多多少少的人民在过着求生不得、求死不能的痛苦生活呢！况且我们刚才说了这几句话，爸爸叫我不许说，说被外面人听见要犯杀头罪。你想，一个人连说话的自由都没有了，那还不如做了亡国奴了吗？你们只知道自己住洋房、坐汽车，一点儿苦楚没有受到，但你不知道这是多么可耻，在良心上又是件多么不安的事呀！况且眼前的苟安，绝不是永久的享福。老实说，敌人不赶走，我们就永远没有翻身的日子！”

“啊！你疯了！你疯了！你简直是发了神经病！人杰，你敢再胡说白道下去，我马上给你两个嘴巴子！”

人杰这一番话听得佛卿一阵寒冷，顿时毛骨悚然，他暴跳起来，真的预备冲过去打他的样子。杜太太平日最疼爱小儿子，她对别人有怒火有狠毒的心，但是对人杰却始终有爱怜的意思，有时候人杰冲撞了她，她还会嘻嘻地笑。此刻见佛卿要赶过去打人杰，这就慌忙站起身子来，一把将佛卿拉住，瞪着眼睛说道：

“你敢真预备打我的心肝吗？那你也在发疯了。他说这些话，现在房里又没有外面人，谁会听见呢？好了好了，我们此刻到来，目的是在给毓英配婆家，今天不是给你娶妻子，所以叫你不许来多管闲事，你要再敢插一声嘴，那我也要对你不客气了！”

“不说就不说，我且听听你们说的是哪家的孩子？”

人杰方才又顽皮的样子，咕噜着在写字台旁又坐了下来。这时杜太太显出很严肃的态度，向毓英一本正经地继续说道：

“毓英，我告诉你，这一头婚姻实在是再好也没有了。你道是谁？原来就是你爸爸今夜请他吃饭的张家骏呀！”

“张家骏？哈哈！哈哈！”

毓英低了头，听她说出“张家骏”三字，她哭不出，只好发狂地大笑起来了。人杰在旁边听了，也显出无限愤怒的样子，不过他到底还是一个十七岁的孩子，所以正是敢怒而不敢言的。杜太太还不知道毓英所以大笑的原因，她忍不住也附和着笑起来，含了春风得意的表情，把手一拍，说道：

“可不是，我一说出来，你心中就感到欢喜了吧？说起张家骏的家产，少说也有几十万万，而且他最近又做了大官，多么威风。你一进了门，就可以做官太太，要什么就什么，称心如意。这种福气，还不是前生修来的吗？毓英，这样好机会，你要如错过了，那不是太可惜了吗？”

“况且他这个人对你非常痴心，他情愿去和他的大太太离婚，然后再和你正式地举行婚礼。他还要把全部的家产划一半出来归你保管，你想，那你还有什么不称心吗？”

佛卿也跟着补充了这几句话，表示嫁给家骏非常合算的意思。

毓英气得粉脸由通红而变成了灰白，她全身不免瑟瑟地发起抖来，她的眼眶子里已贮满了无限痛心的眼泪。她想痛痛快快地哭一场，一吐心中的委屈，但是她到底是个倔强的姑娘，她认为哭是弱者的表示，这给父母更可以一把抓住了做事。所以她冷笑了一声，到底鼓作了勇气，便冷冷地说道：

“我道是谁？原来还是这一个老不死！爸，妈，你们给女儿配人家也应该有个分寸。他今年几岁了？我今年几岁了？假使我们在什么酒楼结了婚，被人家看见了，在你爸爸的名义上，是否也失面子的？他做了官，他有财产，你们就把女儿的一生不管死活地向黑暗里去丢送？比方这么说一句，他明天死了的话，我不是永远地做个孤孀了吗？”

“这是绝对不会的，那你尽管可以放心好了。不要看他年纪老，精神却是非常好。像他这样健强的身体，有几个老枪小伙子真及不来他万分之一。照我的目光猜测，他今年五十八岁，活到八十岁，你们也还有二十多年夫妻可以做呢！”

“爸爸，阎罗王是你做的，是不是？”

人杰在旁边再也听不过去了，他用了俏皮的口吻，向佛卿幽默地讽刺。佛卿恨恨地白了他一眼，却又理由充足的神气说道：

“就说他没有几年死了，那也没有什么大不了呀，因为他有的是钞票，况且他没有一个儿女，你是他的太太，那么他的遗产当然是你做太太的承受。老实说，你有了他这许多遗产，你还怕什么？说得明白一点儿，你就是再要嫁几个年轻的小白脸，也可以捞一把来拣拣呀！”

“爸爸，这些话是你对一个女儿所说的吗？你把金钱看得那么重要，你把女孩儿家的贞操看得那么轻淡。但我觉得女人家的贞操和第二生命一样，假使你要女儿做一个不清不白的人，那我觉得还是爽爽快快地死了比较干净。”

毓英听父亲说出这样寡廉鲜耻的话来，心中这一伤悲，她再也忍熬不住地流起眼泪来了。人杰也气得冷笑了一声，恨恨地骂道：

“哼！这真是老而不死是为贼！”

“放屁！放屁！小畜生！你在骂谁？你在骂谁？”

佛卿听他明明在骂自己，心中这就恼羞成怒，把手在桌子上恨恨地一拍，眼睛里好像要冒出火星来的样子。人杰说这一句话，也无非是恨到极点的意思，现在被父亲这么一逼问，心中也不禁别别地一跳。幸亏他转机很灵敏，镇静了脸，从容不迫地说道：

“爸爸，你是尊长，我是小辈，到底我还没和人家一样被利欲迷住了心，我怎么会没大没小地骂起爸爸来？这都是你自己心虚，完全误会了呀！”

“什么什么？你骂我，还说我误会你吗？你这样小的年纪，就如此不孝顺，那还当了得！你给我说出来，你到底骂谁？”

“我骂张家骏，我并不是骂爸爸，你何必瞎多心？”

“你为什么要骂张家骏？你说你说，你若说不出一个充分的理由来，我马上要你的狗命！”

“爸爸，张家骏这家伙不是快近六十岁的人了吗？这样一个老头子，他还色眯眯地来看中人家一个十八岁的小姑娘，你想这种人还能算是万物之灵吗？他的行为完全是禽兽一样，他的思想完全是畜生相仿。这种老贼还不死去，那不是阎罗王没有眼睛吗？”

人杰滔滔不绝地说出一番大道理来，虽然他是在骂家骏，但间接地当然也在骂佛卿。佛卿被他说得哑口无言，一时觉得做父亲的未免太没有了面子，这就又毫无理由地跳脚不止，向他戟指大骂，说道：

“反了！反了！你这小畜生！你胆敢骂我的朋友，那你明明是看不起你的爸爸。我养了这三个儿子，只有你这个最小最坏最不孝顺，我白白地疼了你一场，你给我滚出去！你给我滚出去！”

“你自己说不出理由，你怎么可以用野蛮的态度来叫我滚呢？我偏不滚，像你这种不讲道理的爸爸也天下少有的。你把女儿当作一样货物看待，我问你，你难道不怕难为情吗？”

人杰仗了杜太太疼爱的势力，对于这个昏庸的父亲根本是不放在眼睛里的，所以佛卿纵然是大发雷霆，跳脚不已，他却半认真半顽皮地回答，显出贼秃嘻嘻的神气。佛卿这会子真的忍耐不住了，他猛可地又赶上去，伸手就打。人杰把头一低，身子就在佛卿肋下逃钻过去。佛卿扑了一个空，几乎跌了一跤。但人杰逃到房门口的时候，却又放起刁来，恨恨地把脚一顿，哭丧着脸，故意装作伤心的样子，说道：

“好！好！你叫我滚，我就滚好了。你打我，你打我，我马上去死！我死给你们看，好叫你们快快活活地做人！”

“人杰，人杰，你死不得，你死不得！快回来，快回来！好！好！你这老不死！老杀千刀！你要女儿嫁人，你尽管和儿子搅七念三搅些什么呢？人杰，你不要走！这此事根本和你不相干的，我叫你不要多管闲账，你为什么偏多嘴呢？”

人杰这种故意装腔作势的举动，果然把杜太太急得跳起来，走上前去，把人杰的身子狠命地拉住了，而且回过头来还向佛卿怨恨地埋怨。佛卿在这个情形之下，真是弄得火星发不出来，一肚子的气愤只好向屁眼里钻出去。这时杜太太又向毓英一步一步地走近去，满脸显出恶狠狠的样子，说道：

“常言道，人要好话听，佛要香烟受。我们总算已好好儿地向你劝告过了，你要如不答应的话，哼！哼！你性命要不要？”

“妈，这是我终身幸福的问题，你们硬逼我也是没有用的，要我答应嫁给张家骏，那我情愿死！”

毓英并不因杜太太的威胁而感到屈服，她毫无害怕的神气，表示坚决的拒绝。杜太太心中这一愤怒，她便撩上手来，在毓英的颊上啪的一声，量了一个耳刮子，还大声地斥骂道：

“你这小贱人！胆敢冲撞我吗？我养了你这么大，难道连这一点儿主意都不能做，我还做什么娘呢？你再敢说一句不答应，我马上打死你！”

“喔！喔！你打死了我倒干净了，我宁愿死！我不宁愿做你们的牺牲品！”

毓英对于母亲这一记耳光打过来，那真是做梦也意想不到的事情，她不相信是自己亲生的父母，她觉得眼前站着的是个逼自己到死路上去的恶魔。但自己绝不怕种种的威胁和恐吓，不自由毋宁死！她在这么一想之下，遂鼓作了勇气，还是强硬了态度，竭力地反抗。杜太太见打也不怕，骂也不怕，那就更弄得没有了落场势。她大喝了一声，正预备抓住了毓英的头发狠狠地痛打的时候，却被佛卿拉开了，因为他怕事情弄僵了反为不美。万一女孩儿家因为心中一执，真的寻了短见，不要说这三千万元钱拿不牢，恐怕张家骏这一半家产也没有份儿了，于是和杜太太丢了一个眼色，说道：

“太太，你不要火气这么大呀。女孩儿家的脾气我知道，硬做不如软劝的好。毓英到底不是一个呆笨的人，做父母的给她嫁个有钱的富翁，这到底是好心还是恶意，她慢慢地当然也会明白过来。毓英，好女儿，你听我说呀，张家骏已付给我三千万元钱了，他是给你买钻戒的。你想，这钻戒是多么可爱的东西啊！”

“哼！原来你们做父母的要出卖你们的女儿了，唉！爸爸是一个堂堂男子汉，什么生意不好赚钱？难道要在我女儿身上发一票财吗？我不要，我到死也不要，喔喔……”

毓英伤心已极，她忍不住呜呜咽咽地痛哭起来。佛卿听她这样说，不禁两颊通红，遂故意拍桌大怒，把脚一顿，冷笑道：

“你这孩子太倔强了！我老实对你说，你不答应也要答应，这头婚姻是这么决定了！”

“哼，明天不许给我到学校里去读书！你要离开这屋子一步，我马上斫断你的腿！看你的法力大，还是我的法力强？”

毓英听杜太太后面这两句话，她那颗芳心倒不免别别地乱跳起来，暗自想道：他们竟然要把我软禁在家里，这倒是一种最厉害的手段，我倒不能不随机应变来对付他们了。于是停止了哭泣，拭了拭眼泪，说道：

“好！爸爸，妈，我就答应你们了！”

“毓英，你真的答应了吗？”

“当然真的，我愿意嫁给张家骏了。”

“啊！哈哈！哈哈！你这才是我的好孩子了。妈刚才太该死，错打了你，千万请你好女儿原谅我这一遭吧。”

杜太太的面孔有好几副，随时随刻会变换不停的。她一听毓英说答应了，这就想到刚才打了她一记耳光未免是太委屈了她，于是立刻变了笑脸，忘记了自己是个尊长，却向女儿连连地赔不是。毓英低垂了粉脸，却并不理睬，只管扑簌簌地落眼泪。佛卿说道：

“现在是好的了，既然女儿已经亲口地答应，我们也不必多说什么，时候不早，我们还是回房去睡了。毓英，你是聪明人，所以才想明白过来，这真是你的好造化哩！哈哈！哈哈！”

“人杰，你也不用在这儿读书了，早些让你姊姊可以休息了。”

佛卿说到后面，得意十分地笑了一阵，方才伸手打个呵欠，便向房门外走了。杜太太也跟着出房，在走到房门口的时候，又回头向人杰吩咐着。人杰点头说好，目送父母走后，只见毓英倒在床上，又伤心十分地哭泣起来。人杰平日和三姊感情最好，此刻见三姊这样悲伤的神情，使他也感到同情的难过，这就走到床边去，轻轻拍着她的腰肢，低低地说道：

“三姊，你怎么糊里糊涂地能够答应了呢？难道你情愿把你的终身向黑暗之中去丢送吗？难道你甘心去做这老不死的小星去吗？”

“弟弟，我哪里是甘心情愿的呢？因为我若坚决地不答应，他们便要把我软禁起来，那叫我不是更没有办法来应付了吗？现在我暂时地答应了他们，我的身子还不至于受到束缚。假使在必要的时候，我当然是只好抛家出走了。”

毓英知道人杰是个同情自己的人，所以她并不隐瞒地把心中肺腑之言都和弟弟告诉了。人杰方才知道她的存心，他很机警的样子，把手向毓英小嘴一扪，回头望望房外，低低地说道：

“三姊，你别大声地说呀，也该防着隔壁有耳呀。唉，我真奇怪我爹妈的思想，他们难道只爱金钱，而不爱亲生的女儿吗？我觉得实在是太弄不明白了。况且爸爸也是一个银行的行长，他难道不想想自己的名誉和地位，将来这消息被外界知道了，也岂不是一桩天大的笑话吗？”

“他们只知道把女儿当作牺牲品，可以满足他们贪图金钱的欲望。这个混浊的世界，根本在字典上已没有了‘廉耻’这两个字，哪还管得了被外界笑话吗？不过我想不到爸爸妈妈会对一个亲生的女儿起了这么狠毒的心肠，这真是我做梦也意想不到的事情了。”

毓英对于弟弟这么关怀的情形，心中自然十分感激。她万分心灰意懒地说出了这几句话，忍不住又痛心地哭泣起来。人杰红了眼皮，拿手帕给她拭泪，凄凉地安慰她说道：

“三姊，你不要哭呀，你这么娇弱的身子，怎么能够再痛伤呢？我们总要想个妥当的办法才好呀。因为你到底还是一个求学时代的姑娘，就是你抛家出走，以后的生活将怎么样地维持呢？所以这也绝不是一个根本的办法。”

“那么难道叫我屈服在这黑暗势力下而永远地沉沦下去吗？”

“不，这当然是绝对不能屈服。三姊，你放心，我明天给你向妈去说情，妈很听我的话，她也许会打消这个念头的。万一他们坚持着要丢送三姊的幸福，我一定帮助你，使你安安全全地逃走。所以你此刻千万不要伤心，保重你的身子要紧。”

“弟弟，你待我这样好，那真叫我太感激你了！”

“我们同胞手足，还用说什么‘感激’两个字吗？老实说，这一个家庭里，除了你三姊，我觉得谁都看不入眼。假使你真的出外去流亡了，那剩下我一个人孤单单在这黑暗的家也是没有滋味。所以我有这一个存心，你假使真的要走了，我一定跟着你一块儿走，索性离开了这万恶的上海，到外面另一个环境去透透空气，不是反而更觉得有意思了吗?”

人杰紧紧地握着毓英的手，他的两眼含了无限的情意，脉脉地望着她的粉脸，似乎和她有些依依之情的样子。毓英心里真有说不出的感动，但是她却摇了摇头，低低地说道：

“弟弟，你虽然是待我这么地有情义，但是我总不忍心为了我而连累你到外面去过那流浪的痛苦，所以这个我们还得再三地加以考虑才好。”

“哼！还有什么考虑呢？爸爸是个糊涂人，只知道贪财贪利，不管名誉，不图将来。妈又是个势利的女人，更加无知无识。至于这一对宝货哥哥，天天荒唐，哪里尽过一点儿青年的责任？所以如此家庭，我还有什么可留恋呢?”

人杰冷笑了一声，絮絮地说了这一篇话，却又觉得十二分感慨，因此深深地叹了一口气，大有无限沉痛的样子。姊弟两人正在各自伤感的时候，忽然见大嫂叶萍悄悄地从房外走进来，她好像愁眉不展，有着十分心事的神气。不过叶萍先看到毓英粉颊上沾了丝丝的泪痕，完全是哭过了的样子，于是忍不住先说道：

“啊呀，英姑娘，你好好儿的为什么在哭呀？莫非是四叔叔在欺侮你吗?”

“大嫂，你不要胡说白道，我怎么会欺侮三姊呢?”

“你没有欺侮她，她为什么伤心呢？我看你在旁边好像低低地向她赔着不是的样子，我猜你一定是得罪了英姑娘。”

叶萍见他急急地辩解，遂向他们两人打量了一会儿，见人杰的脸上好像也有不喜悦的样子，于是又低低地猜测。人杰连连地摇头，说道：

“大嫂，你猜错了，我告诉你吧，这件事情说起来，实在是太岂有此理了。就是告诉了你之后，你恐怕心中也要抱不平吧。”

“这到底是一件什么委屈的事情呢？四叔叔，你快说给我听吧。”

叶萍皱了眉尖，方才向他低低地追问。人杰于是把爹妈要强迫三姊嫁给张家骏的事情，向叶萍告诉了一遍。叶萍因为还不知道张家骏是个怎么样的人物，所以她反而向毓英温和地劝慰着说道：

“英姑娘，你不要傻了，一个女孩儿家谁都嫁人的，你为什么要伤心呢？你不要以为父母之命、媒妁之言的婚姻是绝对不好的，好像自由恋爱就一定是美满的了，其实那也不尽然，你只要看看我，那就是一个很好的榜样。想我和你大哥的结合，彼此也是由友谊而结成夫妇的，当初我见他一表人才，不但人品漂亮，而且又是一个大学生，性情又十分温和，满以为他是我一个理想的丈夫，但结婚之后，理想与事实齐巧相反，他虽然具有外表的美，但内心却是一点儿也不美。真所谓是锦绣其外，败絮其中，名义上是大学毕业生，而实际上是不学无术，一点儿技能都没有。至于他温和的性情也完全是假意装出来的，结婚之后，他的劣根性又暴露出来了。夫妇之间说不上一句话，就是吵嘴相骂，他在外面荒唐胡调，做妻子的连一句劝告的话都说不得。你想，这也不是一头自由恋爱的姻缘吗？唉，知人知面不知心，照他这种行为，我们的自由恋爱和买卖式的婚姻又有什么不同呢？也许父母给你定下的婚姻，对方倒是一个十全十美的夫婿，那也说不定呀。所以我劝英姑娘切勿做无谓的伤心。总而言之，世界上一切之后，也只好归之于命运了……”

叶萍所以说出这一大篇的话来，无非是自感身世的凄凉，所以有感而发的一种牢骚，但人杰听了，却连连摇头，“唉”了一声说道：

“大嫂，你还没有知道这个张家骏是多少年纪呢？”

“怎么啦？多少年纪了？总不见得七八十岁吧？”

“嗯，和七八十差一点儿，我告诉你，已经五十八岁的老头子了。”

“啊呀！这可是真的吗？那爷爷又不是发了神经病，为什么却去看中一个快进坟墓的老甲鱼做女婿呢？”

叶萍一听姓张的已经有五十八岁了，这就忍不住“啊呀”的一声叫起来，她用了惊讶的口吻问着，同时心中不免也有些怨恨。人杰叹了一口气，很感慨地说道：

“这还用问吗？那当然是为了贪图他有钱呀。”

“有钱？钱可以当饭吃吗？我真不明白爷爷和婆婆是存的什么心。照理英姑娘是他们的独生女儿，难道就轻易地把她的终身幸福丢送了吗？”

叶萍鼓着粉腮，表示代为愤愤不平的意思。人杰也非常地痛恨，只不过父母做的事情，叫小辈又有什么办法可想呢？这时毓英忍不住又扑簌簌地流泪不止，她的脑海里想起了田云侠，因此心头更觉得隐隐作痛起来。叶萍见她流泪，不免兔死狐悲，因此也伤心叹息。人杰望了叶萍一眼，低低地问道：

“大嫂，你此刻做什么来呀？时候不早了，干吗不去安睡呢？”

“唉，你大哥直到此刻还没有回房来，我想着刚才还和他吵闹过，谁知一转背，他又到外面胡调去了。你想，照这样下去，叫我做人还有什么滋味呢？”

“大哥这人也确实太荒唐了！”

人杰见大嫂说完了这两句话，她便皱了眉尖，也掉下眼泪来，一时只好埋怨了一句，但以下的话，却不知该说什么才好。正在这个时候，忽然见二嫂何秋心也气呼呼地奔进房中来，她见众人都在，便气冲冲地说道：

“邦杰这没有心肝的东西，他又到外面胡调去了，而且我还拾到了他们幽会的地址，你们帮帮我的忙，给我大家一同捉奸去好不好？”

“啊？二嫂子，你怎么知道二叔又在外面跟女人胡调呢？那么你可知道我的俊杰他到什么地方去胡调了呢？”

秋心这一个消息听到众人的耳朵里，大家都感到不胜惊异。叶萍想到了自己的丈夫，于是情不自禁地也向她急急地问。秋心说道：

“大伯在什么地方胡调我怎么知道呢？邦杰这不上进的东西，刚才我们吵过了后，他听了英姑娘一番劝告的话，却故意装作觉悟的样子，谁知他到大厅去吃饭，从此就一去不回，直到此刻，还不见他回房来。我知道这人一定又出了花样精，齐巧在房门口被我拾到了他落下的一本日记簿，翻开来一瞧，原来里面写着几行字，我就念道：‘今天星期日，和赵丽华约定晚上九时半在米高美舞厅跳舞，舞毕，辟大华公寓叙欢。’你们想，邦杰这人不是又和姓赵的烂腐货在外面作乐了吗？我看此刻已经十一点半了，他们一定已经离开舞厅到大华公寓去了。我们此刻去捉奸，一定不会扑空的。大嫂、英姑娘、小叔叔，你们千万给我助助威，大家一同去捉奸，免得受他们的亏！”

秋心涨红了脸，一口气滔滔不绝地向大家告诉着说，在她那种愤怒的表情上看起来，可见她内心妒火是燃烧得怎样的厉害。叶萍蹙了眉尖，表示有些困难的样子，忧愁地说道：

“但这大华公寓在什么地方呢？就是找到了大华公寓，他们开几号房间也没有知道呀，所以这要找寻到也很不容易呀。”

“我说是很容易的，只要查一查电话簿，就可知道大华公寓是在什么地方了。只要到了大华公寓，那就不难找到他们了，因为在门口的牌子上总要填姓名的，我们一见‘杜邦杰’三个字，不就知道了吗？”

人杰到底还是一个童心未泯的小孩子，他似乎对于“捉奸”这两个字发生了很大的兴趣，这就点了点头，表示很容易找寻的意思。秋心巴不得他有这几句话，这就向他连连恳求，说道：

“小叔叔，那么这一件事情就拜托你了，你先给我在电话簿上找寻找寻，假使把你二哥捉了回来，我心里一定非常地感激你。明天梅龙镇请大家吃饭好不好？”

“二嫂，这是我们应该尽个帮助的义务，怎么会要你来请客吃饭呢？你们等一等，我马上去查了来吧。”

人杰一面笑嘻嘻地说，一面便连奔带跳地走出房外去了。这里秋心向床上的毓英望了一眼，见她一语不发，好像还沾着丝丝的泪痕，这就奇怪地问道：

“英姑娘，你怎么啦？有些不舒服吗？”

“二嫂，你不知道，英姑娘正在伤心呢。”

“好好儿的为什么伤心呢？瞧你二哥这么不争气，我心中才痛苦哩！”

“但是这一件事情，英姑娘的心中，倒也怪不得她要感到伤心的。”

秋心听叶萍这样代答着，遂连忙又急问缘故。叶萍遂把这一头婚姻强迫姑娘的话，向秋心告诉了一遍。秋心听了，也不免大呼：“岂有此理！哪有这种事情？这不是太委屈了英姑娘吗？”但愤怒只管愤怒，却也没有能力可以实际上帮她的忙。妯娌两人正在暗暗叹息，人杰肩头上掮了一只镜箱，笑嘻嘻地走进来，说道：

“二嫂，我查出来了，大华公寓在麦特吓司脱路口静安寺路，那么我们大家快点儿一同去吧。”

“小叔叔，你掮了镜箱做什么呀？难道还给他们这一对野鸳鸯去拍照相吗？”

秋心一听查出了大华公寓的地址，她心里倒一欢喜，但瞧到他带了一只镜箱，一时又十分奇怪地气鼓鼓地问。人杰笑嘻嘻地说道：

“不错，不错，我真的要拍他们这一对野鸳鸯的照相，你不知道吗？我这只镜箱是十分好，在晚上有灯光的地方，只要时间拨得慢一点儿，也可以拍得清清楚楚，假使他们已睡在床上的话，我就给你把他们拍了下来，这不是一个最有效的铁证吗？你有了这个证据，二哥要赖也赖不掉呢！”

“小叔叔，你想得真是周到，真是好极了！大嫂、英姑娘，我们一同坐辆汽车去吧，给我助助威风，壮壮胆量，人是越多越好的。”

秋心听了人杰的话，方才又欢喜起来，一面向叶萍等央求，一面便预备要走的样子。毓英自己心事重重，哪里高兴还去捉奸，所以推说头痛不肯去，后来经秋心再三恳求，并叶萍、人杰的劝告，说去看看热闹也好，因此只得一同去了。

汽车到了大华公寓，大家匆匆跳下，叫车夫在门口等着。他们四个走进大华公寓，在门口旅客牌上查阅了一遍，只见三百十六号里写着“杜邦华”三字，其余并无姓杜的旅客。人杰对她们说，这邦华一定是两个人名字合拢来的，看起来准是在三百十六号了，于是便匆匆地乘电梯上楼。人杰叫她们三人守在房门口，他自己由走廊弯入外面的洋台，把玻璃长窗拉开，轻轻地跳入房中，开了房门，给大家步入卧房。

秋心早已开亮电灯，见床上邦杰和一个女子果然交颈而眠，一时妒火中烧，把被狠命地揭开。人杰在仗亮的灯光之下，对准了床上两个人，只听嘀嗒的一声，这一幕肉感的镜头便早已摄入照相里去了。

第五回

权充小拆白艳妾风流

一个男子，不论是老的是少的，假使他一有了野心思之后，任你家中的父母或妻子来向他管教，总也不会发生什么效力了。比方说这个杜邦杰，他的妻子何秋心，说她容貌倒也并不粗俗；说她娘家也是海上巨富；说她管教丈夫的手段，单看她有勇气约了大嫂、姑娘、小叔一同去捉奸，也可想她是一个很厉害的角色了。然而到底还没有什么多大的用处，邦杰照样要跟外面女人去幽会欢叙。这也所谓是“家花哪有野花香”的一句话了。

杜邦杰好容易在大厅上吃完了这一餐晚饭，一看时候已经九点十分，觉得和赵丽华约定的时间还差二十分钟。在这短短二十分钟之内，当然很有误了约会时间的可能，所以他急急地连揩面的工夫都觉得应该节省下来，就一溜烟地跑出了大门，跳上一辆三轮车，叫他直驶到米高美舞厅里去了。说起来事情非常凑巧，三轮车到舞厅门口停下，邦杰手表上的时针正巧九点三十分。当他付了车资，走入舞厅的门口，见前面甬道上走着一个亭亭玉立的女子，嘿，那还不是赵丽华吗？邦杰连连拍了两记额角，叫声好险，因为赵丽华这个女子虽然和自己认识未久，但她的举止豪阔，完全一副贵族妇人的气派，几次吃咖啡、玩舞厅的钱，都是她会账的，看起来绝不是生意浪女子，大概是一位富翁的姨太太了。常言道，嫖能倒贴，世间乐事无双。所以邦杰对于丽华的殷勤献媚，真所谓热血喷心一样爱恋了。此刻因为还是丽华早到一步，假使被丽华知道了，她心中当然要很不高兴。邦杰在眸珠一转之下，这就计上心来，遂急急地赶上两步，在她肩胛上轻轻地一拍。丽华回头一见邦杰，不由“咦”了一声，但邦杰却故作很不耐烦的样子，逗了她一瞥埋怨成分的目光，低低地说道：

“赵小姐，你怎么直到这时候才到来呀？把我等得脚也酸、头颈也直了。真是好大的架子！我几乎等得要哭出来了！”

“呀！你这是什么话？快瞧瞧我手表上的时刻，不是正九点半吗？我这人向来最守时间，从来不失信用的。你自己太性急，来得太早，那可怨不了我呀。”

赵丽华这会子可上了他的当，忍不住“呀”了一声，把她那条纤纤手伸过来，给他看表上的时刻，一面秋波水盈盈地斜乜了他一眼，却忍不住嫣然地笑了。邦杰还故作目瞪口呆的神气，奇怪地问道：

“什么？你和我约好的不是八点半吗？我在舞厅外面已等你整整一个钟点了呢！难道是我记错了不成？”

“当然是你记错了，八点半这样早做什么来呢？我要迟到总也不见得会迟到一个钟点的。哧！我说你这个人也真有趣，就是早到了，在舞厅里面等着我不是一样吗？偏站在外面等一个钟点，那你也真自讨苦吃。”

“在舞厅里面等你不算恭敬，我觉得在外面等一个钟点，也可以显得我对赵小姐一片痴情痴意了。”

邦杰真是一个情场中老手，他惯会用一种甜言蜜语说得丽华芳心荡漾了一下。不过她噘了一噘小嘴儿，却故意逗给他一个妩媚的娇嗔。两人脸上都含了甜蜜的笑容，挽手步入舞厅，侍者招待入座，泡了两杯柠檬茶，邦杰取出烟盒子来，先向她孝敬了一支，还给她燃了火柴。丽华吸了一口，微微地蹙眉问道：

“你吸了什么牌子烟头？”

“是大前门，怎么啦？还觉得不好吗？”

“嗯，有点儿酗口，为什么不吸三五牌呢？茄力克倒也不错。”

“好小姐，三五牌、茄力克在战时就不容易买到，我吸大前门已经是顶好的了。”

“有钞票，哪一样东西买不到？仆欧，过来，拿一包茄力克。”

丽华包含了讥笑的口吻，俏皮地回答，接着向站在旁边专卖糖果烟卷的侍童叫了一声，低低吩咐。那仆欧摇头说道：

“茄力克没有。”

“可不是？”

邦杰听她这样说，窘得不免有些脸红。幸亏仆欧说了一句没有，才把邦杰回过得意的笑脸来，轻松了一口气。但丽华有些不好意思，恨恨地说道：

“你这小孩子！为什么货色都不备足的？那么三五牌有没有？”

“三五牌也没有，只有三炮台，也是顶好的烟质，要不买一包？”

“好，好，三炮台也好，比前门牌总好一点儿。”

丽华一面说，一面付了钱。她把那支前门牌烟卷丢在旁边痰盂内，换了一支三炮台。接着又递一支给邦杰，似乎也叫他换去的意思。邦杰觉得她这种态度未免有些轻视自己的意思，所以心中也有些不受用，便摇摇头，说道：

“我吃不惯三炮台的烟，吃吃大前门香烟，已经是够好的了。”

“你这是什么话？难道生我的气了吗？”

“不，我生你什么气呢？不过我觉得像我这么一个求学时代的青年，经济方面还不能独立，所以真有些不够资格跟你赵小姐做朋友。”

邦杰这毫无笑容的脸色，丽华当然有些看得出来，遂微微地一笑，向他低低地问。邦杰虽然摇了摇头，表面上是这么否认着，不过凭他这轻轻叹了一口气的神情猜想，就可知道他心中还是这一份样的不乐意。丽华似乎也感到刚才自己这一种态度使他感到了难堪，这就轻轻地拍了他一下肩胛，笑道：

“你这话算什么意思？其实我说的完全是无心的，因为我生成就是这么的脾气，什么东西都要上好的，不管吃、穿、玩，次等的货色我也不喜欢。”

“这是你有钱的小姐才好这个样子地享受，要如像我们专靠父母供给一点儿零用钱的人，那可怎么办呢？”

“喔哟，你装什么穷腔？知道你是一个银行行长的儿子，放心吧，我不会问你借的，你何必说得那么寒酸气呢？”

“赵小姐，你要这么地说，那你明明是在挖苦我了。”

邦杰想着平常只用她的钱，因此益发感到羞惭的神气。丽华见他这个样子，遂拉了他的手，秋波斜乜了他一眼，笑道：

“傻孩子，我们今天到这里来，不是吵嘴来的，原是找寻快乐来的。好了好了，这些空话不谈，我们还是上舞池里跳舞去吧。”

丽华一面说，一面已把他拉到舞池里去。邦杰这就没有抵抗的勇气，两人抱在一起，随了爵士音乐婆娑起舞了。丽华见他并不说话，遂把粉脸直贴到他的面孔上去，在他耳边低低地说道：

“邦杰，你还恨我吗？”

“不，我为什么要恨你？”

“那你为什么不声不响地板起了面孔，不跟我说话呢？”

“在跳舞的时候，你叫我说些什么？”

“随便什么都可以说的，嗯，我不要！你一定还生着我气。我向你已经赔了错，你难道还不肯原谅我吗？”

丽华一手挽着他的颈项，一手捏着他的手，却放到自己乳房的旁边，还把腰肢扭动了一下，显出撒娇的意态。邦杰被她这么风流的手腕笼络之下，他全身的细胞都感到紧张起来，一颗心更像一头小鹿似的忐忑乱撞，因此只好表示屈服地笑嘻嘻说道：

“好小姐，我真的没有生气呀。承蒙你看得起我，并不嫌憎我的贫穷，肯与我交朋友，我实在欢喜还来不及呢！”

"小鬼，你再说这些话，我可不依你。我老实跟你说吧，因为烟卷吸得好一点儿，我们回头亲起嘴儿来，可以不会有气味呀。"

丽华恨恨地骂了一声小鬼之后，立刻附了他耳朵，又低低地说出了这几句甜蜜蜜神秘的话来。同时她把手在他腰肢上拧抓着，处处都是显出勾引的风骚。邦杰被她迷恋得心痒难抓，几乎有些情不自禁起来，遂笑道：

"好小姐，你回头肯给我亲嘴吗？"

"傻孩子，我预先开好了大华公寓房间是做什么用的？到了那边，不要说是亲嘴，比亲嘴更进一步的事情，我也都依你哩。"

邦杰涎皮嬉脸的神情向她低低地要求。丽华虽然嘴里并没有回答他，但事实上把他拉到角落里去，然后凑上小嘴儿，在邦杰的唇上紧紧地吮吻住了。直等有人注意他们了，他们才又混舞到人丛里去了，丽华笑嘻嘻说道：

"好孩子，你现在满足了吗？"

"满足了，我的好小姐！"

"不许你叫小姐，叫我姊姊！"

"哦！姊姊，我的亲姊姊！"

"你看我可曾嫌你贫穷吗？"

"没有没有，刚才原是我自己太多心。姊姊，你不要生气，我下次不敢了。"

邦杰到底逃不过女人魔力的手腕，他表示死心贴地地屈服了。丽华也感到胜利的得意，娇媚地一笑。这时音乐完毕，两人方才携手归座了。丽华在皮包内取出好几沓钞票来，慢慢塞到邦杰的袋内去。邦杰起初还不知道，及至看到了是钞票，这就红了脸，连忙握住了她的手，低低地说道：

"你这是怎么的一回事呀？"

"以后不许在我面前老是哭穷，这些钱我做姊姊的送给你弟弟用。假使用完了，只要你向我开口，我总可以设法给你。"

丽华一面孔摆出做姊姊那么的态度，秋波脉脉含情地望了他一眼，很真挚地说。邦杰虽然时常出入灯红酒绿的场所，对于这种倒贴的艳遇，实在还只有破题儿第一遭碰到，所以脸更加涨得绯红起来。他到底不是一个小拆白，所以很不好意思的样子，摇摇头说道：

“不，这个我可不敢接受。我从外面交际到现在，只有我花钱给女人用。如今一切的花费，已经都是你会钞了，所以我已经是有些感到惭愧。假使再要拿你们女人家的钱来做零用，那我还是一个大学生的身份了吗？这简直连我自己的良心问题上都有些说不过去了。”

“你这话说得太不中听了，完全有侮辱我的意思！”

“啊，你这话又是从哪里说起的？”

邦杰听丽华说自己侮辱了她，一时弄得目瞪口呆，倒不禁为之愕然。丽华还是微蹙了柳眉，薄怒娇嗔的神气，冷冷地说道：

“你平日在交际场中游玩，所遇到的女人都是生意上做买卖的，那当然一切是你会钞的了。现在我是怎么样人？难道你也把我当作生意上的女人看待吗？这岂非是侮辱了我？”

“不过……我总不好意思再拿你钱呀，难道我是个……”

“不许你说下去！那可不是这么说的，你不是承认做我的弟弟吗？那么做姊姊的送一点儿钱给弟弟用用，那也算不了一回稀奇的事情呀！”

“话虽这么地说，但我总觉得有些难为情，况且……你自己不是也得用吗？”

邦杰的心眼儿上是深深地刻画了丽华的一个倩影，他觉得丽华真是太有情义了。丽华却还一本正经的样子，笑道：

“我这个人的脾气就是这个样子，假使自己认为一个心爱的人，他即使要我性命的话，我也会把性命交给他的，那何况是这些金钱身外之物呢？”

“那么你把我当作了心爱之人了吗？”

“这还用说吗？你此刻问我这一句话，我真觉得十分失望。”

丽华的粉脸立刻浮现了黯淡的颜色，她深深地叹了一口气，表示无限凄凉的样子。邦杰这就把她手摇撼了一阵，连连地求饶，说道：

“姊姊，你不要生气，我说错了话，一切还得请你原谅吧！”

“哼！我这一份情义对待你，你却把我当作玩物一般看待，你叫我心中悲痛不悲痛呢？唉，知心人到底不可多得。”

“姊姊，我该死，我该死，我不是畜生，我怎么会不知道你对待我的情分呢？姊姊的恩情深如海，姊姊的义气薄如云。我今生除了你姊姊之外，我到死再不爱第二个女人了！”

邦杰见她心灰意懒，大有盈盈泪下的神气，这就急了起来，也只好花言巧语地去博取她的欢心。丽华方才感到了一点儿安慰，她把钞票恨恨地纳入他袋里去，还逗给了他一个白眼。邦杰这回没有再拒绝她，而且还拿帕给她拭眼皮，显出那样柔情蜜意的神气。丽华低低地说道：

“你说到死不再爱第二个女人了，这话是不是有信用的？”

“为什么没有信用？你想，世界上还有谁再能比得上你那么对待我有情义？我要如再去爱上别人，那我除非是没有心肝的了。”

“你说你的爸爸是银行里行长，那么你大学毕业之后，他早晚总要给你娶女人的，你那时候还把我记在心里吗？”

丽华点了点头，又向他低低地问。邦杰听了不由暗暗地叫了一声糟糕，原来她还只道自己没有结过婚呢。一时也只好将错就错地连连摇头，笑道：

“姊姊，你放心，我有了你，我就根本不需要再娶什么妻子了。”

“这是你现在说说而已，假使你父母给你定了亲，你还不欢欢喜喜地去拜堂了吗？”

“假使你肯嫁给我的话，那我马上可以跟你结婚的。”

“这个……恐怕就难了……唉……”

邦杰觉得在这个场合之下，假使不是花言巧语地用欺骗的手段，那是难以博得对方的欢心，所以他完全戴上了一个假面具，表示很有一番真心地回答。但丽华也有她的困难的地方，她说了“这个”两字，顿了一顿，脸上显出愁眉不展的样子，忍不住深深地叹了一口气。邦杰对于她的身世根本还茫无头绪，所以也很需要能够知道得详细一点儿，这就故作不解的神气，紧紧地握了她的手，问道：

“姊姊，其中到底有什么困难呢？能不能告诉我吗？”

“这……你也不用问了，难道你还不知道我是个怎么样身份的女子吗？”

“虽然我是猜到了一点儿，但究竟还不晓得确实不确实。姊姊，你不妨说出来给我听听看。”

“好，我就告诉你，我是人家金丝鸟笼里关着的一个姨太太，弟弟，你听了我的告诉，你会不会因此而轻视我呢？”

丽华好像下了一个决心的样子，红了颊，向他老实地告诉出来，还表示凄凉欲绝的模样。其实邦杰是早已意料中的事情，他点了点头，把她纤手握得更紧一点儿，显出万分同情地说道：

“姊姊，你这样一个美丽的姑娘，却失了自由地被人家关在笼子里。在我的心中，是只有感到无限同情的悲哀，怎么会来看轻你呢？”

“你不看轻我，我当然万分地感激你，所以你要和我结婚，这恐怕是不可能的事情。我们彼此只能结成一对义姊弟，可怜姊姊在无限苦闷之余，弟弟能够稍给我一点儿安慰，那我已经是心满意足了。”

丽华秋波含了脉脉多情的光芒，而且还带了三分哀怨的成分，在他脸上逗了那么一瞥，话声是微微地有些发颤。邦杰听她这么说，心中也是暗暗地欢喜，因为自己也是使君有妇，所以对她这样说，也无非是灌灌她的迷汤而已，所以满脸含了春风得意的笑容，表示忠心耿耿的样子，说道：

“姊姊，你放心，你好像是我的生命之火一样，你又好像是我的灵魂一般。姊姊哪一日苦闷，只管在哪一日打电话来叫我，只要你有命令发下来，虽然是赴汤蹈火，出入于腥风血雨之中，我也舍命效劳，万死不辞。”

“咳，你为什么要说得那么危险严重呢？假使我来叫你的话，终使你是享受到甜蜜蜜软绵绵的滋味，如何会叫你出入于腥风血雨之中去呢？”

邦杰这几句话听到丽华的耳里，真的把她引逗得好笑起来，不过忽然地细细回味着他的用意，至少包含了一点儿神秘的成分，因此秋波恨恨地白了他一眼，她的粉脸上一阵一阵地娇红起来。邦杰却故作不明白地问道：

“姊姊，你为什么给我白眼看呀？”

“哼！你还假痴假呆地问我吗？我觉得你这个人也真不是一个好东西！”

“啊呀！你这话不是太奇怪吗？我哪一句话说得不规矩呢？”

“好了好了，我不跟你再谈这些。还是再去欢舞几次吧，我们也可以开步走的了。”

丽华拉了他的手，一面说一面又到舞池里去了。两人这一会儿跳舞的情景真有些恶形恶状，脸是紧紧地偎着，胸部是紧紧地贴着。丽华还摆动她圆滑的臀，把个邦杰迷恋得有些心猿意马，几乎迷醉得跌倒在舞池里了。不料正在这个时候，邦杰发现舞厅外面走进一个老头子来，于是“咦”了一声，自言自语说道：

“这个老甲鱼也来玩舞厅来了？”

“是哪一个老甲鱼？”

“你不认识的，是我爸爸一个朋友，名叫张家骏。他近来做了税务局局长，刚才我和他还一同在我家里吃饭呢。”

邦杰毫不介意地回答，但听到丽华的耳朵里，她芳心这一吃惊，不免像小鹿般地乱撞起来，粉脸显出慌张的神情，急急地问道：

“在哪里？在哪里？”

“喏，不是慢慢地走到西首去了吗？”

邦杰还把手指向西面一指，丽华偷眼望去。嘿，不是这个老甲鱼，还有什么人呢？这就不再说话，拉了邦杰，匆匆回到座桌旁，付了茶账，取了皮包，就急急地拉着邦杰走出舞厅去了。邦杰见她神经失常的举动，起初还有些莫名其妙，但转念一想，方才恍然大悟了。一时也有些心慌意乱，来不及问她什么话，直等跳上三轮车，吩咐驶到大华公寓去的时候，才望着丽华的粉脸，低低地问道：

“姊姊，这个张家骏莫非就是你的……”

“不用问下去了，真奇怪，他难道今夜到我公馆里去找过了吗？大概不见我的人，所以到舞厅里来找我了。不过今夜不是挨着到我公馆里来的日子呀。也许不是来找我，又想来玩弄新鲜的了。”

丽华微蹙了眉尖，有些自说自话地猜疑着。邦杰在她这几句话中想起来，知道张家骏的姨太太实在是不少，丽华只不过是其中一分子。一时心里颇为愤愤不平，这么一个头发也已花白的老甲鱼，竟然拥抱了三妻四妾地享着艳福，那把我们年轻的小伙子不是要活活地气死了吗？遂叹了一口气，情不自禁地说道：

“想不到你的……就是这个老不死，那确实是太委屈了你花朵一般的美人了。姊姊，听你口气说，好像他除了你之外，还有许多许多呀？”

“嗯，据我所知道，他已经有八个了。”

“啊呀！该死！该死！想不到这老甲鱼的风流，倒不亚于唐伯虎哪！我想他是一个上了年纪的人，哪里还有这么好的精神？不要说他再在外面寻花问柳，就是单在你们八个人身上轮流转来，恐怕他这一把老骨头也靠不住了呀！”

邦杰一听他有八个姨太太，那么加上一个原配的，不是也成了九个吗？他不由“啊呀”一声叫起来，一面骂着说，一面却暗暗地稀奇着。丽华叹了一口气，痛愤地说道：

“这个老贼是很有打算的，补针差不多天天打一枚，而且还时常地吞服珠粉。我又听到他一个可恶的消息，这实在有些惨无人道，杀不可赦的。他据说托堂子里的鸨母，把人家贫苦的还未完全发育的女孩儿去买了来，给他实行采阴补阳。可怜这一班小女孩，把她们精神都给他吸取去，因此弄得面黄肌瘦，有的成了痨病，有的不幸死了。你想，这种狠毒的心肠，还能算是一个人类了吗？”

“什么？‘采阴补阳’这四个字我只有在一种神怪的小说上看见而已，谁知道在这都会里也有这种惨无人道的事情吗？张家骏这狗奴才太可杀了，难道法律就允许他这样横行吗？”

“法律？在这豺狼当道的社会上，什么叫作法律呢？他现在是税务局局长，还有日本人给他做后盾，他根本没有一个人害怕。况且他有的是钱，钱能通神，就是我……也不是为了每月可以拿到他很舒服的生活费，所以才含辱偷生地忍耐着吗？其实，他现在一个月之中也有不得四天到我这里来住夜，你想这叫我们年轻的女人不是太苦闷了吗？”

丽华说到这里，似乎也觉得太露骨一点儿，粉脸一阵绯红，不免也有些羞涩起来。邦杰微微地一笑，神秘地望了她一眼，低低地说道：

“就是他天天能陪伴着你吧，我觉得他这么一个骷髅似的身体，在你也未必会感到什么兴趣吧？所以我为你着想，最好他只供给你的生活费，而不来跟你缠绕，那么你倒可以爽爽快快地跟我享受着夫妻的权利了。”

“他一个月只来四五天，其实不是已经到了像你那么所说的情形了吗？在上海真不知有多多少少的大富翁，他们情愿出了生活费，买一只乌龟做做呢。”

丽华赧赧然地逗给他一个娇嗔，把手在他大腿上拧了一下，嫣然地笑了笑，有趣而得意地回答。邦杰觉得自己的幸福，他忍不住也微微地笑起来。

三轮车到大华公寓门口停下，丽华付了车资，两人携手入内。里面三百十六号房间是丽华早已开好的，门口牌子上也是丽华吩咐茶房填上“杜邦华”三个字的。当下两人跨入房内，茶房跟进来泡了一壶茶，丽华向邦杰问道：

“喂，你饿了没有？要不弄点儿点心来吃？”

“被你一说，也有些饿起来。我吃一碗虾仁云吞好了，你吃什么？”

邦杰取了烟卷，划火燃烟吸着，望了她一眼，微笑着说。丽华遂叫侍役代买两碗虾仁云吞，侍役答应，便即退出房外去了。这里丽华坐在沙发上，微眯着那双勾人灵魂的花眼，向邦杰瞟着，说道：

“刚才要不是你先发觉了这老甲鱼，那可真不得了。”

“也没有什么大不了，他可以在舞厅里游玩，难道你就不能够吗？”

“你倒说得好轻松的，我们女人苦就苦在不平等呀。他们可以堂而皇之，我们女人家就好像只能够偷偷摸摸似的。你来摸摸我的心，此刻还忐忑地跳跃得厉害呢！”

丽华含了哀怨的目光，低低地说。她把手放在自己的胸口上，微蹙了眉尖，那态度是使人这一份神往。邦杰听她这样说，遂把手中半支烟卷不知丢到什么地方去了，他很快地坐到丽华膝踝上，伸手老实不客气地紧摸着她胸部，还唔唔地笑着说道：

“真的跳得特别快速呀。奇怪，难道我们已经到了这个安全的地方，你倒反而感觉害怕起来了吗？好姊姊，你不要心跳，你不要害怕，我做弟弟的给你压惊吧。”

邦杰一面说，一面便凑下嘴，在她殷红的唇皮子上甜甜地吮吻。丽华所以叫他摸胸口，其目的就是要邦杰来这一套，所以邦杰这一个举动正巧是投其所好。因为丽华已快近三十岁的女子了，她平日是这么地饥渴着，今夜就好比是久旱之得甘露一样，所以两臂紧抱着邦杰的脖子，恨不得马上就飘飘欲仙起来。正在这时，门外笃笃敲了两声，邦杰慌忙离开她的身子，走到桌子旁去，说了一句“进来”，只见房门开处，茶房拿进两碗云吞，丽华方才安闲地起身，和邦杰坐在桌子旁，狼吞虎咽地吃起来。吃毕虾仁云吞，碗匙由茶房拿出去。丽华去关上房门，伸手打了一个呵欠，说道：

“邦杰，你等一等，我还要洗一个浴。”

“也好，我等着你吧。”邦杰笑嘻嘻地回答。

丽华遂步入浴室内去了，不多一会儿，听丽华在喊邦杰的名字。邦杰便走到浴室的门口，低声地问：“什么事？”丽华把浴室的门开了一半，只见她伸了一只手，把旗袍、鞋、袜都掼出来，说给她拿一双拖鞋。邦杰虽然觉得自己好像在做她的仆役，但这和普通的仆役显然有着不同，所以他反而发生了无限的兴趣，喜滋滋地把她旗袍、鞋、袜拿到床边的沙发上，又把一双草鞋从门缝里递给她。丽华说声“谢谢你”，便把浴室门掩上了。邦杰还呆呆地愕住在外面，耳边只听一阵洒洒的放水的声音，心中不免荡漾了一下，方才回到房中桌子旁来。因为一阵神秘的感觉，把他刺激得脸发烧得厉害，所以他去推开落地玻璃窗，让春夜的和风在他脸颊上微微地吮吻。这已经是快近十一点了，四周是非常幽静，隔壁房间里随时地也播送出男女细微的笑声来，大概和我们一样地也在幽会欢叙吧。邦杰站在洋台外，只管呆呆地思忖着快乐的一幕。也不知经过了多少时候，忽然室内的灯光熄灭了，同时听丽华的笑声已发自在床上了，她低低地叫道：

“傻孩子，你还待在这儿干什么呀？”

邦杰这才知道她已洗好了浴，大概身上已经是一丝不挂了，所以她熄灭了灯光，当然是怕着难为情的缘故。这就心慌意乱地把玻璃窗拉上，伸手从黑暗里摸索到床边去了。

邦杰因为是迫不及待的缘故，所以他拉上玻璃窗的时候，就根本忘记了拢上插闩。为了这样一疏忽，做梦也想不到因此会出了大毛病，让人杰轻轻地爬入洋台，推开玻璃窗，演出了一幕照相机捉奸的趣剧来。

当时秋心等哄进了卧房，开亮了电灯，见床上的邦杰和丽华正沉沉地睡熟着，这大概是因为经过一度兴奋和疲倦的缘故，直等秋心伸手揭开他们被，他们感到一阵寒意而惊醒过来。但说时迟那时快，这一幕肉感的镜头早已被顽皮的人杰摄入照相机内去了。毓英在仗亮的灯光之下，眼睛是透明的，所以也看得十分清楚，她羞得倒退了两步，连忙别转脸去，还恨恨地啐了一口。这时秋心的心头好像是比喝了醋还要酸味得难过，她气得涨红了脸，鼓作了勇气，撩上手，就在丽华颊上啪啪的两记耳光，打得丽华在睡梦之中大喊起救命来。经此一喊，外面茶房都匆匆奔进房中来问究竟。叶萍是守在房门口，连说没有什么别的，是捉奸捉奸。这消息一传出来，好管闲事的人都挤满了整个的房间，预备饱尝一下模特儿的眼福。

邦杰正在做他甜蜜的美梦，再也想不到秋心会找到这里来捉奸，因为是惊奇过了度，使他心中还以为真的是在做乱梦，但自己身上赤条条的感觉、房中黑魆魆的人是事实，一切告诉他，这并不是做梦，是现实的事情。当下呆呆地也说不出什么话来，第一要紧是穿上了衣裤。丽华听秋心破口大骂着，从这喝骂的言语中，可以知道站在床边的那个女子是邦杰的妻子，一时又怨又恨，真是哑子吃黄连，有苦无处诉，因此也只好先穿衣裤要紧。但秋心放过了邦杰，却不肯放过丽华，不等她穿上衣裤，就狠命地扑了上去，像饿虎抓羊似的，把她肉身上打的打、拧的拧。丽华无法穿衣裤，也只好拥着被，缩成一团，呜呜咽咽地哭泣不停。这时旁边有几个旅客，上前来拉秋心，相劝道：

“这位大嫂，好了好了，这种生意浪的女人也是没有办法，无非为了生计问题，所以十分可怜，你就马马虎虎地饶了她，给她快穿上了衣裤吧，这是有碍风化的。其实这都得怪你丈夫不好，所以你把丈夫拖着回家也就是了。”

“你这贱人！我在外面白相，要你来管我的闲账吗？”

这时邦杰已穿舒齐了衣服，他便胆子大了起来，赶上一步，瞪着眼睛，好像要打秋心的样子。因为秋心这一下子给他坍台，实在叫他没有脸面做人，所以他完全是恼羞成怒的缘故。秋心怎么肯表示屈服呢？当下便又怨又恨地大骂不停。说他没有心肝，没有知识，枉为是个大学生，做了丢脸的勾当，还敢向妻子行凶吗？邦杰被她骂得狗血喷头，因此横竖把心肠一硬，他见丽华也已穿舒齐衣服，这就态度强硬，说根本没有什么不法的行为，真要与秋心动手相打的样子。秋心心中一气，几乎昏厥过去。这时就着恼了旁边的人杰了，他走上前去，说道：

“二哥，你不肯认错，还要用这一种无视态度来对付二嫂，我觉得你这人确实是太无心肝了！我问你，一个青年应该有这么荒唐的行为吗？”

“都是你这小子存心来跟我捣蛋！我的事情，你有资格来管我吗？哼！哼！真是岂有此理！”

“是二嫂叫我们一同来捉奸的，你不要神气活现，瞧瞧大嫂和三姊也都在后面，看你还赖到什么地方去！”

“是的，我叫他们一同来捉奸的，做妻子的能不能捉丈夫的奸？你说！你说！”

“哼！有什么凭据？”

“哈哈，你以为给你们穿舒齐了衣服就没有凭据？你瞧瞧小叔叔手里的照相机吧！你们这一对不要脸的野男女，早已被小叔叔摄入照相里去了。明天把它洗出来，拿给爷爷看，你若再敢凶强，我马上报告捕房，把你送到捕房里去出出丑，看你还有什么脸在世界上做人吗？”

秋心听他依旧这么强硬的态度，这就哈哈地笑了一阵回答。人杰还把照相机向他扬了一扬，显出顽皮的样子。邦杰在这情形之下，方知道他们是有计划的行动，一时把强硬的态度也只好软了下来。这时叶萍和毓英都上来相劝邦杰，还是快些跟着二嫂回去是正经。

邦杰向丽华望了一眼，也只得回身要走。秋心见他对丽华还有依恋之情，但自己把她当作眼中钉一样，这就赶上去，又把她啪啪地打了两记耳光，还是叶萍做好做歹地把秋心拉着出房，一场捉奸的风波才算平息。管闲事的人一哄而散，丽华把门关上，想想实在太受委屈，因此倒在床上，不由大哭了一场。

这里秋心等用绑票式的手段把邦杰押进汽车，开回家中去。一路上秋心是只管唠唠叨叨地骂着，邦杰一肚子愤怒在屁眼里钻出去，却是铁青了脸，一声也不响。当汽车经过南京路的时候，忽然见有一辆三轮车迎面驶来。上面一男一女，男的是俊杰，还有一个女的好像是舞女模样。这在叶萍的心中，真所谓踏破铁鞋无觅处，得来全不费工夫，遂急叫车夫停车，大家奔下去拦阻三轮车。不料俊杰刚被他们拖下三轮车，而邦杰却又趁机溜之大吉了。

第六回

个中有秘密泪湿娇娃

秋心仗了大嫂、姑娘、小叔的势力，把邦杰从大华公寓里像绑票似的绑了回家，不料在半途之上，忽然发现了俊杰和一个舞女模样的女子坐在三轮车上，情形颇为亲热，似乎方欲到什么地方去幽叙的模样。在叶萍的心中，那真可以说是踏破铁鞋无觅处，得来全不费工夫，当时急叫车夫停车，大家一拥而上，把俊杰从三轮车上拖了下来。叶萍趁此机会，还把车子上那个舞女没头没脑地量了几下子耳光，口里还“贱货，不要脸”地大骂了一阵子。俊杰在势孤力单之情形下，也只好被叶萍拧了耳朵，跳上了汽车。众人一点人数，不料邦杰在众人不防之间，却早已溜之大吉了。秋心这一焦急，不免大吃了一惊，连喊：“不好，邦杰逃走了。”众人在车厢里一瞧，果然邦杰没有了。叶萍恨恨地白了俊杰一眼，说道：

“都是你这个人不好，为了你，害得二叔的人又没处去寻了。我看你们这一对难兄难弟，真不知用什么方法来对付你们才能使你们不荒唐呢!”

“本来嘛！谁叫你来把我从三轮车上拉下来的？你这个人呀，真是白虎星！二嫂子，你问她要二弟的人好了。”

俊杰一肚皮怨气正在无处发泄，此刻听叶萍还向自己这样埋怨，这就瞪着眼睛，显出十分愤怒的神情冷笑着回答。说到末了，又向秋心逗了一瞥俏皮的目光，至少是包含了一点儿讥讽的成分。秋心却冷笑了一声，老实不客气地啐了他一口，说道：

“哼！你叫我问大嫂吗？我以为还是问你要邦杰这个人来得妥当，你们兄弟两人一定做好了圈套，所以故意来救他逃走的。”

“啊呀！这话是打哪儿说起的？二嫂子，你不要太冤枉我呀！”

“不管什么冤枉不冤枉，要不是你在半路一窜出来，我们的汽车还不是早已开到家里了吗？所以邦杰这人明明是你放走的！大嫂子，大伯现在这人交给你，不要再让他逃走。我猜邦杰这人一定又逃回到大华公寓去了，所以我此刻还要到那边去一次不可。英姑娘和小叔叔再陪我一同去一次好不好？”

秋心一面向叶萍关照，一面又向毓英和人杰低低地要求。毓英自己心头真有说不出的烦闷和痛苦，你想，如何还有这么好心思跟她莫名其妙地去胡闹着呢？所以摇了摇头，推说身子不舒服，要早点儿回家去休息了。人杰在旁边说道：

“这样吧，三姊和大嫂把大哥押着回家，我陪伴二嫂一同到大华公寓里再去一次。”

“如此甚好，小叔叔，我们快点儿一同去吧！”

秋心一面说，一面拉了人杰，便匆匆地跳下汽车，另外在街上雇了一辆三轮车，和人杰便赶到大华公寓，推进三百十六号房间，只见赵丽华倒在床上还在抽抽噎噎地好像受了十分委屈似的哭泣着。她一听有人进房，遂一骨碌翻身坐起，回眸瞧到了秋心，似乎对于她去而复回的举动感到了惊奇，同时也有些愤怒的表示，遂倒竖了柳眉，白了他们一眼，冷笑道：

“哼！你们到这儿来还干什么？”

“找邦杰来的，你把邦杰的人又藏到什么地方去了？”

秋心被丽华问得无话可答，一时倒怔怔地愣住了一会儿。因为此刻的房中并没有邦杰这一个人，当然自己也有些凶不出来了，良久，方才勉强地回答。丽华因为刚才遭她的侮辱，这时便预备给她一个报复，这就讽刺她说道：

“那可是太笑话了，自己的丈夫没有本领管教，却问我来找人了，真是惶恐都不怕的！告诉你，做个女人，连丈夫也管不牢，我看你还有什么脸在这个世界上做人呢？倒不如早些买块豆腐来撞死了干净。”

“放你的臭屁！都是你们这一班不要脸的狐狸精不好，才把世界上的男子都勾引坏了！你们这种女人真是祸水！”

丽华这几句话把秋心气得跳了起来，遂向她戟指大骂，并且狠狠地要赶了上去，大有和她动武的样子。丽华这回岂肯示弱，遂也赶上一步，冷笑道：

“你是什么地方来的野女人？胆敢在这儿放肆？我老实警告你，你要识相，快些给我滚出，不走，我马上叫警察来抓你！”

“什么？什么？你偷了我的丈夫，你还敢嘴硬吗？”

“放屁！我偷你的丈夫？你有什么证据吗？”

丽华这时的态度相当强硬，她还向秋心大声地骂着放屁，表示并不承认的意思。秋心在这情形之下，真是哑子吃黄连，深悔刚才没有好好儿给她颜色看，此刻倒反而叫她来神气活现地对付自己。一时气得铁青了脸，全身真不免有些瑟瑟地发抖。人杰在旁边看了，当然也十分不服气，遂拉秋心的身子，很俏皮地说道：

“二嫂子，你此刻和她多啰唆些什么？等我把他们这一对野鸳鸯的照相洗印出来了，看她那张嘴还敢犟一犟吗？好了，二哥既然不在这儿，我们还是回去吧。”

“好，我们回去！”

秋心听人杰这样说，也觉得事到如此没有别的办法，只好恨恨地把脚一顿，掉转身子，预备要走的样子。这似乎出于秋心和人杰意料之外的事情，丽华忽然慌慌张张地走了过去，把秋心一把拉住了，低低地说道：

“杜太太，请你饶了我好吗？”

“你这淫娃，也有向我讨饶的时候吗？哼！哼！”

丽华这突如其来的举动，秋心的心中虽然感到有些莫名其妙，但世界上的事情都是这个样子，你软化了，我就强硬，你强硬了，我就软化一点儿。此刻秋心见她突然地软化，知道她总有一点儿自己感到弱点的地方，否则无缘无故怎么肯向自己认错呢？所以她趁此机会，把刚才所受的怨气统统都发泄出来，哼哼地冷笑两声，接着还撩上手，在她颊上啪啪地打了两记耳光。丽华这次挨打，不但并无反抗之意，而且还向秋心扑的一声跪了下来，苦苦地求饶着说道：

"杜太太，过去的事情完全是我错了，你千万要原谅我，从此以后，我和邦杰就一刀两断，绝不跟他往来。在当初也是他花言巧语地先来勾引我，他说没有结过婚，所以行动可以绝对自由，假使我早知道他早有你太太在着的话，我也绝不肯和他交朋友了。杜太太，你就可怜可怜我，饶了我吧！"

"哼！你刚才还向我那副凶恶的样子，此刻怎么倒想明白了？你们这种卖淫的女子，只知道有钱到手，还管得了人家有妻子没妻子吗？"

"不！不！我不是卖淫的女子！"

丽华红了脸，显出十分羞惭的神气，竭力地否认着说。秋心听了，暗想：在她这一句话中显然是大有道理了。这就故作柔和的样子，低低地问道：

"你不是卖淫的女子？那么你难道是别人家的太太吗？谁家太太有像你这么轻骨头呢？你说呀！你说呀！"

"我……我……确实是人家的姨太太！"

丽华被她追逼得没有了办法，因此只好厚了面皮说出了这一句话，她支支吾吾地包含了口吃的成分，脸像是涂过了一层胭脂那么地通红起来。秋心"哦"了一声，这才有所恍然了，遂逗了她一瞥轻视的目光，啐了她一口，骂道：

"这就难怪了，原来是人家的小老婆！不过既然已经做了人家的小老婆，那你也不应该再去七搭八搭了呀！现在你知道错了，那么你就该改过做人，不许再跟人家小伙子去胡调，那我就马马虎虎地饶了你。否则，哼哼，你可当心一点儿。”

“既然承蒙杜太太答应饶了我，那么请你把这张照相的软片毁了，切不要去洗印出来，那就叫我生生死死忘不了你的大恩！”

秋心听丽华说出了这几句话，心中方才明白起来，这贱人所以向自己讨饶，其目的就是要自己毁去照相的软片，于是心生一计，遂低低地问道：

“那么你得老实地告诉我，你是谁的姨太太？你的丈夫叫什么名字呀？”

“我……我……是张家骏的姨太太……”

“张家骏？小叔叔，你知道是什么人？”

“什么？就是这个老甲鱼吗？啊！该死该死！他妈的！你挑他做只乌龟，我倒很赞成，不过你也不该看中我的二哥呀。我告诉你，你以后别的男子只管去偷，但千万不要偷到我两个哥哥的身上来。”

人杰在旁边一听“张家骏”三字，这就“啊”了一声大骂起来，暗自想道：这老甲鱼已经有了花一般的姨太太，谁知道还要这么色眯眯，那也无怪要给他做乌龟了。秋心听小叔叔认识张家骏的，遂急问是什么样人，人杰却说时候不早，我们且回家去了再作道理。秋心认为不错，遂恨恨地把丽华一推，叔嫂两人匆匆奔出大华公寓去了。丽华所以向秋心低头求饶，目的是在要把照相软片毁去，现在仍旧不能如愿以偿，反而遭到秋心一顿侮辱，一时懊悔不迭，也只好另作计划了。

这里秋心和人杰两人坐了三轮车回家，一路之上，秋心自然闷闷不乐。想着邦杰这人也不知又到什么地方去了，假使照这样子下去，夫妇之间哪还有什么乐趣可说呢？我一定要做最后的警告，他若再不改过学好，我没有别的办法，也只好和他提出离婚的条件了。一面想，一面难免有些伤心。人杰忽然笑道：

“这贱人忽然地软化起来，起初我还有些莫名其妙，现在方知她是一条计谋，要想毁去这照相的软片，使她依旧可以不落一点儿痕迹。这女人倒也是一个有心计的人，但可惜她白白地挨了你这两下子打，却没有中了她的圈套。”

“小叔叔，你骂张家骏老甲鱼，这姓张的到底是什么人？你认识他吗？”

秋心听人杰这样说，忽然又记得了姓张这一个人，遂向人杰急急地追问。人杰微微地叹了一口气，脸上又显出愤愤不平的神情，说道：

“这件事情说来话长，照爸妈的意思，张家骏还是你的姑爷，并且是我的姊夫呢！”

“小叔叔，你这是一笔什么账呀？我太不明白了，你快些详详细细地告诉我吧，这到底是件什么花样精呢？”

人杰这几句话听到秋心的耳朵里，当然是丈二和尚摸不着头脑，这就两眼睁睁地瞅住了人杰，又低低地追问。人杰于是把张家骏是爸爸的朋友，他要看中三姊做妻室的话，向秋心告诉了一遍。秋心“啊呀”了一声，恨恨地骂道：

“该死！该死！这姓张的简直不是人种养的！怎么会看中我们英姑娘的身上来呢？那么爷爷难道竟然赞成了吗？”

“爸爸和妈真是被金钱迷住了心，不但赞成，而且还接受了人家三千万的聘金，他们真的预备把三姊嫁给这个老甲鱼了。你想，这不是太以混账了吗？”

“那么英姑娘难道不可以竭力地反对吗？不是我做小辈的埋怨爷爷，他们只管贪财，不顾女儿的终身幸福，那岂不是太老糊涂了吗？”

“哼！我就管不了什么爸爸爷爷，他这种行为简直是不要脸！二嫂子，你瞧三姊今夜不是一点儿也不起劲吗？她就是为了这一件婚事，刚和爸爸妈妈吵过了的缘故。”

人杰表示十二分正义的态度，一面告诉，一面显出非常痛恨。秋心想了一会儿，忽然眉尖一蹙，很气恼地说道：

“小叔叔，我的意思，把这张照相洗印出来，寄一张给这个老甲鱼去看看，也好叫他气得一个半死，这样让他们老夫少妾去吵闹一场，在我也总算是出了一口怨气了。你说我这个办法好不好？”

“你这个办法虽然很好，不过这里也需要考虑考虑，就是给张家骏知道二哥和他小妾搅七念三，这可不是一件好事情。”

“管他，谁叫他在外面尽管荒唐！也叫他得一点儿教训。”

“但是……这个老甲鱼最近还做了税务局的局长，着实有一点儿势力，就怕他恼羞成怒，把二哥下一记毒手，那不是连你的终身都完了吗？所以我的意思，你有了这一张照相，在二哥那里就有了把柄，他以后对你一定也不敢过分强横了。假使二哥以后再不改过，那你就可以凭这张照片，跟二哥法律起诉了。”

秋心听人杰这样说，也觉得很有道理，遂点了点头，表示赞成的意思。三轮车到了家里，经过大嫂的卧房，只见里面电灯已经熄去，想来他们已经安息了。秋心望了人杰一眼，低低地说道：

“小叔叔，今夜多亏你帮我的忙，才拿到了邦杰一个证据。累你这么晚睡觉，叫我心中真是感激。你明天给我照相洗印出来之后，我一定请你看影戏、吃饭。”

“二嫂子，我们一家人，你还说这些客气话干什么呢？好了，时候不早，我们还是早点儿休息吧，明儿见。”

人杰一面含笑回答，一面向她招招手，便匆匆地自管回房去了。这里秋心只剩了自己一个人，懒洋洋地拖着沉重的脚步，一面向自己卧房里走，一面暗暗地想着，觉得天下的事情，总是意想不到的。大嫂原是帮着我去捉奸的，谁知道到结果，邦杰在半路又出了花样精，却让大嫂不费吹灰之力把大伯无意之中抓着回来。想着他们可以在闺房里静静地安息，而自己还是孤衾独拥，一灯做伴，觉得身世茫茫，倍感凄凉，心中一阵酸楚，这就忍熬不住暗暗地淌下泪来。

今夜的事情，尽多着出人意料之外。秋心一脚跨入卧房的时候，忽然瞥见到床上已经睡着了一个人，秋心奇怪地怔怔地愕住了，一面关上房门，一面揉了揉眼皮，仔细地望去，嘿，想不到却是邦杰睡在床上。秋心这时的芳心里，真是感到说不出的安慰和喜悦，连忙收束了泪水，一面悄悄地走到床边，只听邦杰有细微的鼻鼾之声，好像已经熟睡的样子，于是脱了衣服，也就熄灯安寝。当她睡进被窝里去的时候，她想把邦杰恨恨地弄醒，但转念一样，她到底又爱惜他身子起来，因为他在这不要脸女人的身上已经花了很多的精力，我若把他吵醒，说不定第二天他会恹恹地生起病来，所以还是让他休养休养，等明天早晨，我再和他吵闹是了。秋心在这么感觉之下，把身子转向床里，也就自管地睡去。不料邦杰并没有睡熟，他慢慢地伸过手去，把秋心身子抱住了。秋心冷不防被他一抱，方知邦杰是装着睡熟的样子，心中怨恨，就把邦杰的手狠命地拧了一下，痛得邦杰“喔哟喔哟”地叫起来，一面又连连地叫着“太太饶我”。秋心冷笑了一声，骂道：

“你这没有心肝的东西！你怎么一想才又回到家里来了呀？有本领今夜不回来，那就是你的颜色了。谁稀罕你呀？你会溜着逃走！哼，我看你还是不用睡在这个讨厌的卧房里了吧！你给我走！你给我走好了！”

“我真不懂你们女人家的心理是什么的意思？我在外面，你把我硬生生地抓回来。我回来了，你又把我这么地赶着。回头我要如真的又走了，那时你又要四处乱找寻人了。”

邦杰听她一面骂，一面还把自己身子向床外乱推，知道这是女人家假惺惺作态的一种做作，遂故意生气的样子，淡淡地说。秋心被他说到心眼儿里去，自然十二分地怨恨，遂忍不住呜呜咽咽地气得哭起来，口里还表示非常强硬的模样，说道：

“哼！我当你海宝贝看待了吗？老实地跟你说，你这会子要到外面再去胡调的话，烂掉我脚后跟，再也不会来找寻你了。”

“好太太，你哭起来这又何苦呢？哭坏了身子，叫我不是感到心痛吗？”

邦杰在黑暗里一味地向秋心温存赔错，表示非常多情的样子。秋心把他手恨恨地摔开了，还是余怒未消的神气，说道：

“我哭死了，也不关你的事！谁要你动手动脚的？真讨厌！”

“好太太，你千万饶了我的罪恶吧！夫妻情理，何必认真呢？俗语说得好，船尾巴吵闹，船头上要好。吵吵好好，这是算不了一回稀奇的事情。好太太，我下次再也不敢了，你就不要记在心里了。我敢向你发咒，假使下次再有不良的行为，那我马上天打雷劈，永世不得为人！”

秋心虽然是十二分地向他恼怒着，但邦杰却像没气死人似的只管做小花脸说好话，同时他的手也一味地在秋心身上顽皮着。秋心并不因他的温存而稍减怨恨，她还是气愤愤地推开他要想亲热的身子，骂道：

“省省吧！你这种嘴比人家屁眼都不及！人家放一个屁，倒还觉得值钱呢！你这种人说话算得了什么？好比狗在粪缸面前发咒，说永生永世不再吃粪，但一只没有灵感的狗，它怎么肯真的不偷粪吃呢？所以要你改过学好人，除非你鼻头管朝北去了。”

“骂得好！骂得好！不过我到底是一个有知识的人，而且还是一个大学生，你怎么能真的把我当作狗相比呢？好太太，你放心，从今以后，我一定决心改过做人！”

邦杰被她这样地看轻侮辱，不但一点儿没有怒意，而且还连连地称赞她骂得好。秋心到底是一个有情感的女子，她此刻倒又不忍心起来，遂一面伤心地哭泣，一面低低地说道：

“你自己想一想吧！‘改过做人’这四个字，你一共说了多少遍数了？今天说明天改过，明天说后天改过，我问你，世界上日子过得完的吗？我老实对你说，你自己也要想想你自己的前途，把大好的精神都浪费在酒色的上面去，这是一件多么心痛的事情呢！你不要以为我咒你我管你我恨你，假使你稍具一些知识并良心的话，你就可以知道我做妻子的对丈夫究竟是一番好心还是恶意呢。”

“我知道，我明白，你当然是一番好心。你希望我做丈夫的有光明的前途，那么你做妻子的也有幸福的日子。好太太，我已经完全觉悟了，你快些不要伤心了。假使你把身子伤心得成了病，那不是叫我太对不起你了吗？”

此刻的邦杰好像是换了一个人，他比人家懂事的丈夫更懂得多一点儿的样子，伸手抚着秋心的脸，给她拭着眼泪，真是说不出的温情蜜意，好像是个世界上最多情的丈夫。秋心冷笑着说道：

“自从我和你结婚到如今，你本来有哪一处对得住我呢？第一，我做妻子的没有用过你丈夫一个子儿的钱。第二，从来没有陪我去看过一次电影。你这种丈夫还有什么资格可说呢？老实说，要吃要用嫁丈夫，现在我觉得还是在家里做姑娘时候舒服得多哩！”

“秋心，这个你也应该原谅我，因为我还是一个求学时代的青年，没有到赚钱的阶段，你们做妻子的当然也只好受一点儿委屈了。”

“不错，一个求学时代的青年不会赚钱，那我当然可以原谅你。但你应该努力学业，那么将来可以在社会上成功事业，才有伟大的前程，那么我眼前虽然吃苦，将来也总有好日子过。现在你名义上求学，实际上荒唐，就是你再读上十年二十年的书，恐怕也读不出什么名目来。你叫我做人还有什么出头的日子了吗？就是你自己吧，眼前靠着父亲有钱，但百年之后，父母归西，难道你还能再有第二个父母来倚靠吗？少壮不努力，老大徒伤悲，我说的全是金玉良言，你要再不努力上进的话，那么将来到吃苦的时候，才懊悔来不及的了。”

邦杰听她絮絮地说着这一番话，一时心中也有些感动起来，遂连连地点头，竭力地忏悔，表示觉悟的意思。秋心不再说话，遂别转脸，要睡的样子。邦杰却要扳过秋心的身子，低低地说道：

“好太太，那么我们就讲和了吧，从此言归于好，你就饶我这一遭，我要好好儿改过做人！”

“一个人要存心改过做人，这绝不是单在口头上说说而已，所以你不用跟我求饶，也不必和我声明，只要看你以后的行为，那就知道你究竟改过不改过了。”

“你这话说得对极了，不过你心中是不是还恨着我呢？”

“你能够真的改过自新，我还恨你做什么呢？”

“既然不恨我了，你干吗老是不回过脸来？可见得你还讨厌着我。”

“时候不早了，还回过脸来做什么？早些睡吧。”

“不，你一定要回过脸来。秋心，好妹妹，我……我……”

邦杰知道太冷淡了爱妻，所以使爱妻感到怨恨，这也是原因的一种，所以他竭力地扳转秋心的身子，说了两声“我”字，就凑过脸去，在她小嘴儿上紧紧地吻住了。秋心在这个时候，也只好柔顺得像一头驯服的羔羊，尽让他脉脉地温存了一会儿，不过当她在发觉邦杰有另一种企求的时候，她正了脸色，很严肃地予以拒绝，不过口里还和缓地说道：

“邦杰，你要保重你自己有限的精神，你不能误解爱情的真意，因此浪费你可宝贵的生命，这是多么可惜啊！”

“秋心，你真是一个懂得爱情的好妻子，我说不出该拿什么来感谢你对待我这一份情义才好！”

“你这是什么话呢？夫妻之间，互相珍惜，互相敬爱，这是分内的事情，那还用得了什么‘感谢’这两个字吗？”

“不错，这也用不到什么客气的。秋心，不过我向你有个小小的要求，请你千万要答应我的。”

邦杰抱着她的娇躯，在她粉脸上亲亲热热地吻了一会儿，这才又低低地叫了一声秋心，说出了这两句话。秋心有些猜疑的目光，沉吟了一会儿，低低地问道：

“你有什么小小的要求呀?”

“就是……就是……请你把这张照相的软片毁去了……秋心，你假使真的不恨我了，真的饶我这一遭了，那你一定会答应我这个要求的。”

“原来是这一件事情，那不成问题，只要你以后不荒唐，这张照相，我绝对可以给你保守秘密。只不过你要故态复萌的话，那么我就老实不客气，根据这一张照相，就可以和你法律起诉。那时候你不但身败名裂，而且张家骏还要请你吃手枪哩!”

秋心听他这样说，一时淡淡地一笑，遂用了俏皮的口吻，向他大有警告的意思。邦杰的心中自不免暗暗地吃惊，觉得这件事情实在是自己一个拘束，以后的行动完全失了自由，于是低低地说道：

“秋心，你既然已经明白她是张家骏的小老婆，为了避免我吃人家手枪起见，我觉得你是应该把这照片预先地毁去，那么免得我提心吊胆地好像有件什么心事放不下的样子。”

“我以为我手里有了你们这一张照片，那就强如我在后面天天跟着管牢你了。其实你可以不必胆子小，因为你已经改过做人了，这张照片根本没有什么大不了。在我给你藏着，也无非是留个纪念的意思。”

秋心的芳心里开始又掺和了一点儿悲哀的成分，她觉得邦杰所以向自己悔过，向自己甜言蜜语地求饶，其目的是要哄骗到手这一张照片而已。那么他的悔过、他的觉悟，完全是一种虚伪的掩饰，他对自己根本没有一点儿真心的表示，所以非常怨恨，她的语气是包含了多少讽刺的成分。邦杰知道秋心不肯放手这一张照片，也就是预备将来跟自己作打官司的证据，所以非常不快活，但表面上还显出焦急的样子，说道：

“秋心，你开什么玩笑呢？这种东西又不是什么好玩意儿，你留了干什么用呢？万一无意之中落到张家骏的手里去，这可不是玩的事情。所以你假使真心疼爱你丈夫的话，你是应该把这照片加以毁灭的。”

“这问题并不是那么简单，好在我总不见得会去陷害一个自己心爱的忠实的丈夫。邦杰，你只管放心，我们还是早些睡吧，你明天不是还得上学校里去读书吗?”

邦杰待要再向她恳求，秋心已蒙住了被，似乎沉沉地熟睡去了，一时细细回味她这两句话，她不会陷害一个忠实的丈夫，那么丈夫倘然不忠实的话，她当然是要陷害的啰。可见她不肯交还这张照片，心中原是不怀好意，我以后还得小心一点儿才好，否则难免要受她亏了。一面想，一面暗暗恼恨，但此刻人也疲倦极了，遂自管沉沉地熟睡去了。

第二天早晨，秋心先匆匆地起床，漱洗完毕，只见叶萍悄悄地进房，似乎很关心的样子望了她一眼，低低地问道：

“二嫂子，昨天晚上可曾把二叔找回来了没有?”

“大嫂子，说起来真是又好气又好笑的。”

秋心见了叶萍，便向床上努了努嘴，一面说，一面拉了她身子，附了她耳朵，低低地告诉了一阵。叶萍这才知道了，扑哧地一笑，正欲说句什么，床上的邦杰“哎”了一声醒过来了，于是向她摇摇手，便自管退出房来。在房门口遇见了小叔人杰，叶萍向他摇手，说道：

“小叔，二叔已经回来了，你还是不要进房去的好，你把他们的恶形恶状照相拍了进去，二叔心中也许是正恨着你哩。”

“二哥已回来了，那就很好。大嫂，昨夜大哥没有和你吵闹吗?”

“嗯，他做了亏心事，他还有胆量再敢吵闹吗?”

叶萍说完了这两句话，不知为什么缘故，忽然脸一阵阵地娇红起来。人杰还是一个小孩子的年纪，当然并不理会大嫂这些神秘的态度，遂点头说声再见，他便匆匆地预备上学校里去了。当他走到小院子门口的时候，忽然想起了毓英，她不知可曾起来了没有？可怜她昨夜有了心事，说不定一夜没有好好儿地安睡呢。人杰一面想，他身子便不由自主地向毓英的卧房里走。

人杰跨进毓英的卧房，只见她还睡在床上，心中暗想：她还没有起来呢。遂蹑着脚，轻轻地走到床边。忽听有阵雪雪瑟瑟的低泣之声，分明毓英是哭泣得那么伤心。这就坐到床边，伸手拍拍她的肩头，叫道：

“三姊，三姊，你怎么啦？还没有起来吗？今天不预备上学校了？”

“哦，小弟，你叫我还有什么心思再上学校去读书呢？”

毓英回头一见人杰，觉得这一个家庭里，就只有人杰是同情自己的兄弟，她亲热地叫了一声小弟，那一眶悲痛的热泪这就滚滚地落了下来。人杰见毓英两眼好像胡桃似的红肿，可见她昨夜确实是整整地哭泣了一夜，一时激起了同情的悲哀，眼皮忍不住红了起来，低低地说道：

“三姊，事情已经到了这个地步，你徒然伤心，又有什么用处呢？瞧你哭得这个样子，回头到学校里去，被人家瞧见了不是很不好意思吗？”

“小弟，昨天晚上跟了二嫂去捉奸，我一时倒也糊里糊涂，把自己的心事倒也忘了，但回家一睡到床上的时候，我越想越不对，这是一个人的终身大事，岂是儿戏的呢？所以我就整整一夜没有合眼，我今天原不预备上学校去读书了，我觉得我的前途不全都完了吗？”

毓英一面说，一面伏在枕上又呜呜咽咽地哭泣起来。人杰的眼角旁也涌上了晶莹莹的一颗，他把手帕拭着毓英颊上的泪水，叹了一口气，说道：

“唉，我真想不到爸爸和妈妈会这么贪财。三姊，并非我还来埋怨你，你就不应该答应爹妈呀！现在你到底预备怎么办呢？”

“我当然不预备嫁给他，爹妈倘然一定要硬逼我，那我没有第二条路，也只好一死保持我女孩儿家的清白了。”

“三姊，你说一死，那又何苦呢？我的意思，你在外面少不得总有一个知心的朋友，那么还是和你朋友去商量商量的好，或许他有能力可以帮助你的。”

人杰听毓英说死，心中十分不忍，遂蹙了眉毛，沉吟了一会儿，好一会儿后，方才给他想出这一个主意来。毓英在这个时候，也顾不得“羞涩”两个字了，遂低低地说道：

“朋友是有一个的，不过他也是一个求学时代的青年，就是和他去商量吧，他也没有什么能力可以来帮助我呀。”

“不管他有能力没能力，不过他既然是你的知心好朋友，我想对于这一件事情，你似乎应该有告诉他的必要。”

“你这话说得有理，但是我此刻头疼脑涨，实在支撑不住站起身子来，看样子我竟是要生病的光景了。”

“不会的，那是因为你昨夜没有合眼的缘故。我说你此刻可以静静地睡一会儿，下午睡畅了，便起身去找你的朋友，等你们商量过了后，我看有什么能力可以帮助你的话，我一定给你出力。”

毓英听他这么安慰，心里自然是十分感激，当下便点头答应了。这里人杰便匆匆地出房，方才到学校里读书去了。

太阳走完了一日的行程，在黄昏降临大地的时候，它涨红了脸，好像很吃力的样子，终于向大地万物做最后的告别了。人杰急急地从学校里回家，心中是只管暗暗地思忖着：三姊下午去跟她朋友商量过了之后，此刻大概总可以回来的了，不知他们商量的结果是个什么好办法？人杰一面想，一面匆匆地经过大嫂的卧房，听里面有人在说话，好像是议论着三姊这一头婚姻的样子。这是二嫂子的口吻，她很感慨地说道：

“大嫂子，爷爷会把英姑娘嫁给张家骏，那也真是一件被人唾骂的事情，这也怨不得英姑娘气得痛哭流涕了。并不是我说这一句话，爷爷有这种无耻的行为，所以两个儿子都不会好呢。”

“你不知道，这其中还有一个曲折的原因。”

“哦，还有一个曲折的原因吗？那么是什么原因呢？”

“这原因当初我也不知道，还是昨夜俊杰告诉我的，他叫我不要向别人说，因为这也可说是一个秘密。”

“秘密？难道英姑娘不是爷爷亲生的女儿吗？”

“嗯，二嫂子，你这人就太聪明了。”

人杰站在房门口，偷听到这里，一时方才有个恍然大悟，暗想：原来毓英不是我的亲姊姊，难道是从小领养在家的吗？他一颗心像小鹿般地乱撞，这就情不自禁地一脚跨进大嫂子房中问究竟去了。

第七回

为卿又为我以死相要

人杰急匆匆地走进大嫂子的卧房，叶萍一见了他，便即向秋心丢了一个眼色，大家不再说什么话了。人杰知道她们是不肯给自己得知这个秘密的意思，遂迫不及待的神情，老实不客气地先直接问道：

“大嫂子，你不用和二嫂子眨眨眼睛的，其实我在门口已经听见你们的谈话了。三姊怎么啦？她……她……难道不是我爸爸和妈亲生养的吗？”

“谁跟你怎么说的？小叔叔，你不要向别人家胡说白道去乱嚷呀！”

叶萍想不到人杰在房门口已经偷听去了，一时倒吃了一惊，脸色显得特别慌张，还想急急地辩解，不过她后面这一句话，已经是包含了向他叮嘱的成分。人杰见大嫂否认，便把嘴一噘，说道：

“哼！大嫂子，你还瞒骗我做什么？二嫂子，你说一句公平话，她刚才不是对你这么说吗？谁知大嫂此刻却赖了呢！”

“小叔叔，这件事情因为还不是公开的，所以我劝你不要多管闲账吧！喂，我的照片怎么样？你可曾给我去洗印出来了吗？”

秋心见人杰说到后面，又回头来向自己这样问，遂一面向他劝告，一面故意打岔着说。人杰摇了摇头，似乎不以为然的样子，说道：

“我说你们这种人也未免太自私了，只管自己的事情，不管别人家的事情。我比方这么说一句，假使个个人都像你们存心，那么老实地说，昨夜你去捉奸，我也不肯来多管这些闲账了。就是因为一家人的事，大家都应该互相帮助才好，假使你叫我不管三姊的闲账，那么你叫我去洗印照相，我也不管好了，你何必还来问我呢？”

人杰说完了这几句话，他发孩子脾气的样子，鼓着小嘴儿，大有生气的表示。秋心听了，细细地想起来，觉得他的话实在很不错，遂红了脸儿，一时十分羞惭，倒也回答不出什么话来了。叶萍在旁边说道：

“小叔叔，你不知道，爷爷从来没有把这件事向外面人告诉过，这无非是你大哥偷偷向我说的。回头你假使闹开来，爷爷知道了不是要责怪我们太多事吗？所以这件事情的情形不同，我劝你还是不要向外面去传扬的好。”

“这就怪不得了，假使三姊是爸妈亲生养的话，做父母的当然绝对不会贪图金钱，而不顾亲生女儿终身的幸福。”

人杰自言自语地说着，他心里表示无限的愤怒，呆呆地站立了一会儿之后，他便匆匆地向房外走了。秋心连忙把他叫住了，急急问道：

“小叔叔，你把这张照片，难道真的不管闲账了吗？”

“不要急，我已经给你洗印了，明天下午可以拿取。”

人杰回头望了她一眼回答，他一面便匆匆地走出卧房，一面奔到毓英的房中来。在人杰的心中，以为毓英下午一定跟她知心好友去商量过了，但万不料毓英睡在床上却病了起来。下午杜太太早已给她看过了医生，而且还喝过了药汁，此刻上房里派来的丫头小花正在服侍毓英喝开水。人杰瞧这情形，便走到床边，急急地问道：

“三姊，你怎么没有起床过吗？”

“四少爷，三小姐发烧得厉害，她病了呢！”

小花不等毓英回答，先代为急急地告诉。人杰听了这话，心头倒是别别地一跳，遂走上去伸手在毓英额角上按了按，显出非常爱怜的样子，低低地说道：

"三姊，你好好儿的怎么病了？唉，我说事情犯到身上那也没有办法，好在我们人是活的，总不见得束手待毙的，所以我劝你放开了胸怀，我们总得反抗，来图最后的生存才好。"

"小弟，妈刚才对我说，爸爸已经和张家骏说妥了，预备下星期日就把我送过去给张家骏成亲，这……分明是把我身体出卖了，你想，我还做什么人好呢？我情愿死，我再也不情愿给这个老不死去侮辱。"

毓英低低地叫了一声，她十二分惨痛地告诉出这儿句话，她的眼泪又像断线珍珠一般地滚落下来了。人杰气得握紧了拳头，连说："混账，岂有此理！这还成什么话呢？一个堂堂银行的行长，竟然卖起女儿来了。"这时，小花扶着毓英躺下身子，她便悄悄地退出房外去。人杰待小花走后，他便向毓英望了良久，不知怎么的，此刻见了毓英那种楚楚可怜的意态，在人杰更激起了一阵爱怜之心，他似乎再也忍熬不住了，遂气喘喘地说道：

"三姊，你以为爹妈为什么待你这样狠心？原来你不是爹妈的亲生女儿呀！"

"啊！你这话是打哪儿说起的呀？我不是爹妈亲生养的，那么我这人……是从什么地方来的呢？"

这消息仿佛是晴天中起了一声霹雳，把个毓英震惊得"啊"的一声大叫起来，她也顾不得身上有热，急急地从床上靠起身子，向人杰茫无头绪地追问。人杰见她身上只穿了一件鸡心领的小纺衬衫，露着雪白的酥胸，真令人感到有些心神欲醉的。因为毓英不是自己同胞手足了，所以在人杰心中是不免更有些想入非非起来，他连忙撩过一件羊毛短大衣，给她披在身上。因为毓英这两句问话叫自己一时难以回答，因此倒是怔怔地愕住了一会子。毓英急得双泪交流地拉住人杰的手，又急急地问道：

“小弟，小弟，你这消息到底是从什么地方得来的？谁向你这么告诉？你快些对我说呀！”

“这消息我还是刚从大嫂卧房里偷听来的，大嫂跟二嫂在这么地说。我追问大嫂，大嫂还不肯向我告诉，并且叮嘱我不要向外面人乱嚷，她说这是我爸爸的秘密。我想这消息一定很准确，你假使是我爸妈亲生养的，我想爸妈一定不会这么狠心，不管女儿终身幸福，就这样地把你出卖了，是不是？”

“不错，不错，那是一定的，这样说来，我和你也不是同胞手足了？”

毓英点了点头，她呆呆地沉思了一会儿，觉得从种种的情形猜想，自己也许真的不是父母亲生养的。她秋波斜乜了人杰一眼，当她说出后面这一句话的时候，不知心里有个什么感觉，她的粉颊上笼罩了一层玫瑰似的娇晕。人杰见她红晕的粉脸，真有一股子说不出美丽的风韵，一时心里也不住地荡漾，紧紧地握住她纤手，含情脉脉地说道：

“可不是！我们并不是亲姊弟呀！这一件事情，我倒要向爸妈问一个仔细，问你这个人到底谁养的。假使在血统上我们是很远的话，那么……哎哎！三姊，我问你，不是亲手足，可不可以做夫妻的？”

“小弟，你怎么问出这一句话来了呢？”

人杰说到那么两个字的时候，便顿了一顿，接着便向毓英问出了这两句话。毓英想不到他会这么地问，一时她的芳心便像小鹿般地乱撞起来，秋波逗了他一瞥娇羞的目光，故作不解其意地反问他。人杰是个情窦初开的少年，在他向毓英这么地问，也实在是鼓作了十二万分的勇气，此刻被毓英这么地一问，他也感到无限的难为情起来，红了两颊，呆呆地怔住了一会儿，方才低低地说道：

“三姊，我和你平日的感情不是很好吗？不过在当初，我们是只知道亲姊弟，所以我们的爱是手足之爱；但现在既然知道你不是我父母亲生养的，那么我们不是也可以进步到夫妻之爱吗？三姊，假使你肯答应嫁给我做妻子的话，那么我就有办法可以跟父母去谈判了。”

“小弟，那么你和爹妈预备怎么样谈判呢?”

毓英听他这样说，心中暗想：弟弟这人倒也人小心不小了。因为他已说得那么坦白，所以也不用怕什么难为情了，厚了面皮，向他低低地探问。人杰一本正经地说道：

“我对爹妈说，说你不是他们亲生养的，我爱你，我要娶你做妻子，假使爹妈不答应，我马上吞生鸦片自杀，妈一听我这么说，她一定会答应我的。所以我认为这倒是一件很好的办法，就只怕你不肯爱上我。”

“这件事情……倒有些为难了，因为我究竟是不是爸妈亲生养的，那到底还是一个问题。万一我们是亲手足，那……我们怎么可以成为夫妻呢? 所以那也不是糊糊涂涂今天就可以解决的事情。小弟，你说我这话是不是?”

人杰暗暗地沉思了一会儿，觉得毓英说的也未始不是没有道理，这就红晕了两颊，点了点头，说道：

“你不听见我说先要向爸妈问一个仔细吗? 事情当然要调查一个清清楚楚之后，那么我们才可以实行结婚，否则，爸妈也绝不会让我们亲姊弟结婚的。我现在问你，就是我们不是亲姊弟的话，你是否肯抛了你那一个朋友而爱上我呢?”

“这个……”

毓英听他敲钉转脚地追问，一时倒回答不出什么来了，芳心别别地乱跳，粉颊上是娇艳得好看，说了“这个”两字，竟然呆呆地愕住了一会儿。人杰微微地一笑，明眸望着她可爱的脸庞，说道：

“三姊，是不是有些委决不下?”

“我以为你说的还是第二个问题，所以事情当然先要解决第一个问题。也许大嫂也是一种猜想而已，那么我们这个消息传到外面去，岂不是给人家当作一件天大的笑话吗?”

“嗯，这样也好，那么我此刻先到上房里去和爸妈解决第一个问题。至于第二个问题，三姊不妨仔细地考虑考虑，我们慢慢地再行商量。”

人杰说完了这几句话，他的身子便匆匆地奔到上房里去了。这时杜太太一个人歪在床上吸烟卷，她见了人杰，先开口问道：

“人杰，你放学了吗？毓英这妮子竟生起病来了，你可曾去看过她？”

“没有去看过她，哦，妈，我得到了一个消息。”

人杰故意撒了一个谎，一面说，一面坐到床边去，倒在杜太太的怀里，仿佛小孩子似的亲热着。杜太太生平最欢喜的就是这个小儿子，遂抱着他的脖子，抚摸着他的脸蛋儿，笑道：

“你得到了一个什么消息呢？”

“这个消息，也可说是一个秘密。”

“秘密？是谁的秘密呢？”

杜太太听他很神秘的样子回答，一时皱了眉毛，用着猜测的目光，望着他怔怔地问。人杰顽皮地把手在她鼻子上一指，笑嘻嘻地说道：

“是妈的秘密。”

“什么？我的秘密？你这孩子简直在胡说白道，妈疼爱你，你就越发没有了规矩。昨夜这样无礼貌地冲撞你老子，害得他气了一整夜，说我太放纵了你，因此连老子都不怕起来，这还成什么世界呢？”

“什么世界？本来是到了暗无天日、惨无人道的世界了。不是我在妈跟前说这一句话，他自己不像做个老子的身份，那也怨不得我没有规矩呀！”

人杰冷笑了一声，他这几句痛心的话显然是有感而发的。杜太太听他这样说，便“哎”了一声，伸手轻轻地打了他一个嘴巴，说道：

“瞧你这孩子又在发疯了！你说爸爸没有做老子的身份，幸亏你爸爸没有听见，要不然，叫他不是又要气得跳起来吗？他为什么没有做老子的身份呢？还是年龄够不到？还是没有能力来教养你呢？我第一个先要向你问一个清楚了。”

“年龄上是太有资格了，他连大哥都养了，难道我一个十七的孩子还养不出来吗？”

“就要你说这一句话，那么你如何说他没有做老子的身份呢？”

“我是说他的行为，实在叫人有点儿看不入眼。比方说，他自己也是一个银行界有地位的人，不要求过分的奢望，我想苦吃苦用，总还不至于到饿死的地步。你瞧现在多少的百姓，不管天晴天雨，大都在挤轧着买户口米过日脚，他们都好像在活地狱里受苦。爸爸有了这样地位，还要做投机、囤货色，并且交结这种祸国害民的汉奸，你想，这还是一个做我爸爸的身份吗？还有……还有……他把三姊强迫嫁给这个老甲鱼，那更是十恶不赦，被外界知道，真要被人家骂得一个半死呢！”

人杰用了正义的态度，他并不留一点儿感情作用，滔滔不绝地说出了这几句话。杜太太听了，把脸一沉，也显出了一点儿不悦的颜色，说道：

“孩子，你这话说得不对呀！要知道你爸爸这样地忙忙碌碌，他也是为了你们呀！他不做投机，你们哪儿有洋房住？你们哪儿穿得好、吃得好，而且还有书读呢？所以你这些话要被你爸爸听见了，他真会气得吐血哩！”

“不过……我倒并不希望住洋房、穿呢绒、吃海参，这个年头儿，国家没有一块完整的土地，满目都是荒凉的疮痍，满鼻子闻到的更是血腥的气味。假使我们再要享乐、再贪图富贵，这于心何忍呢？其实遗财给子孙，倒不如积德与子孙。老实地说，大哥、二哥若没有爸爸过分地给他们荒唐，他们何至于弄到今日文不能摆拆字摊，武不能挑柴担，一无技能生产，而只会浪费的地步呢？”

"人杰，你这话太没有礼貌了，怎么连大哥、二哥都被你看轻起来了呢？你大哥现在做做西药生意，不是也很好吗？虽然我这里也拿去了几百万，但做生意将本求利，那也是应该的事。至于你二哥，他和你一样，现在还在大学里读书，你叫他怎么去赚钱呢？我问你，你可曾在生产吗？"

杜太太听人杰开口总要带着什么国家、民族的句子，叫自己弄得莫名其妙地听不懂，只有后面把老大、老二说得一屁不值的话，她听了有些不以为然，遂用了讥笑的口吻，向他俏皮地反问。人杰知道妈是上了大哥的当，假说去做生意，可怜妈被他骗用去钱，还以为他在将本求利呢！一时又好气又好笑，意欲把昨夜大哥、二哥荒唐的行为向她告诉，但仔细一想，我此刻到来的目的并非是为了这些事，我何必丢了正经的不谈，而只管说这些毫无关系的空话呢？于是坐正了身子，说道：

"妈，这些事我们不谈，我现在要问你一句话，你到底一共养了多少儿女？"

"啊呀！你这孩子问这些干什么呀？"

杜太太在当初是根本想不到这许多，她认为小孩子说话到后面总难免近乎有些滑稽了，所以"啊呀"了一声，忍不住笑起来问他。人杰却一本正经地又说道：

"你不要管我问它做什么，你只要老实地告诉我好了。"

"那还用问吗？我养你们兄弟姊妹四个人呀！"

"那么在当中可曾抽过签吗？"

"没有，我生你们四个孩子，都顺顺当当地把你们养大成人，连病都没有生过一次。"

"妈，我想不见得吧。照你的面相看起来，你也许只养三个孩子。"

人杰摇了摇头，故意把杜太太的脸注视了一会儿，笑嘻嘻地回答。杜太太冷不防听他这样说，心头倒是别别地一跳，但还竭力镇静了态度，把他当作开玩笑的样子，笑嗔道：

“瞧你这孩子今天放学回来，怎么尽说着这些疯话？莫非你在外面中了什么邪气了吗？所以胡说白道地跟我做娘的也开起玩笑来了。”

“妈，你自己倒是中了邪气。”

“放你妈的臭狗屁！我好好儿的中什么邪气？”

“你不中邪气，那你为什么要说谎呢？”

杜太太听人杰认无其真地向自己逼问，一时她的脸也涨红得猪肝色了，不过她还瞪着眼睛，表示非常着恼的神情，说道：

“我说什么谎话？你大哥、二哥、三姊，连你不是四个人吗？”

“可是，照妈的面相瞧起来，其中一个不是妈养的。”

“放屁！你几时学会了看相？你要再胡说白道，我给你一个兜嘴巴！”

人杰见母亲扬着手，好像向自己要做个打的姿势，这就连忙躲逃到沙发边去，还故作贼秃嘻嘻的样子，说道：

“妈，你不用打我，你摸着自己良心说一句话，你到底养三个还是养四个？”

“当然养四个，要么你这个倔强的野孩子，就好像不是我养出来的。”

“我倒是妈亲生养的。”

“那么你大哥、二哥难道不是我亲生养的？”

“不！不！照我算起来，三姊不是你亲生养的，她是别人家的孩子，一定是妈去领养来的。妈，你不必脸发红，这是命中算得出来！”

人杰连连摇头，他最后忍不住直接地说出来，而且他还预先向杜太太逼紧着一句，表示自己说的完全有根据的意思。杜太太被他这么地一说，她的脸自然而然地更红了起来，这就恨恨地白了他一眼，喝道：

“胡说！胡说！你有本领会算出来，那你还可以去做星相家了。”

“就是我不会算，但我看也看得出来，三姊一定不是你养的。”

“你从哪一点看出来呢？”

“假使是你亲生的女儿，我想你们绝不会贪着金钱，而硬逼三姊去嫁一个老甲鱼的。”

“啊呀！你这孩子年纪轻，懂得了什么呢？我们把毓英嫁给张家骏，这完全是一番好意。老实说，一个人在世界上为的什么？无非为了金钱，像张家骏这样有钱的夫婿，毓英真是好福气哩！”

杜太太绷住了脸，表示非常认真的样子，向他一番大道理地解释。人杰沉吟了一会儿，摇头说道：

“我说的和你齐巧相反，因为思想的不同，所以我们再也说不明白的。现在我有一个要求，请妈答应我。”

“是什么要求？在可能范围之下，我总可以答应你的。”

人杰在没有说出来之前，他的脸先一阵一阵地红起来。但事到如此，他也顾不得什么难为情了，遂厚了面皮，说道：

“我和三姊只不过相差一年，你们以为三姊的年龄不小了，所以要给她配人家了。那么我的年纪也不算小了，我也想讨一个老婆，不知道妈肯答应我这个要求吗？”

“嗯，原来你这孩子人小心不小，说来说去，还是为了要讨妻子的缘故。哈哈，很好，很好，你不要求我，我早也有这个意思了。因为你大哥、二哥他们虽然也都娶了妻房，可是直到现在，我手里还没有一个孙子抱抱，其实我也非常着急呢！那么我问你，你心中有没有对象了？假使外面已经有了女朋友的话，那你不妨把她约到家里来玩玩，给我看看是不是一个好人才。倘然果然不错的话，我马上可以派人去给你做媒。”

杜太太这才明白儿子也要讨妻子了，她忍不住哈哈地笑起来，脸上显出十分欢喜而又十分有趣的表情，向他急急地问。人杰俏皮地说道：

“说起我这个女朋友的容貌，真是艳若桃李，十分美丽，不要说我欢喜她，就是妈看见了，也会十分中意呢。”

“哦，不知几岁了？”

“年纪是比我大一岁，不过十八岁的姑娘，总不见得会比我老相的。”

“比你大一岁？嗯，这也没有关系，那么她的家境状况好不好？最要紧是门第相当，那么就不会让人家看轻了。”

杜太太沉吟了一会儿，虽然觉得年龄倒长一岁有些不大赞成，不过儿子既然欢喜，自己也就不忍违拗他，但想到了家境问题，她认为这是万万也不能疏忽的，于是又向他急急地问。人杰想了一想，遂说道：

“说起她的家境，着实也算不错，和我家相较，也一样地有地位，因为她的养父也是银行里做经理的。”

“养父？难道她没有亲生父母吗？”

“是的，她亲生父母没有了，从小由她养父领大的。好歹她养父待她很不错，完全像亲生女儿一样。”

“将来出嫁的时候，那一份嫁奁好不好呢？”

“保险好，她养父只有她一个女儿，你想，嫁奁怎么会不好呢？”

人杰十分有把握地回答，脸部上的表情是那么逼真。杜太太听了，方才欢喜起来，遂点头又问道：

“你还没有说出来她养父叫什么名字，在哪一家银行做经理的，和你爸爸不知道也认识吗？”

“说起来有些陌生，不过大家是银行界的经理行长的地位，多少总有点儿认识的。妈，这些你且别问，我现在要你回答我，我和她已经是心心相印了，假使你不答应我这一头婚姻，我情愿自杀！”

“好！我答应你，我答应你，只要家境好、姑娘好，我怎么会不答应呢？”

杜太太听儿子和那姑娘好得这一份样儿，谅来他们已经有了特殊的感情了，因为人杰说要自杀，心中一急，这就连连地答应下来。人杰听母亲答应了，他知道母亲是中了自己的圈套，心里一快乐，遂向杜太太扑倒在地，还连连地叩头，表示感谢的意思。杜太太慌忙来扶起他，忍不住笑嘻嘻地说道：

“啊呀！瞧你这孩子，为了想老婆，跪也肯，叩头也来，现在这个世界，真是越小越厚皮了。快起来，快起来，簇新的西服，不怕在地上弄脏吗？”

“慢来，妈，我得跟你说一句，大人的话，不能反悔的。回头你要不答应，你便怎么样？”

“该死的小奴才！难道我还得跟你面前发咒不成？我说答应你就答应你，绝没有三心二意第二句话的。”

杜太太听他还不放心似的敲定着自己，这就又好气又好笑地骂他一句，一本正经地回答。人杰方才站起身子，拍了拍膝踝上的灰尘，他含了得意的笑容，觉得自己这回计划成功了。杜太太却又忍熬不住地问道：

“那么你现在可以告诉这姑娘养父的名字了，因为这个年头，人心都很不老实，大家为了扎面子，就是银行里做茶房的，他也会吹牛皮，说什么是银行的经理了。所以对于这一点，你倒不能上人家的大当。”

“不会，不会，因为她养父的名字我很熟悉，他确实是个银行里的经理。”

“叫什么名字？你倒说出来，回头可以告诉你爸爸，叫他去打听打听，是不是在银行界里有这样的一个人。”

“那姑娘的养父名叫杜佛卿，是个很有地位的人。”

杜太太听了，起初还有些糊里糊涂的，暗自念了一句“杜佛卿”。待她念出了这三个字之后，不觉使劲地啐了他一口，笑骂起来说道：

“什么？什么？你这孩子太顽皮了，吃饱了饭没有事，竟来寻你老娘这么开心吗？杜佛卿是你老子，你真是在胡闹。”

“哎哎，妈，你不要骂我，我可并没有跟你寻开心呀！”

人杰却“哎哎”了两声，一面孔正经的态度，竭力地否认。杜太太一时倒弄得愕住了，逗给他一个白眼，恶狠狠地说道：

“你还说没有和我寻开心吗？毓英是你的姊姊呀，世界上哪里有姊弟结成夫妻的吗？那你真是在做梦了。”

“哈哈！妈，我读了这几年书，这一点点道理总晓得的。亲手足当然不好结成夫妻，但毓英根本是你们的养女，在血脉上根本是毫没关系的。人家表亲也好结婚呢，何况她是外姓人的女儿呢？”

“放屁！这是谁告诉你的？你简直在发神经病。毓英是我亲生养的，你什么姑娘都可以看中，怎么爱到自己姊姊的身上去？这还成什么体统，岂不是绝灭人伦了吗？”

杜太太这才明白自己是中了儿子的圈套，原来儿子今日对自己说的话都是有计划的，一时心头便忐忑地乱跳着，口里虽然是声色俱厉地向他喝骂，但心中却在暗暗地奇怪。这个秘密，公馆里上下根本没有谁知道的，除非是俊杰，因为他那时候已经有十多岁了。不过他无缘无故地如何会向人杰告诉呢？这事情岂不是令人稀罕吗？人杰见母亲木然沉思的神情，至少是包含了一点儿心虚的成分，这就强硬着态度，说道：

“妈，你何必拿这些话来压势人呢？老实说，毓英是别人家的女儿，这也并不是我一个人知道，大家都知道得很详细的，所以你老人家也不必再向我瞒骗。”

“大家都知道？你说，还有什么人知道呢？”

人杰这几句话听到杜太太的耳朵里，她心头是非常吃惊，遂蹙了眉尖，向他急急地追问。在她脸部上的表情看起来，可以知道她内心是怎一份的愤怒。人杰却俏皮地说道：

“若要人不知，除非己莫为，知道的人可多哪！大嫂、二嫂，还有三姊她自己，也知道不是你们的亲生女儿。你不信，可以叫大嫂、二嫂来问的呀。”

“她们在瞎造谣言，你怎么能相信呢？”

杜太太这方哑口无言，良久之后，方才红了脸，勉强地辩白，但心中却在暗暗骂着，该死的俊杰，一定在晚上没有事，偶然和大媳妇说起的，因此被她传了开来，弄得大家都知道了。人杰接着说道：

“她们不会造谣言，你自己在说谎哩！我觉得做父母的，绝不肯牺牲自己的女儿的终身幸福来兑换这万恶的金钱，除非不是亲生养的，所以才下得了这个辣手哩！”

“就说她是个养女，这也不犯什么罪孽呀！要你小孩儿家管些什么闲账？真岂有此理！”

“既然妈已经承认了，那就很好，我们不是亲手足，可以结成夫妻的，况且你自己刚才亲口地答应我，那你可不能反悔呀！”

杜太太被人杰逼得没有了办法，遂沉吟了一会儿后，索性老实地承认下来回答。人杰巴不得她有这一句话，遂毫不放松地说了上去，杜太太急道：

“我答应你是别家的姑娘呀，谁知道你说的就是毓英呢？毓英根本已经有了婆家了，她怎么还能够再嫁给你？所以你千万不要胡闹，否则我也要对你生气了。”

“哼！你也用不到生什么气，反正我老早对你说过了，你若不答应我这一头婚事，那我只有自杀了！”

人杰冷笑了一声，他最后拿自杀去向她要挟。杜太太不免有些左右为难地焦急，搓了搓手，含了哀怨的目光，望了他一眼，说道：

“人杰，你这孩子不要太横对，你要别人家的姑娘做妻子，纵然是大总统的女儿吧，我也可以千方百计地给你去弄了来。只有毓英这个姑娘，一则你们已有姊弟的名分，一则人家已经把聘金都送下来了，我们还能够反悔吗？”

“哦，你知道对别人不可以反悔，那么对你自己儿子倒可以反悔吗？哼，我也知道了，你无非为的是金钱，所以情愿叫儿子做到自杀的地步。也好，这头婚事不成，想来做人原也没有什么滋味，倒不如真的一死来得干净！好，我就死吧！”

人杰说到末了，满面显出无限悲愤的样子，他恨恨地把脚一顿，似乎下了一个决死之心的意思，他猛可地别转身子，向房门口要奔出去了。其实人杰这个举动，原不过是一种做作而已，但杜太太这就急得不免大喊起来，跌跌撞撞地追上去，伸手去拉他人，口里还大叫着：“死不得！死不得！”人杰见母亲越是着急，他也越加装出要去自杀的模样，一面挣脱杜太太要拉他的手，一面把身子向房门外直奔，他是存心要叫母亲号啕哭一场的意思，不料房门外齐巧杜佛卿喜滋滋地回来了。因为大家都没防备，人杰和佛卿父子两人这就撞了一个满怀，佛卿到底是个上了年纪的人，两脚一软，“喔哟”了一声，身子便仰天跌倒在地上了。人杰一瞧这个情形，心里也吃了一惊，慌忙俯身去把他扶起。佛卿这一跤跌在地上，真有些七荤八素，睁眸一见人杰，心中更加大怒，兼之昨夜的气恼还没有发泄，所以撩上手来，就在人杰的颊上啪啪两记耳光，这倒是出乎人杰意料之外的事情，一时倒被他打得怔怔地愣住了。但佛卿还破口大骂道：

“小畜生！小杂种！你跑得这样快干什么？是不是寻死去的？他妈的，把你老子摔了一跤，你……你……不是存心来捉弄我吗？”

“好！好！你打！你打！你们本来不要我这个儿子了，我现在是死定的了，我去死！我去死！”

“啊呀！你这断命老甲鱼呀！我的心肝他原是真的去寻死的呀！他撞倒了你也是无心的，谁知你竟动手打了他！你简直是投井落石，逼着他去自杀！他若真的死了，我可饶不过你这条老狗命的！”

人杰被他没头没脑地打了两个耳光之后，还挨到了这一顿大骂，一时委屈得忍不住哭出声音来了，他连连地叫着“好好”，一面说，一面便向外奔了。人杰这么一来，把个后面正追出来的杜太太真急得双泪交流，顿着两只小小的金莲，一面骂一面也大哭起来。佛卿一听河东狮吼的声音，又见人杰真的奔出去似乎要自杀的神气，他心头这一焦急，也忘记了自己浑身跌痛了，他在地上一骨碌翻身爬起，狠命地追上去拉住了人杰，只好忍气吞声地向他连连叫着小爷叔了。

第八回

原来是手足仇深如海

人杰被父亲拉住了衣袖，而且还听他口里叫着自己小爷叔，明知他是为了怕母亲的缘故，所以对自己前倨而后恭起来，心里想想，真是又好气又好笑。但刚才自己挨了他两记耳光，此刻颊上还有些热辣辣的，好像吃着两片生姜，所以心头的一股子怨气还没有发泄，他岂肯就此饶过了佛卿？依然显出不肯罢休的态度，竭力地挣扎着要向外面走，口里还带哭地说道：

“我不要，我不要！我觉得做人根本没有希望，没有滋味，反正你们有两个儿子在着，不怕杜家断了香烟，在你们只不过死了一个小儿子，那也算不了一回稀奇的事情。我去死！我并不是跟你们开玩笑，我一定去死！”

“啊呀！我的小爷叔！小祖宗！你不要跟我闹着这个把戏了，你就饶饶我这条老性命吧！你就是要死也给我生病死，好好儿的千万不能死呀！我辛辛苦苦地养了你十七年，好像养了一个小晚爷，处处地方我做父亲的一句话也说不得，一声屁也不能放，我简直是犯了法啦！”

佛卿见人杰一味地放刁，心中真是恨得了不得，照他的意思，倒认为人杰要如真的肯死了，这在自己倒可以省却许多的麻烦，所以他这几句话完全有咒念的成分，而且还跪在地上，向人杰连连叩拜。他这种举动，人杰是个聪明人，他当然知道这是父亲把自己恨到透顶的缘故，于是慌忙也跪下地来，向佛卿连连叩头，一面又哭泣着说道：

“好！好！你做爸爸对一个儿子这一种举动，明明是恶势做，明明是叫我折福减寿！你何必要阴损我？要咒骂我？你叫我要死还是生病死，这你还不是爽爽快快地拿手枪来打死我好吗？否则我倒不预备真的死，现在我完全是真的死定了！因为爸爸把我当作仇人一样地看待，我住在仇人的家里，此刻不死，将来也是要被人家害死的，那还不如爽爽快快地死了干净吗？”

“啊呀！你这个老杀千刀！老浮尸呀！你怎么拜起儿子来了？我仔细地一想，也觉得你完全存的是坏良心！你不好在我面前拿枪打死他，谁知你却用暗箭去伤害他！好哇！你这老不死！你既然把他当作眼中钉看待，我问你，你当初何必要和我把他制造出来？人杰不是我的私生子，也不是外面拾来的，你就存了这么毒辣的狠心吗？好！好！你现在给我保十年太平，在这十年中，人杰要有什么头痛发热的话，我便问你算账！”

杜太太站在旁边，见他们父子两人闹着这一幕把戏，一时倒忍不住暗暗地好笑。但听了人杰这一篇似诉的话，仔细地一想，也觉得这老头子是在恶势做，故意地阴损着儿子，一时又大怒起来。她涨红了脸，圆睁那双三角眼，口里噼噼啪啪地大骂不停。因为是习惯成自然的缘故，她也忘记了此刻还有儿子在面前，就毫不顾全佛卿一点儿面子的，骂到后来，伸手在佛卿颊上啪啪的两记耳光。但既然把他打着了，又怕佛卿没有了落场势，她就倒在地上，双脚乱掼，好像死人一样地号啕大哭起来。杜太太这么一做作，佛卿被她打了耳光，不但不叫一声冤枉，而且还慌忙爬起身子，伸手去扶杜太太。不料杜太太并不要他拍马屁，伸手在他胸口狠命地一推，佛卿因为是冷不防之间的，所以便仰天跌了一跤。人杰见了，几乎要笑出声音来，但立刻走到杜太太的身旁，一面亲亲热热地叫着妈，一面扶她，一面孝顺地说道：

“妈，你千万不要伤心，孩儿实在太不孝顺了，害得你老人家受这么委屈，都是我做儿子的不好。千错万错是我儿子的错，妈快些回到房中去休息休息吧。”

“那么你千万死不得，要死我们母子两人一块儿去死！喔！天哪！这老不死黑良心！不会发达，没好结果的！”

杜太太趁势拉了人杰的手，一面大家走进房中去，一面还恨恨地咒骂着。这里佛卿哭丧着脸也只好自认晦气，两手摸着跌痛的屁股，一拐一拐地跟着走进房中来。见人杰递着香烟给杜太太，还划火柴给她点火，一时心中暗暗地骂着逆子，对父亲和母亲想不到竟有这两副不同的面孔。唉，我做爷老头子的岂不是要气得吐血了吗？一面恨恨地想着，一面还只好低声下气地说道：

“太太，你不要生气，总而言之，是我该死。现在我报告你一个好消息，那你听了一定会欢喜起来。”

杜太太听他这样说，慢慢地喷去了一口烟，用了憎恨的目光逗给他一个白眼，却并不理睬。佛卿兀是赔了一副小丑似的脸，笑嘻嘻地报告说道：

“太太，张家骏真是慷慨极了，他今天又送给我七千万的一张支票，我就补进股票两万股，不料下午行情大好，照今天收盘行情计算，我要赚三千万元。你想，这还不是张家骏挑我发财的吗？我想人家这样恩待自己，自己当然也得报答报答人家，所以他的要求，我是无条件地完全答应下来，并且我对他说，下星期日准定把毓英送到他的新公馆。他听了这个话，乐得什么似的，说我以后缺少头寸的时候，只管问他开口好了。你想，我不是有了发财的发源地了吗？不过我怕毓英还要倔强，所以我特地买了一枚三克拉的钻戒来给她，女孩儿家总是爱虚荣的多，她见了这枚挺大的钻戒，心中自然也会欢喜的。太太，你瞧，你瞧，这枚钻戒的光头还好吗？”

佛卿滔滔不绝地说到这里，他在袋内又摸出一只青绒的首饰小盒子来，打开盒盖子，恭恭敬敬地交到杜太太手里，这情形仿佛下属见上司还没有这样小心在意。杜太太见了这枚钻戒，立刻把脸一沉，问道：

“这枚钻戒值多少钱?”

“定价六百五十万，后来五百万买下来的，你看还算便宜吗?”

“嗯，太贵太贵了，为什么要买这样大的钻戒呢？不可以买得小一点儿吗？反正总是给她带过去的，我说这又便宜了张老头子。”

“那没有关系，过两天我再向他要三千万好了，料他也不敢不答应。太太，你说是不是?”

杜太太听佛卿这样说，方才把沉着的脸儿回过一丝微笑来，点了点头，表示赞成的意思。这时人杰站在旁边，他是气得连肚子几乎胀破了，觉得爹妈两人所说的话，益信三姊不是他们亲生养的了，因为在他们利欲熏心之下，把毓英的命运已经奠定了悲惨的结局。他心中的愤怒火星差不多要从头顶上冒出来，遂再也忍熬不住地说道：

“爸爸，就说三姊是你领来的女儿，你也不能丧失心肝地出卖她的身体呀!”

“啊！你说的什么?”

佛卿想不到人杰会说揭他的秘密，一时惊奇得“啊”了一声叫起来，他用了惊骇的目光，向杜太太望着出神，在他还以为是杜太太告诉他的。杜太太向人杰怨恨而又包含了劝告的口吻，说道：

“人杰，你还是一个小孩子，千万不要多管闲账。就是你要想讨老婆了，我总可以给你物色一个最美丽的姑娘来跟你结婚，新婚的夜里，保险你可以称心满意。一个孩子，总要听从娘的话才好。”

“好！好！我就不再管闲账了，随你们去怎么办，也不干我的事情。我自己还是去温习功课要紧。”

“哎！哎！这才是我的好孩子!”

人杰觉得他们中毒已经到不可救的地步了，所以他也不再和他们多说什么了，在眸珠一转之后，他好像想明白了似的，显出毫不介意的样子说。杜太太连连地“哎”了两声，她不禁哈哈地笑起来。人杰听了母亲的笑声，心头暗暗地有些作痛，轻轻地叹了一口气，方才匆匆奔出了上房，走到毓英的房中来。这时房内已亮了一盏电灯，毓英倚在床栏上，凝眸含颦的神态，显然是静静地在想心事。人杰走到床边，低低叫声三姊。毓英抬头向他望了一眼，似乎有些赧赧然的样子。人杰这时显出非常愤怒的神气，恨恨地说道：

“三姊，我觉得事情到了这个地步，没有别的办法，只有走的一条路了。”

“小弟，怎么啦？我到底是不是爸妈亲生养的呢？”

毓英见他这样怒气冲冲的神情，她那一颗已经平静的心开始又震惊得别别地乱跳起来，愁眉苦脸地大有盈盈泪下之势地追问。人杰冷笑道：

“我看他们的行为，猜你一定不是他们亲生女儿，否则做父母的绝没有这么狠心的。三姊，他们已经决定，下星期日把你送到张老贼的新公馆去，看样子，爸妈把你卖给这老甲鱼做小老婆去的了。你想，这不是太没有心肝了吗？我虽然向他们竭力地提出抗议，并且要求母亲把你嫁给我做妻子，谁知他们不肯答应，原因是老甲鱼已经给爸爸一万万元的支票了，爸爸恐怕你还要反抗，特地花了五百万元钱给你买了一枚三克拉大的钻戒。我的意思，回头你把这枚钻戒只管收下了，脸上千万要装出十分欢喜的样子，使他们可以一百二十个放心。单等在星期六的晚上，我们一同再卷拿一票金钱，管他妈的一走了事，你看我的意思怎样？”

“什么？难道你真的预备跟我一同逃走吗？”

毓英见人杰向自己这么怂恿，并且紧紧地握住了自己的手，显出那一份热情的样子。她的粉脸好像玫瑰花朵儿似的娇红起来，心头的跳跃几乎要从口腔里跳出来。她用了惊奇的口吻，向他急急地追问。人杰点点头，说道：

“是的，我要跳出这一个黑暗的家庭，我要离开这一个被人视作贼窝般的家庭，我希望从苦干之中得到一条光明的大道。三姊，你难道不希望我和你一同出走吗？”

“并不是这个意思，因为‘出走’这两个字谈何容易？出走之后，是不是能够踏上光明的道路，这实在也是一个很难说的问题。万一被环境压迫得做了他乡之饿殍，在我固然是为了生命挣扎，就是不幸，也只好归之于命运，在你正可以好好儿地努力你的前程，为了我而连累你也遭到同样的不幸，这叫我心中如何能对得住你呢？”

毓英说这几句话的目的，实在就是表达自己不能够爱他的意思，因为自己心中爱的原是田云侠，当然爱情没有三心二意的，岂可以一忽儿就转变爱的方针呢？所以她用利害关系，对人杰温和地劝阻。人杰是个一往情深的少年，他并不理会毓英有这一层意思，所以还坚决地说道：

“三姊，不，我现在应该称呼你英姊，因为我们并不是亲姊弟，我们尽管可以达到两性的情爱关系。我并不害怕你所顾虑的这些问题，因为我跟着你脱离这个家庭，大半也是为了我的幸福而着想的。第一，我是中华民族的好男儿，我不能因家庭的附逆，而使我丢了清白的前途，做了被人视作狗彘都不如的罪犯；第二，我为了同情你的身世，我要帮助你一同到社会上去努力奋斗，成功一点儿伟大的事业，步入了幸福的乐园，做一对快乐的伴侣。英姊，我这些意思，不知你也能同情我吗？”

“小弟，我觉得这里也有一点儿困难，就是我们究竟是不是同胞手足，还是异姓姊弟，这实在还是一个疑问。凭我们两人的感情而说，确实可以成为一对夫妻，但万一我们是亲姊弟关系，这……这还成什么话呢？所以你要一心一意地爱上我，我认为未免太鲁莽一点儿，所以事情在没有完全得到真相之前，我实在不敢爱你。”

人杰这些自说自话的言语，听到毓英的耳朵里，她那颗芳心里自然也感到相当焦急，所以涨红了脸，用一种很妥当的措辞，来表示拒绝。人杰不免有些发窘，他在愣住了一会儿之后，倒又聪明起来了，遂微微地一笑，说道：

“英姊，我明白你的意思了，你所以这么地拒绝我，那你一定不肯忘情你心中还有一个知心好朋友，对不对?”

“小弟，你既然明白了，那么我就不妨和你坦白地说一说。我问你，爱情这样东西是否应该三心二意不专一的？一个女子，今天爱上了你，明天爱上了他，这个女子的人格是清高还是卑劣的？小弟，你假使仔细地想一想，那你就应该原谅我的苦衷了。况且我和你一向只知道姊弟纯洁之爱，此刻突然进步到夫妻之爱，那似乎你的帮助我，完全是有一种目的了。一个人肯毫无目的帮助人，这存心是多么伟大，否则总不免了一点儿自私的心理。小弟，我是不管你生气而直接地说了，请你千万地原谅我才好。”

人杰听了毓英这一番话，他的心中是感到羞愧极了，满面通红，额角上几乎冒出珍珠似的汗点儿来了，他低垂了头，连向毓英望一眼的勇气都消失了。忽然他紧紧地握住毓英的手，眼角旁涌上了晶莹莹的一颗，忏悔地说道：

“英姊，听了你这一番话，我才完全地如梦清醒过来了。不错，我这人简直是太混账、太自私了！我帮助你，却一定要你嫁给我，那我完全有一种趁火打劫要挟的行为，这行为是多么卑鄙龌龊呢！唉！我不是成了一个无耻的小人了吗？英姊，我错了，我太不应该了！请你饶恕我吧！”

“小弟，你别这么地说，我也明白你完全是被一种情感所蒙蔽的缘故。一个青年能够知道自己的错，这已经是很伟大的了。”

“不过……我为了自己的前途着想，我还是要脱离这个万恶的家庭。英姊，你放心，我并不阻碍你们的爱情，这次我决心是为了同情你而帮助你了。”

“小弟，你真是伟大，我心里实在太感激你了。”

毓英听他这样说，遂握着他手摇撼了一阵，表示无限感激的意思。人杰因为尚有惶恐的感觉，他便向毓英道声晚安，自管回房去了。人杰走后不上五分钟，佛卿夫妇双双地到来了，他们满面含笑的样子，问道：

"毓英，你怎么在床上靠起来了？身上的热度不知有完全退了吗？"

"哦，爸爸，妈，我已没有热度了，已经好得多了。"

毓英一见了父母，便立刻堆了满面的娇笑，扬着眉毛，表示无限喜悦的神气回答。佛卿夫妇见女儿并无伤心的样子，两人相互地望了一眼，心中暗暗地欢喜。杜太太坐到床边去，拉了她的手，笑嘻嘻地说道：

"毓英，你把眼睛闭起来，我给你看一样好东西。"

"妈，是什么好东西呀？"

毓英因为在人杰那儿已经知道了风声，也明知是一枚钻戒罢了，但表面上还故意闭了眼睛，低低地问。杜太太把一枚钻戒亲自套到她的手指上去，方才笑道：

"你快睁开眼睛来瞧瞧，这是一件名贵的饰物呀！"

"啊！是一枚这么大的钻戒，妈，是送给我的吗？我实在太高兴的了！"

毓英睁开眼来一看，她故作喜极欲狂的态度，兴奋地说。杜太太也乐得什么似的，拍拍她的肩胛，低低地说道：

"阿英，你真是好福气哪！你知道这枚钻戒是谁送来的？我告诉你，是张家骏给你的。他家的有钱，在上海可说是第一首富了。所以你现在能够嫁给了他，真所谓是青云直上，一步登天。你以后不要说是吃得好、住得好、穿得好，老实说，你就是要天上的月儿，他也有办法给你弄到手的。你想，别的东西那就更不必说的了。阿英，你心里喜欢吗？"

"妈，嗯……"

佛卿在旁边瞧毓英红晕了粉脸，显出万分娇羞的意态，"嗯"了一声，却垂下了头。知道女儿是怕难为情的缘故，这就得意地扬着眉毛，笑道：

“太太，你这个人也问得有趣，这叫一个女孩儿家羞人答答的，怎么好意思回答你呢？你看她那种态度，也知道她是十分欢喜了。毓英，我再告诉你一个好消息，张家骏给你弄好了一座小洋房，还有一辆小汽车，我想下星期日就送你过去成亲。那时候我做爸爸的还要靠靠你哩！你千万不要有了得意的日子，就把你的穷爸爸忘记了！”

“老头子，这个消息我早已向阿英报告过了，你还要多说什么呢？瞧你一些也没有做爸爸的资格，阿英不是一个忘恩负义的姑娘，她怎么会忘记我们呢？阿英，你说是不是？”

“当然啰！爸妈待我这么恩典，我要如把你们老人家忘记了，这似乎也太没有心肝的了。妈，你说是不是？”

“哈哈！说得好，说得好！阿英，爸爸实在太疼爱你了。”

毓英含了惨痛的微笑，回答了这几句心中所不愿说的话，但佛卿却哈哈地大笑起来，他是竭力地向女儿拍着马屁，他们夫妇两人又甜蜜地向毓英说了一番欢喜的话，方才安安心心地回房去了。毓英待他们走后，心中这才感到一阵孤寂的悲哀，她倒在枕上，忍不住又暗暗地流了一夜的眼泪。

次早醒来，匆匆地起身，装出一点儿没有伤心的样子，到上房里去请安。杜太太劝毓英不用再上学校里去读书了，说反正没有几天就得嫁人了，还读些什么书呢？毓英说住在家里也没有事，出去走走也好，说着，便别了杜太太，匆匆出门而去。毓英坐了车，她当然不是到自己的学校里去了，匆匆地先到华光大学，找到了田云侠，说有要紧的事情跟他商量。云侠见毓英突然到来，而且脸上愁眉不展，好像心事重重的样子，一时也不免暗暗地吃惊。立刻到教务处请了假，就和毓英急急出了学校的大门，迫不及待地问道：

“阿英，你这时来找我，到底有些什么要紧的事情呢？我瞧你脸色很不好，莫非你家庭里发生什么变化了吗？”

“是的，但这里不是说话的地方，我们找个清静处谈谈吧。”

毓英点了点头，似乎很悲哀地回答。云侠听了，那颗心益发跳跃得快速起来，他见学校对面有家小型的咖啡室，遂把手向对面一指，说：“我们到咖啡室去坐一会儿吧。”毓英也不及说好，两人便匆匆地走进咖啡室，拣了一个座桌坐下，拿了两杯咖啡。云侠这时又急急地问她到底发生了什么不幸事故，但毓英还没有开口说话，她的眼泪先扑簌簌地滚落下来了。云侠忍不住也红了眼皮，皱了眉毛，低低地说道：

“阿英，你且不要伤心呀，你快先告诉了我，我们可以商量一个解决的办法呀。”

“云侠，我……已被爸妈出卖了……”

毓英这才哽咽了喉咙，低声儿说了出来，她的眼泪依然是不停地流着，显出那么沉痛的神气。云侠“啊”了一声，他虽然是非常惊慌，但还有些莫名其妙，这就急急地追问道：

“阿英，你这话是打哪儿说起？你爸妈把你出卖了？这……这究竟是怎么的一回事？我实在太不明白了。”

“我爸妈被钱财迷住了心，他把我强迫地嫁给一个年老的汉奸，就是现在任税务局局长的张家骏。你想，就是堂而皇之给我结婚，我也绝不赞成，何况是叫我给他做一个小老婆呢？这还不算把我出卖了吗？”

毓英告诉到这里，她的芳心好像有针在刺一般疼痛，忍不住伏在桌沿边暗暗地啜泣起来。云侠在听到了这个消息之后，他的脸不免转变了铁青的颜色，眉宇之间立刻浮现了一股子杀气，握紧了拳头，咬着牙齿，冷冷地笑道：

“你爸爸这样不顾全女孩儿的终身幸福，真也太没有做尊长的资格了。张家骏这个老贼也太没有心肝了，仗了敌人的势力作威作福，实在可恨！我非杀死他不可！哦，阿英，那么你不是可以竭力地反抗吗?”

云侠说到“杀死他不可”,他又立刻缩住了话,“哦”了一声,转变着问她。毓英慢慢地抬起满颊是泪的娇靥,怨恨地说道:

“我何尝不竭力地反对过呢?但是在这黑暗势力凶蛮的环境之下,反对又有什么用呢?他们已决定把我在下星期日送到地狱里去了,我的命运已将遭到悲惨的结局,所以我不能不来找寻你,请你给我指点一条路走。我想抛弃这黑暗的家,追求我光明的乐园,但是我怕满地的荆棘会把我堕落了,所以我需要你的援助,不知道你肯不肯给我尽一点儿帮助的义务吗?”

“阿英,你这是什么话呢?我觉得我帮助你,这不是我的义务,这完全是我的责任。你放心,我可以尽最大的力量使你的命运从恶劣之中而转变到幸福来,但是我要问你,我和你的交谊,你父母是否知道的?”

“他们不知道的,对于我在外面有你这么一个朋友,那只有我一个人知道。”

“既然是这么说,那好极了,你今天就跟我到姑妈家中去吧。我想从此以后,你不是可以脱离这个黑暗而又罪恶的家了吗?”

云侠听她这样说,可见我们的交谊外界是并没有知道,那么就此一走了事,岂不是人不知鬼不觉吗?毓英听了,虽然觉得这样很好,不过她也还有一层考虑,遂微微地蹙了眉尖,低低地问道:

“我觉得你姑妈是否肯收留我这么一个女子,这还是一个问题。也许你姑妈的胆子很小,她怕将来事情弄破了,我爸爸就要告她一个拐骗良家少女的罪名,岂不是累害她了吗?”

“我想你住在我姑妈家里,只要不走到外面去,事情怎么会破呢?等我这学期毕业之后,我和你向外面一走,那还怕什么呢?况且……况且……我还要给国家除一个大害呢!”

“什么?云侠,你有这能力?”

“哼!你不要小觑我,谅你再不会给我走漏消息了,我告诉你,我已加入地下工作了。张家骏这老贼，你看着，早晚就逃不过我们的手掌之中。”

云侠冷笑了一声，方才附了她耳朵，向她低低地告诉了这几句话。毓英方才明白云侠还是一个干地下工作的人儿，一时敬佩得很，遂点了点头，却不敢多说什么。云侠继续地说道：

“阿英，那么你此刻跟我回家去吧，天大的事情由我担当，你是一点儿也不用害怕的。”

“好，我就跟你回去吧！”

毓英下了一个决心似的回答，云侠遂付了咖啡的账，两人匆匆地出了咖啡馆，跳上了一辆三轮车，坐到云侠姑妈的家里去。云侠的姑妈姓陆，姑爸陆志常已经死了，留下了一点儿遗产，倒还可以度一点儿温饱。陆太太家是在波伦路新德邨的一幢一楼一底的房屋，里面十分清静，当云侠带了毓英走进会客室的时候，见一个老太太的身旁尚有一个年轻的姑娘在说话。毓英见了，心中倒是暗暗地猜疑起来，因为云侠向自己告诉说，他姑妈是没有一个儿女的，那么这个姑娘又是什么人呢？陆太太一见云侠和一个少女进来，一时也有些奇怪，便“咦”了一声，但还没有开口说话，陆太太旁边那个姑娘，她先含笑向云侠叫道：

“云侠表哥，你这时候怎么会回来呀？”

“来，我给你们介绍，这位是陆莹芳小姐，她是我姑爸的侄女儿。这位是我的好朋友，杜毓英小姐。毓英，这位就是我姑妈老人家了。”

云侠见毓英有些木然的样子，一时深恐她心中发生了误会，遂急急地先向她们介绍着。毓英听了，方才有些明白了，遂向陆莹芳握握手，一面向陆太太深深地鞠了一个躬，亲亲热热地叫了一声“伯母”。陆太太见毓英的模样儿比莹芳长得美丽十倍，这就含笑拉住了她的手，细细地端详了一会儿，笑道：

“云侠，这位杜小姐不就是你常常跟我说起的那个女同学吗？”

“姑妈，不错，就是她，你瞧她长得怎么样？”

“嗯，果然不错，杜小姐，我听到你的芳名是很久了，但今天瞧到你的人，我真是想念你，你快请坐吧。阿陈，你快来倒茶，有客来啦！”

陆太太一面说，一面又吩咐仆妇倒茶。陈妈从厨下出来，口叫“少爷回来啦”，便笑嘻嘻地倒了两杯茶。陆莹芳见叔母待毓英这么亲热的样子，她心里不免有些酸溜溜的作用，原来莹芳平日对于云侠也很倾心，但云侠却对她没有什么意思。莹芳并不表示灰心，还时常存了一丝希望，但事到今日，方知云侠另有所爱，不免大大地失望，而且心中还非常不受用，鼓着嘴，恨恨地望着毓英，大有情敌当面，恨不得生啖其肉的样子。陆太太见毓英坐在旁边，呆呆地不发一语，而且脸上还笼罩了层层的愁云，再瞧云侠，好像欲语还停的神气，显然是有什么隐情的样子，这就忍不住先开口问道：

“云侠，我看你好像有什么心事的样子，不妨向我告诉，难道有什么为难的事情临到头上了吗？”

“是的，姑妈，杜小姐因为和家里发生了一点儿口角，所以负气出走。我劝她不要难过，留她到姑妈家里来住几天，不知道姑妈的意思以为怎么样？”

云侠在莹芳的面前，不好直接地说出原因来，所以只好说发生了一点儿口角。莹芳在旁边听了，不待陆太太回答，先冷笑了一声，说道：

“一个做女儿的，怎么能和家里发生口角而出走呢？我觉得这未免是近乎不孝了。”

“莹芳，你不许胡说呀！杜小姐，不知道你和什么人发生了口角？到底是为了些什么事情呢？”

陆太太一面将莹芳喝住了，一面又向毓英低低地问，她先要调查事情发生的原因，然后再来作为定夺。毓英听了，红了脸，一时真有些不知怎么回答才好，这就望着云侠，暗暗地使眼色。云侠心中一急，这就情急智生，遂走到陆太太的身旁，附了她耳朵，低低地诉说了一阵。陆太太这才有个恍然了，遂“哦哦”地响了两声。莹芳纳闷地先急急问道：

“叔母，到底为了什么呀？”

“不要你多管闲账，你在旁边静静地听着好了。”

陆太太向她嗔恨地喝住着说，一面皱了两条稀疏的眉毛，呆呆地沉吟了一会儿，似乎在考虑的样子。就在这个时候，忽然见外面走进一个老管家来，他叫田福，是云侠爸爸手下的用人，当时田福向云侠叫声“少爷”。他回头向毓英呆呆地望了一会儿，只见毓英的嘴角旁人中上有一颗俗谓吃食痣，而且她的容貌极像自己已死的主母，于是便忍不住问道：

“这位小姐贵姓呀？”

“哦，这是我的同学杜毓英小姐。田福，你应该见见。”

“杜小姐……”

田福在鞠躬招呼了之后，却又呆呆地愣住了。他心里在暗暗地奇怪，想到这位小姐齐巧姓杜，难道果然是她吗？于是又问道：

“杜小姐，请教你爸爸叫什么名字？”

“我爸爸叫杜佛卿。”

“啊！杜佛卿？他有几个儿子？”

“干什么？我爸爸有三个儿子，两个是我哥哥，一个是我弟弟。”

“对！对！你……你不是他的女儿呀！”

田福的脸上浮现了无限惨痛的样子，他被一种浓烈的感情所冲动，情不自禁地说出了这一句话来。陆太太莫名其妙地说道：

“田福！你不要胡说白道，你难道疯了吗？”

“不，伯母，他没有胡说白道，我也有些知道，因为我大嫂这么地说过，说我并不是爸爸亲生的女儿。”

“是了，是了，这就更不错了。云少爷，你以为这位杜小姐是什么人？她就是你嫡亲的妹妹呀！至于她现在这个杜佛卿父亲，他……他就是害死你亲生父母的大仇人！我隐瞒着这一件血海大仇十五年了，今日才给我痛快快地说出来。少爷、小姐，可怜你爸爸妈妈死得太惨了！太悲惨了！你们现在应该为父母报仇才好啊！”

田福这一番话听到众人的耳朵里，大家心中真有说不出的惊异，不约而同“啊呀”的一声叫起来了。云侠走上去，猛可拉住了田福的手，急急地问道：

“田福，你这话可是真的吗?”

“当然真的，这岂是儿戏的事情？可以随便乱说吗?”

“那么你如何认出杜小姐是我的妹妹呢?”

“因为她从小在嘴角旁就有一颗黑痣，而且她现在的容貌，实在太像你的娘亲了!”

“我妹妹又怎么地会到杜家去呢？田福，你说，你说，我只知道当年我们在半途是遇到强盗抢劫呀!”

“是的，这就是杜佛卿派人追上来的，他把你妈和三岁妹妹强抢了去，所以你的妹妹就落在这恶贼的手中了!”

云侠气喘喘的表情，向田福问一句，田福就答一句。直听到这里的时候，他想到父母惨死的悲伤，一阵子惨痛，大叫了一声“啊呀”，身子向后便昏跌下去了。这情形瞧到毓英和莹芳的眼里，两人不约而同地奔了过去，抱住了云侠，忍不住哭叫起来了。

《流水浮云》写到这里，便暂时搁笔，这不是作书的故意卖弄关子，实在因为急于出版的缘故，所以先写上部。至于云侠父母如何被佛卿害死，毓英是否和云侠是亲兄妹，以及结局如何，且待《雪地沉冤》中再行详细报告给诸位读者明白吧。

雪地沉冤

第一回

为色又为财负情忘义

在浙江慈溪县内的一个小小的乡村里，住了几百户人家，村中居民有的耕种，有的打鱼，有的在镇上经商，生活都很安闲，没有一个失业闹着饥寒的人，大家可以说是安居乐业。这村子里的风景很美丽，有绿绿的流水，青青的山峰，尤其在春天的季节，草长莺飞，桃红柳绿，蝴蝶在花丛中翩翩婆娑，燕子在白云间环绕飞翔，衬着牧童骑在水牛的背上，横笛而过，此情此景，是足以使一班爱好艺术者留恋。

村前有一条小河，河上架了一条板桥，过桥四五十步路，有一院落。两旁竹篱笆打着围墙，正中一扇院门，门前有垂柳数株，迎风而舞，好像二八女郎在卖弄她婀娜的姿态，大有娇媚不胜情的样子。

暮色笼罩了大地，斜阳显出无限依恋之情，好像和万物在挥泪作别一样哀怨和凄凉，色彩是那么暗淡，兼之晚风阵阵地吹送，那柳丝波动出细微的音韵，正向他们在低低地珍重道别。这时，院子门内奔出一个五六岁的小孩子来，他手里拿了一本教科书，站在柳树底下，一面踱步，一面阅读，这情形可以知道他是一个用功的好学生，他读过书一会儿，又把书本合上，背诵了一会儿。似乎背得很熟了，他心中感到安慰，于是他的脸开始向那小桥上不时地望去，同时他的心中也在暗暗地奇怪，天色快黑下来了，为什么今天爸爸还没有从镇上回来呢？

这个孩子就是十五年前的田云侠，他的父亲田子钧，在镇上一家洋布店里做生意，每日早出晚归。因为乡村地方比不得大都会中，越到晚上，越加闹猛，但这儿不然，最热闹的时候，却在上午。一到下午四时敲过，各商店便都要预备打烊了。好在镇上离这村子并不多远，只有三里光景，所以田子钧每日在五点钟左右的时候，差不多可以回家来了。田子钧的妻子张琼芳，今年还只有二十四岁，她虽然是一个乡村里的女子，但天生的丽质，容貌是非常清秀脱俗，而且性情温柔，在这村子里，她可以说是一个最美丽的妇人了。她十八岁那年，和子钧结了婚，第二年便生下了云侠。过了三年之后，又生了一个女儿，取名云英，这云英现在也已三岁了，正在牙牙学语，十分可爱。当时云侠抬了头，正在等待子钧归来。不多一会儿，果然见他父亲和一个陌生的男子从那边小桥上走了过来，他们两人且行且谈，好像很喜悦的样子，这就奔迎上去，含笑叫道：

“爸爸，您回来了？”

“嗯，云侠，快过来，这是杜家伯伯，你快叫一声。”

这个杜家伯伯就是杜佛卿，和子钧是从小的朋友，但分别久了，今天他们在镇上偶然相遇，彼此自然十分欢喜，所以子钧就请他到家里来吃晚饭。佛卿见云侠很有礼貌地向自己鞠躬，而且还小心地叫了一声杜家伯伯，一时很喜悦地拉了他的手，向子钧说道：

“令郎叫什么名字？多少年纪了？长得真不错。”

“他叫云侠，今年还只有六岁，小孩只知道玩耍，他就一天到晚地淘气呢。”

子钧一面告诉，一面大家便向院子门内进去。云侠口里先急急地叫着妈，说爸爸回来了。三人步入草堂，里面收拾得窗明几净，纤尘不染。有个三十多岁的男仆，手里抱了云英，见了子钧，便也叫声少爷回来了。佛卿望了云英一眼，问道：

“这是你的令爱了？叫什么名字？”

“叫云英，才三岁。云英，叫声伯伯。田福，少奶奶呢？快叫她出来，说我有个好朋友在这里。”

子钧说到后面，又向那个男仆吩咐。田福答应了一声，便抱了云英进内。不多一会儿，琼芳抱了云英出来，子钧给他们介绍，两人含笑寒暄了几句。田福端上两杯香茗，放在茶几之上。佛卿见了琼芳之后，不由惊为天人，暗自想道：子钧的艳福可真不浅，想不到他竟娶了这么一个艳若桃李的夫人，那真叫人羡慕极了。这时子钧又向琼芳告诉着说道：

“佛卿兄是住在西乡的，他今天到镇上来办货物，我们无意之中相会在一处，这也真是一件极难得的事情。他的福气比我好，已经有了三个儿子哩。”

“真的吗？杜大哥年纪可比你轻吧？”

“哎，这倒忘了，佛卿兄的贵庚是……”

“我老了，已经三十四岁了，你比我小三岁。”

佛卿听琼芳说自己年轻，他伸手摸着自己的脸颊，很得意地回答。子钧“哦”了一声，笑嘻嘻地说道：

“我记得当年沈廉清比我小三年，我们三个人是最为莫逆了。后来不知怎的，却是天各一方了。廉清他在什么地方？不知道你那儿有什么信息吗？”

“也没有信息，听说他是到上海去了，旧雨星散，回首前尘，真令人惆怅。”

佛卿叹了一口气，表示很有些今昔之感的样子。这时天已入夜，田福上了油灯，并把杯子、筷碟放在桌子上，接着由琼芳亲自端出四只冷盘，子钧遂请佛卿坐下。佛卿见小菜甚为精美，一时很觉不好意思，便笑着说道：

“大嫂，我和子钧兄就像同胞手足一样，你把我待作上宾般地看待，这可反而叫我感到十分不安了。”

“又不是特地做起来的，原是现成的便饭，杜大哥何必客气。”

“不错，不错，佛卿兄，我们别闹客气，还是喝酒吧。”

子钧拿了酒壶，在佛卿杯中满斟了一杯，也微笑着说。佛卿遂举了杯子，两眼却凝视着琼芳的粉脸，笑道：

“大嫂，那么你也一块儿来喝两杯。”

“不，我有事，你们先喝吧。没有好小菜，请随意吃些。”

琼芳一面说，一面又到厨房里去了。这里子钧叫云侠在下首相陪，他们两人低斟浅酌，相形甚欢。他们酒一杯一杯地喝下去，厨房里的热菜也一碗一碗地端上来。佛卿似乎开始感到了惊奇，遂向子钧探问道：

“子钧兄，府上今天莫非有些喜事吗？怎么预先就备了这样丰富的小菜呢？我们是老朋友，你可不能瞒着我呀。”

“没有什么，没有什么，你何必多猜疑？”

子钧微微地笑着，他口里是一味地否认。佛卿猜度他的意思，知道他是瞒着自己，因此便再三地向他诘问。子钧没有办法，遂只好从实告诉道：

“其实我说给你听也没有什么关系，今天原是我们结婚第七周年的日子，所以我预先叫内人备一点儿酒菜，无非是纪念而已。谁知齐巧遇见了你，这不是比请您也还没有这样巧吗？”

“哈哈，原来是这个缘故，那么我今天夜里还要吵吵旧新房哩！”

佛卿听了，方才恍然大悟，忍不住哈哈地笑起来说。子钧有些不好意思地微红了脸，连连地摇头，说道：

“哪里哪里，你瞧我们的孩子也这么大了，还说什么吵房哩。”

“不是这么说的，俗语说得好，吵老房比吵新房更有兴趣。子钧兄，你回想七年前的今日，和你嫂夫人洞房花烛之夜，这又多么甜蜜啊！”

佛卿已经有了几分醉意，他用了羡慕的口吻，笑嘻嘻地说。子钧又得意、又怕羞地笑着，一面给他斟酒，一面说道：

“佛卿兄，你还是和从前一样的脾气，老是喜欢说笑话，那么你自己呢？跟嫂夫人结婚多少年数了？”

“我们结婚的日子，齐巧与你们相差一倍，我们是整整地有着十四年了，我大的孩子也有十三岁了，这和你们夫妇之间的爱情，恐怕我们是淡薄得多了。”

“那也不尽然啊。夫妇之间，结婚日子愈长久，他们的情感当然也愈深厚的。”

“但我那口子的性情太不好，如何及得你嫂夫人呢？又漂亮又贤惠，这样人才，你在前世不知敲碎了几个木鱼找到的呢。”

子钧听他这样赞美，心中自然十分得意。正在这当儿，琼芳又亲自地端了一碗热菜出来。她两颊是红喷喷的，显然她在厨房里是煨着火旁边的缘故，她转着乌圆的眸珠，很妩媚地笑道：

“杜大哥，没有好的菜请您吃，您不要客气，多喝几杯酒吧。”

“啊呀，大嫂子，你弄了这么许多菜还说没有呢，这你自己倒是真的太客气了。你瞧，我喝得脸都红了，可是嫂子却辛苦了，叫我心中真对不起！”

佛卿在醉眼之中望着琼芳的脸，那似乎更像一朵海棠花般美艳，一时便站起身子，“啊呀”了一声，十分感谢地回答。一面握了酒壶，给她斟了一杯，接着又笑道：

“大嫂子，这杯是我敬您的，您赏我一个脸，喝了吧。”

“对不起，我不会喝酒，怎么办？”

“嫂子，您不能推却呀。子钧兄已经告诉了我，今天是你们结婚第七周年的好日子，我这杯酒是敬贺得很有道理的。你若不喝，那你未免瞧不起我了。”

琼芳被他这么一说，一时倒不禁便为难起来。她把秋波向子钧逗了一瞥如嗔非嗔的媚眼，至少是包含了一点儿怨恨他不该向佛卿老实告诉的意思，但子钧却笑嘻嘻地说道：

“琼芳，既然佛卿兄这么说，那么你就把这杯酒喝了吧。”

“可是我喝不来酒，回头醉倒了那不行呀。杜大哥，能不能喝半杯?”

“大嫂真的不会喝酒，那我当然不能强劝你，因为喝醉了是很容易伤身体的。”

佛卿却又显出很多情的样子，低低地说。子钧恐怕人家心中生气，遂把杯子里的酒倒去了一半，把半杯递到琼芳的手里，说道：

“喝这半杯，我想不成什么问题，琼芳，你就恭敬不如从命吧。”

“很好，那么我在这里谢谢杜大哥了。”

“我不过是借花献佛，怎么说谢我呢？那可不敢当，不敢当。”

就在佛卿这两句话中，琼芳已把半杯酒喝到肚子里去。她把空杯子向佛卿一照，然后她斟了一杯，送到他的面前，笑盈盈地说道：

“杜大哥，我回敬你一杯，你喝不喝?”

“我喝，我喝。谢谢！谢谢!”

佛卿一面说，一面就一饮而尽，他满面的笑容喜欢得没有平复过。这时云侠要吃饭了，琼芳遂给他盛了饭，一会儿，云侠饭毕，琼芳便伴云侠入内去安息。等她回到草堂的时候，却见佛卿在呕吐着，这就惊慌地问道：

“子钧，怎么啦？杜大哥醉了吗?”

“还好，还好，大嫂子，对不起，对不起，我放肆得很!”

“没有关系，没有关系，佛卿兄，我扶你到书房里去安息吧，反正你今夜总不能回去了。琼芳，你给佛卿兄弄些醒酒的东西来。”

琼芳点头答应，这里子钧扶着佛卿到书房里去安睡了。这晚，直到十点钟敲过，子钧夫妇两人才回房休息。琼芳望了子钧一眼，微微地笑道：

“这位杜大哥的酒量还不及你好啊。”

“我们十多年不见了，也许他心里太兴奋一点儿，所以喝多了便醉起来。琼芳，你瞧这两个孩子睡得怪香甜的。”

子钧说到后面，他指了指床里面睡着的云侠和云英，话是转变了方向。琼芳显出慈母的微笑，点点头，说道：

"这两个孩子睡得早起得早，子钧，我们也早些安息吧。"

"我想着七年前的今天晚上，你是羞人答答地坐在床边，我呆呆地望着桌子上那对融融的花烛，也默默地不发一语。这事情好像还在眼前，但转眼之间，不知不觉地已经有七个年头了，而且我们两个人却会变化成四个人，多出这么两个小生命来。仔细地想起来，那不是叫人感到奇怪吗？"

子钧呆呆地望着琼芳的粉脸，笑嘻嘻地却说出了这几句话来。琼芳逗了他一个娇嗔，红晕了娇靥，嫣然一笑，说道：

"瞧你，喝一点儿酒，你就说这些有趣的醉话了。其实，这也算不了稀奇呀，假使再过十年的话，云侠也娶了妻房，养了儿子，那才叫你感到更加的奇怪哩！"

"那时候我们也许都要老死了，不，我要老了，你也许还不会老。"

"我不会老？你这话打哪儿说起呢？"

"再过十年，你也只不过三十四岁的年纪，常言道，徐娘半老，风韵犹存，到那时候，说不定你还要跟媳妇争先恐后地抢着养儿子哩！"

"你听，你听，越说越不像话了，幸亏房中没有第三个人，要不然让人家传到外面去，那可叫人家笑掉了牙齿哩！"

琼芳这会子真不免又好气又好笑，一面白了他一眼回答，一面便跳进床上去了。子钧脱了衣服，也跟着躺进被窝里去，笑嘻嘻地说道：

"琼芳，你这人是永远不会老了，我记得七年前，你也是这个样子。七年后的今夜，我瞧你和七年前就生得差不多的样子，一点儿没有消失掉你青春之美。我想十年后的你，恐怕也仍旧和现在一样美丽吧。"

"这也难说，一个人的老嫩，这是随环境而说的，像我们女人，当然还得随生育而定。比方说，我以后不再养孩子了，那我也许不大会老。但十年之中，假使我再要生养三四个孩子的话，那我恐怕就要憔悴得十分苍老了。”

“嗯，生养孩子，确实很容易见老的。其实我们有了一个男孩子、一个女孩子，这是最幸福的了，所以我不希望你再给我养孩子，我要你永远地保持着现在一样的美丽可爱。”

“真的吗？那我就很感激你了！”

琼芳听他这样说，忍不住扑哧地一笑，雪白的牙齿微咬着殷红的嘴唇皮子，点了点头回答，同时她躺下身子，预备要睡的模样。子钧却不让她睡下，笑嘻嘻地搂住她的娇躯，亲热地说道：

“怎么？你要睡了？早哩！我还要跟你谈过去的事情，真是怪有趣的。”

“十点多了，还说早吗？明儿一清早，两个孩子都要起来。云侠还得上学校里去，事情真多着呢。我们老夫老妻，过去的事情还有什么可谈？”

“你不能老是为了两个孩子着想呀。”

“你这话真奇怪，那么我应该为谁着想呢？”

“也得为我……”

子钧见她秋波盈盈地凝视了自己，这意态有些生气的样子，这就以手指指鼻子管，笑嘻嘻有些涎脸的神情。琼芳把手指划到他脸上去，撇了撇嘴，说道：

“亏你不怕难为情说出话来。我没有孩子的时候，我当然什么都可以为你着想，你要我怎么样就怎么样，那没有关系，因为我除了服侍你之外，再不用服侍别的人。现在可不行啦，孩子哭了，我不能不抱他；孩子要起来，我不能不跟着起来。我为了小孩子，我只好顾不了大孩子。子钧，你是做爸爸的人，你怎么可以夺儿子和女儿的爱呢？所以你应该谅解我一番苦心才好。”

“明明是儿子、女儿夺了他们爸爸的爱，怎么反而说我夺了儿子、女儿的爱呢？早知道你有了儿女之后就把我淡漠了，我就不该把他们制造出来的。”

琼芳这一番话说得子钧哑口无言，呆呆地愣住了一会儿，方才哭里带着笑的神气怨恨地回答。琼芳有些忍熬不住地笑出声音来了，啐了他一口，说道：

“别涎脸了，其实爱护儿女，你做爸爸的不是也有责任吗？”

“你这话虽然不错，但今天是我们结婚七周年纪念的日子，那是很难得的，我想你应该特别破例地陪伴我一同谈谈。”

“我们夫妇之间还有什么可谈呢？谈谈爱情吧，这已经是成为过去了。谈谈开门七件事吧，这个年头儿生活程度只有高涨，赚钱不容易，开销又大，越谈越觉得烦恼的。所以我的意思，还是早睡早起的好。”

“可是我喝了一点儿酒，我却睡不着。”

“你睡不着，难道叫别人也不要睡吗？”

“不是这个意思。”

“那是什么意思呢？”

子钧微微地一笑，摇了摇头回答，语气是包含了一点儿神秘的成分。琼芳虽然有些了解丈夫的心理，但是她还是假装莫名其妙的样子，呆呆地问。子钧有些支支吾吾的样子，咽了一口唾沫，然后附了她的耳朵，低低地说了一句，却忍不住又嘻嘻地笑。琼芳的粉脸是红晕得更娇艳了，她用了俏皮的口吻，微笑着说道：

“你不是说不希望我再生育孩子了吗？”

“这个……也许不会那么凑巧。”

子钧被她问住了，停了一停，方才又这么回答。琼芳沉吟了一会儿，摇了摇头，低低地笑起来，说道：

“这就难说了，越是不希望生育，越会生育。越是想养一个儿女，偏偏就不容易养出来。所以我的意思，要节育就非节欲不可。子钧，时候不早，我们睡吧，况且酒后是更容易伤身子的。”

琼芳说到这里，把桌子上那盏油灯吹熄了，同时她的身子又躺进被窝里去了。子钧认为她吹熄油灯是一个默允的暗示，他知道女人家是怕难为情的，她所以这么地说，完全是一种假惺惺作态，于是他的手在琼芳的身上还是很顽皮地活跃起来。琼芳正在左右为难的时候，忽然云英在睡梦中哭醒了，琼芳这就把子钧轻轻地推开，笑起来说道：

“孩子也被你弄醒了，回头云侠也醒了，你做爸爸的就羞死了!”

“这小姑娘存心和她爸爸捣蛋，真岂有此理!”

子钧恨恨地说，但琼芳却拍着云英的身子，忍不住感到胜利地笑起来了。

第二天早晨，子钧匆匆起身，到书房里去看佛卿，但佛卿还没有醒来，子钧不能耽误自己的公务，遂向琼芳关照，说好好儿地招待佛卿，他便先到镇上做生意去了。琼芳把云侠送到学校之后，便叫田福送脸水到书房，那时佛卿也起身，遂急急梳洗完毕，走出堂屋来，见琼芳已给他预备好了早粥，佛卿连忙说道：

“嫂子，子钧兄弟呢?”

“哦，子钧已到镇上去了，杜大哥可以用早餐了。”

“累忙了您，真叫我很不好意思。嫂子，一块儿来用吧。”

“我早已吃过了，你请用吧。杜大哥昨夜的酒也喝不了多少，怎么竟醉了呢?”

佛卿一面坐下，一面吃粥，听琼芳这么问，便故意微微地叹了一口气，望着琼芳可爱的脸庞，却出了一会子神。琼芳有些赧赧然地问道：

“怎么你又叹气了?”

“嫂子，你不知道，我和子钧是从小老朋友，今天见他娶了这么一个美而贤的嫂夫人，使我想起自己这一个泼辣的悍妇，所以我觉得子钧兄的幸福，那是更衬我自己的不幸。一个人心中不如意，喝酒更容易醉倒的。”

琼芳听他这样说，一时十分不好意思，红了粉脸，显出一本正经的样子，说道：

“难道你们伉俪之间不大和睦吗？”

“唉，岂止不大和睦，而且是三日两头吵闹，所以我看了你们贤伉俪相敬如宾的神情，我实在是太觉得羡慕了。”

“杜大哥，这是一家不知一家的事，夫妇之间，吵嘴是免不了的事情。其实子钧这人脾气也很难弄，我们也时常吵闹的。”

“我说子钧兄有了你这么一位好夫人，他就不应该再跟你吵闹了。假使我有了你这样一位好太太……哦，对不起，我是这么一句比方，请嫂子不要生气。”

佛卿说到这里，一面窥测琼芳的脸，似乎有些沉寂的样子，这就慌忙故作理会过来的样子，“哦”了一声，低低地抱歉。琼芳淡淡地一笑，却不回答什么，接着又说道：

“俗语说得好，儿子是自己的好，妻子是别人家的好。这在十个男子的心里，恐怕九个是这样的。所以我倒并不是庇护你的嫂子，说来也许是你没有良心吧。”

“嫂子这么一说，那就叫我无话可辩白了。”

两人说笑了一会儿，佛卿已匆匆地饭毕，因为琼芳生得温重端庄，虽然艳若桃李，但却冷若冰霜。佛卿不敢用言语去打动她，只好起身告别。琼芳因为丈夫不在家中，遂也并不留他，于是佛卿便匆匆地别去。晚上，子钧从镇上回来，琼芳向他告诉佛卿已经走了。子钧笑道：

“我已经知道了。”

“你怎么知道的？”

“他到镇上来见过我，竭口称赞你的贤惠，希望我们时常能够走动走动。从这儿到西乡，要坐小船两个钟点，其实交通倒还便利。”

夫妇两人说了一会儿，田福把晚饭开出，大家遂吃晚饭了。

光阴像流水一般地流去，不知不觉地已到了雨雪纷飞寒冬的季节了。这村子里忽然来了土匪，杀人放火，十分凶强。子钧心中很为担忧，遂和琼芳商量之下，准定到西乡去暂避匪乱。佛卿一见子钧夫妇到来，心里十分欢喜，当下殷殷招待，并介绍其妻吕氏。吕氏生得一面孔厉害的样子，不过和琼芳初次见面，外表上是显得十二分的客气。这样过了半月，那天晚上，佛卿走进自己的卧房，只见吕氏嘟住嘴，好似在生气的样子。佛卿是个怕老婆的人，当下笑嘻嘻地挨到她的身旁，低低地问道：

“太太，你为什么不高兴呀？难道谁给你受了委屈不成？”

“哼！我们这儿又不是避难所，三天五天原没有关系，半月一月地住起来，我可吃不消。你这死人有多少家产呀！这年头儿，兵荒马乱，收成不好，寅吃卯粮，你还只管打肿了脸装胖子，也不想想以后的日子怎么过下去。家中还养了这一群难民，我看你啊，真是在发神经病哩！”

吕氏唠唠叨叨地说了一大套，竖起了两条眉毛，那双三角眼凶巴巴地向着佛卿，表示她心中真有说不出怨恨的样子。佛卿却笑嘻嘻地说道：

“我说你们女人家呀，气量最狭窄了。”

“什么？什么？我像待上客般地对待他们，你还说我气量狭窄吗？”

“太太，你别忙呀，我下面还有话哪。人家也是很懂道理的人，他们住在这里，也绝不会不知道好歹的，你乐得慷慨客气一点儿呀！”

吕氏听他还说自己气量狭窄，这就气得跳起来了。但佛卿却连连摇手，还是那么死样怪气地劝告她。吕氏冷笑了一声，向他啐了一口，骂道：

“放你妈的臭狗屁！他们这种人知道好歹？一住半个月了，连个屁都不放，好像我们是应该给他们吃的样子，待他们客气只当福气，我可没有这么傻了。”

“太太，你瞧瞧这是什么呀？我看你啊，何必喉咙这么响呢？”

佛卿这时候方从袋内摸出一叠花花绿绿的钞票来，都是簇新五元头的中国银行票子。吕氏一瞧到了钞票，脸上立刻转变了颜色，忍不住浮现一丝笑容来，伸手一把将钞票夺过来，急急地点数了一下，齐巧是一百元。这就惊喜地问道："佛卿，你快说，这钞票是哪里来的呀？"

"瞧你，见了钞票就拉开嘴笑了。"

"这算得什么？钞票个个人喜欢的，你可曾见有见了钞票倒哭起来的人吗？"

"告诉你，这钞票就是田子钧送给我们的。"

"他送给我们？你这话可当真的吗？"

吕氏有些将信将疑的样子，又再三地诘问。佛卿吸了一口烟卷，把烟灰用手指轻轻地弹了一下，好像在大动其脑筋的神气瞟了吕氏一眼，笑道：

"你以为他很贫穷吗？嘿嘿，他有一箱子的钞票呢！"

"一箱子？你骗我！"

佛卿见吕氏两只三角眼睁得圆圆的，似乎惊喜莫名的样子，遂把手在膝踝上拍了一下，认乎其真地说道：

"是我亲眼目睹的事，怎么会骗你呢？"

"你怎么样看见的？你也快些向我告诉一个详细呀！"

"刚才我到他们房中去，听子钧向他女人关照，说把房门关起来。我心中很奇怪，难道他们要干什么秘密的事情了吗？于是我躲在窗门口，偷偷地向里面窥张。原来子钧取出一只皮箱，打开箱子盖，映在我眼帘下的，却是满皮箱的钞票。我心中这一惊奇，几疑还在做梦，险些"呀"的一声叫起来了，但连忙忍熬住了，只听子钧对他的女人说道：'我们住在他家已有半个月的日子了，吃他们，住他们，自己也很不好意思，所以我们应该拿些钱去感谢他们，你看一百元差不多了吗？'他女人说差不多了，反正故乡一太平，我们就马上要回去的。"

“啊！我真想不到田子钧还是一个活财神呢！”

吕氏不等佛卿说下去，便满面笑容地插嘴，她好像在无限庆幸的神气。佛卿笑了一笑，俏皮地说道：

“咦，你不是说他们不知好歹的难民吗？”

“这……断命杀千刀！你算顶我的嘴，既然他们这么有钞票，你为什么不早些告诉我呢？都是你这断命的烂浮尸不好，险些我跟财神爷爷作对起来了。”

“不过我先拿了他们一百元，也不见得会发财呀。”

“那么依你怎样办呢？”

“所以我在动脑筋呀。”

佛卿一面说，一面连连地猛吸烟卷，表示在设计的意思。吕氏也沉吟了一会儿，忽然“哦”了一声，说声有了。佛卿抬头急急地问道：

“你有了什么计策了？”

“我想过几天问他们再借几百元用吧。”

“嘿嘿，我道是什么好法子，借了人家不是要还的吗？”

“那当然，总不见得借了人家可以赖了呀。老实说，借别人的钱，利息恐怕是逃不过门要付的。借了他的钱，有了这一点儿情面关系，利息不是可以马马虎虎地不付了吗？”

“贪图这些小便宜，老实说，我真不稀罕。”

“依你要怎么样呢？别人家箱子里的钞票总不可以占为己有的呀。”

吕氏白了他一眼，似乎很怨恨的样子，低低地问道。佛卿冷冷地一笑，他站起身子来，在室内团团地踱了一个圈子，自言自语地说道：

“假使为了钱，可以把一切都不顾全吗？”

“什么？你说的什么呀？”

吕氏不懂他是什么意思，遂向他又急急地问。佛卿走到她的身旁，附了吕氏的耳朵旁边，低低地说了一阵。他脸上笼罩了一股子杀气，阴阴地笑了一笑，说道：

“你看我这个意思怎么样?”

“啊！你……”

“太太，我和你商量商量，你千万别大惊小怪。”

佛卿见吕氏吃惊的表情，遂把手向她嘴上一按，回头向房门外望了望，又低低地说。吕氏的脑海里也浮现了花花绿绿的钞票，她的神志也有些糊涂起来了，遂呆住了一会儿，方才低低地有所考虑地说道：

“你想的虽然是个好法子，但他有女人，恐怕不会放过你的。”

“这一层我也考虑过了，我的意思……太太，你说怎么样？假使你能不跟我吃醋的话，事情是大概不成什么问题的。”

佛卿说到这里，又把嘴凑在吕氏耳边低说了一阵，然后含了神秘的微笑，很得意地说。果然，吕氏听了，有股子酸溜溜的气味触送到鼻子管来，不问三七二十一地就把手一扬，啪的一声，早已在佛卿面颊上量了一个耳刮子，冷笑道：

“好好！好好！原来你的目的，还是在看中朋友的妻子，你这恶心的东西，我可不答应你这么做!”

“太太，你也太以想不明白了，就是他女人给我搭上了手，在她也无非是个小老婆的资格，你当然还是一个堂堂皇皇的夫人太太。我们见了你，好比见了皇太后一样恭敬尊重，而且这一箱子的钞票，哈哈，不是笃定泰山地归我们所有了吗?”

吕氏听他这样说，呆呆地又想了一会儿心事。佛卿坐到床边，把吕氏的脚扳起来，搁在自己的身上，握了拳头，给她轻轻地捶腿，笑嘻嘻地说道：

“我的好太太，你仔细地考虑考虑吧，我觉得你还是答应我上算。”

“不过我有一个条件。”

“什么条件？太太，你说吧。”

“这一箱子钞票要完全地归我所有。”

“那可以，那可以，其实你的就是我的，我的就是你的，根本不用有你我的分别。”

佛卿听她这么说，一时倒不免有些啼笑皆非了，伸了伸舌头，把大拇指一竖，笑嘻嘻地说道：

“好厉害的太太！也罢，也罢，只要你答应我这么做，一切条件随你的意思吧。”

夫妇两人既然把条件讲好，遂慢慢地依计而行。过了几天，佛卿备了一席上好的酒筵，请子钧、琼芳两人吃晚饭。子钧当然十分不好意思，遂忙说道：

“佛卿兄，我们在府上惊扰了这么许多的日子，已经是十分说不过去，现在你又这么花费地请我们，那叫我们拿什么来报答才好呢？”

“哪里哪里，子钧兄，你也太客气了，说得上什么‘报答’两字吗？贤伉俪在舍委屈居住，我们也没有好好儿招待你们，实在非常抱歉。今天略备菲酌，我们痛痛快快地吃一餐吧。”

佛卿一面说，一面给子钧斟酒，于是大家且谈且笑地吃喝起来，直到九点敲过，方才晚餐完毕，各自回房。不料子钧回房后，忽然腹中隐隐作痛，起初他还道是要大便了，但坐在便桶上，却越痛越厉害，肠儿好像在绞一样难过。琼芳见他脸色惨白，满头大汗，只是叫着腹痛，一时急得手足失措，连忙叫田福来请佛卿。不多一会儿，佛卿夫妇两人故作惊慌之色，匆匆地奔进房来，还急急地问道：

“嫂子，子钧兄怎么啦？刚才还不是好好儿的吗？”

“是啊，不知为什么他忽然腹痛如绞起来。杜大哥，这儿有没有医生？劳你的驾，给我去请一个医生来好吗？”

琼芳一面急急地恳求，一面已经流下眼泪来了。佛卿听了连连地搓手，皱着眉尖，表示非常为难的样子，说道：

"啊呀！这可怎么好呢？乡村地方，哪来好的医生呢？除非到镇上去请了。但这时快近子夜了，就是去到镇上请医生，恐怕医生也不肯来呀。子钧兄，你好好儿的怎么会腹痛起来？莫非你吃了什么冷的东西了吗？"

"我……我……没有吃过什么冷东西啊！喔哟！喔哟！我痛得实在受不住了！琼芳！琼芳！"

子钧两手按着腹部，一面回答，一面在床上痛得打滚。琼芳一手抱着云英，一面站在床边，流着眼泪，几乎束手无策。吕氏也急急地说道：

"还是快拿杯热茶给他喝吧。"

"子钧，你……快喝口热茶。"

琼芳连忙把云英叫田福抱去，倒了一杯热茶，坐到床边，扶着子钧，给他喝茶。不料子钧才喝了一口，忽然"喔"了一声，接着便呕吐起来。琼芳见他吐了一杯子，遂低头去看。这一看，使她不禁心头像小鹿般地乱撞，一时"啊呀"一声尖叫起来。你道为什么？原来杯子里的清茶此刻已变成了鲜红的血水。琼芳知道这是子钧吐出来的，她身子顿时冷了半截，回眸见子钧，他倒在床上早已昏厥过去了，于是悲痛万分，忍不住伏在他身上呜呜咽咽地哭泣起来。吕氏假痴假呆地伸手拭拭眼皮，拉着琼芳的手臂，说道：

"田太太，你不要哭呀，把田大哥哭得不是更加难过吗？你让他静静地躺一会儿，他慢慢儿会好起来的。"

"子钧，子钧，你……难道就这样不明不白地丢下我死了吗？"

琼芳对于吕氏的劝慰，哪里会听到，她是注意着子钧的情形，只见子钧两脚一伸，早已闭上眼皮死过去了。一时抚尸大哭，也不禁昏厥过去了。

子钧无缘无故地吐血而亡，这当然引起琼芳和田福的疑惑，但是在悲痛欲绝、神志昏迷之中也就糊糊涂涂地把子钧入殓了。这是子钧死后的第三天晚上，琼芳坐在房中，一个人暗暗地思忖，觉得子钧的死，实在死得太以不明不白了。莫非佛卿存心不良，暗中放下毒物，把子钧活活害死的吗？想到这里，不免无限沉痛，假使果然如此，我一定要为夫报仇，到县里去告他不可了。正在想时，忽然见佛卿悄悄地走进房来，他先很温和地叫道：

“嫂子，这真是想不到的事情，子钧兄好好儿的会死得那么快，叫人真是太伤心了，也无怪你要悲痛欲绝了。但死者已矣，生者徒然伤心，也是无益，所以我劝你还是保重身体要紧。”

“我想子钧一定死得有些冤枉吧，因为我在晚上合眼就梦见了他。”

琼芳故意这么回答，她把俏眼偷偷地在注意他的神情。佛卿听了，自不免有些心惊肉跳，但是他还竭力镇静了态度，皱了眉尖，说道：

“我想这一半是因为你想念过度的缘故，而其余一半是子钧兄不放心在阳间的你们母子三个人，所以他时常入你的梦中来了。现在我的意思，你就永远地住在我的家里，至于这两个孩子，我也可以代为尽做爸爸的责任，去教养他们。我想子钧兄心中有了安慰，那你在晚上就不会再做什么梦了。”

“什么？你……这是什么话？我为什么要永远住在你的家里？我们的孩子自有我做娘的会教养他们，怎么你……好！好！我明白了，我知道了。田福！田福！”

“嫂子，你不要这样子啊！我是一番好心，你不要把它当作恶意猜呀！”

琼芳听他说出这些话来，一时便恍然大悟了，知道子钧大半是死在他手中的了，因此怒不可遏地绷住了粉脸，向外面高叫了两声田福。佛卿见她翻脸不认人，好像存心预备跟自己闹翻的样子，遂阴阴地冷笑了一声，还是郑重地向她关照。这时田福匆匆地由外进来，问道：

“少奶，叫小的有什么吩咐？”

“你快去雇好了船，我们马上回家去了。”

“少奶，外面落着大雪呢，而且时候这么晚了，明天再动身吧。”

“不，我不能再在这儿待下去了，多待一刻多痛苦一刻。不管落雪落雨，就是落铁，我们也得走了。”

“好，少奶，那么小的马上去雇船了，你把衣箱先整理整理吧。”

田福听了主母这两句话，他心中也有些明白琼芳的意思了，于是点头答应，一面说一面匆匆地到外面去了。佛卿等田福走后，他的脸已变成了铁青的颜色，遂向琼芳冷冷地问道：

“你真的预备走了吗？”

“为什么不真？我知道我丈夫死得太冤枉了，我还得替我丈夫好好地申冤！”

“好，你既然决意要走，我也绝不强留于你，可是你后悔莫及！”

佛卿说完了这两句话，他便头也不回地走出房外去了。这里琼芳把睡着的云侠和云英叫醒，然后整理了衣箱。不多一会儿，田福匆匆地回来，说：

“船已雇好，请少奶就此动身吧。”

当下琼芳抱了云英，田福抱了云侠，又提了衣箱，也不向佛卿夫妇告别，就愤愤地冒着大雪到河埠码头去落船了。

天空是黑漆漆的，但是却飘飞着鹅毛般的白雪。小船在河面上慢慢地前进，船头冲破着水花，发出了洒洒的声音，这声音听在琼芳伤心人的耳朵里，自然是倍觉凄凉。田福见她坐在船舱里，只管扑簌簌地落眼泪，于是低低地说道：

“少奶，你不要伤心，夜已深沉了，还是早点儿安息吧。我们回到故乡之后，和有学问的人商量商量，我们可以到县里告他去。唉！我们少爷一定是被这黑心的恶贼害死的！”

“是的，我心里也这样想……”

琼芳拭了拭眼泪，也低低地回答。不料就在这个时候，忽然小船停在河面上了，而且舱外人声嘈杂。琼芳正欲命田福出外探问何事，谁知甲板上拥入三四个男子来，为首一人，不是别个，正是佛卿。琼芳柳眉倒竖，凤目圆睁，大骂道：

“你这狼心狗肺的奴才！你追赶上来，莫非欲劫夺我们财物吗？”

“哼！我今日赶来，不为别的，劝你快快跟我回去，否则，你瞧我身后的……”

佛卿说罢，往后一指，只见他后面三个男子，面目狰狞，手里拿着亮闪闪的刺刀，大有不怀好意的样子。琼芳吓得全身发抖，这就不管死活地向佛卿一头撞了过去。佛卿顺手拉住了她的身子，就狠命地一推，琼芳站脚不住，一个跟头跌了出去，因为船身小的缘故，所以只听扑通的一声，可怜琼芳的娇躯便跌入河水里去了。同时听几个大汉说道：

“斩草不除根，必生后患，把床上这两个小东西也杀了吧！”

田福站在旁边，一听这个话，心中大吃一惊，遂急急奔到床边，把云侠抢在手里，就纵身跳出船舱之外，也落到河水里去了。原来田福稍识一点儿水性，他便抱了小主人逃命了。这里佛卿见船上只剩了一个三四岁的小女孩，假使再把她害死，未免太以残忍一点儿，因此起了好生之德，遂把云英留在身边，也当作女儿般地看待了。

岁月悠悠地过去，一忽儿竟过了十五年，云英是长得亭亭玉立了，不过佛卿从小给她改了名字叫毓英。佛卿怕这件案子被人告发，所以便迁居上海，经营商业，居然一帆风顺。兹值倭寇作乱，上海形成孤岛，佛卿本是盗贼之心，当然是更交结些无耻的汉奸们了。

第二回

痴心更痴意装势作腔

在第一回里所写的故事，无非是表明云侠和毓英在十五年前的确是一对亲兄妹的情节。现在当然开始要写《流水浮云》末回发展事情了。当时云侠听了田福的告诉，他的心中方才知道了自己当年并非遇到盗劫，实在是杜佛卿心存不良，把我们父母有意害死的，因此心里一阵子惨痛，大叫了一声“啊呀”，身子便向后昏跌下去了。毓英和莹芳慌忙上前把云侠扶起，口中连连地叫喊，毓英是忍不住早已哭起来了。过了一会儿，云侠才悠悠醒转。田福倒上一杯开水，递给云侠，含泪说道：

“少爷，你千万不要过分伤心，保重身子要紧，老爷、太太还需要少爷给他们报仇哩!”

“是的，我并不伤心，我此刻只觉万分痛愤！毓英，我想不到你还是我嫡亲的妹妹，可怜你认贼作父十五年，却还蒙在鼓里呢!”

云侠喝过了一口开水，点点头回答，说到后面，又向毓英叫了一声，他的语气是无限愤激。云英还说什么好呢？她情不自禁投入云侠的怀抱里，呜呜咽咽地哭起来了。莹芳本来是非常妒恨，现在既然明白他们是嫡亲兄妹了，所以一颗芳心又觉十分欣慰，见他们抱在一起痛哭，不但毫无醋意，而且也流了许多同情的眼泪。陆太太忙叫莹芳拧了手巾，给他们擦泪，一面说道：

“云侠，你不要哭了，事情既已明白，仇人也在眼前，我们第一要紧，就是用什么方法去向他们报仇才好。我的意思，可以到法院里去告他。”

“姑妈，现在是什么世界，法院根本没有办法，你告他又有什么用？况且是地位不同，在这虎狼当道的中国，他结交了这些狐群狗党，拿势力和他拼，恐怕是拼他不过的。所以报仇这件事，非慢慢儿地设法不可了。只是毓英被这恶贼要用强逼嫁，我想毓英不必再回去自投罗网，就在这里住下去了。不过最近几天是不能出外，至于学校里读书问题，那也只好牺牲一点儿了。”

“云侠这话不错，你们是亲兄妹，我现在也不用叫你杜小姐了，我就叫你名字吧。毓英，你从此就在我的身旁吧。”

“姑太太，小姐的本来名字叫云英，我想这名字也要改回来的。”

“不错，我绝不要仇人给我取的名字，从今天起，我就叫田云英了。姑妈，侄女儿在这里重新拜见了。”

云英听田福这样说，遂很同情地回答，一面又向陆太太跪了下去，亲亲热热地叫了一声姑妈。陆太太又感伤又欢喜，连忙把她扶起，并且向莹芳说道：

“现在你们是表姊妹了，大家也重新见个礼吧。但不知你们的年纪谁大谁小？”

“云英十八岁，还是莹芳大一岁。”

云侠听问，便在旁边插嘴回答，于是云英向她叫了一声表姊，莹芳也还叫了一声表妹，两人还很亲热地握了一阵手。这时已经正午十二点了，厨房里老妈子开上饭菜，大家于是坐下匆匆地吃饭，饭后，云侠仍旧回到学校里去了。陆太太吩咐仆妇们收拾一间云英住的卧房，莹芳和云英谈了一会儿，她也告别回家。

云英一个人坐在沙发上，自不免呆呆地想了一会儿心事，觉得这真是出乎意料之外的事情，我和云侠竟会变成亲兄妹了，一时想到昨晚人杰对自己所说的话，他不是也要爱上我吗？他说我和他并不是亲兄妹，彼此实在可以结成夫妇，当初我还将信将疑，现在我方知道是事实了。虽然人杰是一个好青年，而且平日之间和自己感情十分合得来，我既然不能和云侠结为夫妻，那么和人杰也可以说是美满的一对了。不过这里有一个困难的问题，他的父亲是杀我父亲的仇人，我怎么能够嫁给仇人的儿子做妻子呢？这于情于理固然说不过去，就是自己的良心问题上说，那叫我又有何面目对得住含冤而死的父母呢？想到这里，把这些意念完全地打消。一会儿又想，我从今以后，和杜家是脱离关系了。不过我的一切实用东西，类如衣服、鞋袜等还都留在杜家，那我何不前去拿取一点儿来呢？想定主意，遂站起身来，对陆太太低低地告诉。陆太太听了，似乎有些左右为难，心中暗想：现在物价这么贵，做一件衣服要几百万，买一双皮鞋也得花几十万。她要去取衣服鞋袜，这意思倒也很好，不过万一她的行动被他们看出来了，就此把她扣留，那岂不是贪小失大了吗？所以沉吟了一会儿，方才说道：

“你要去一次原不要紧，就怕被他们发觉了，多生枝节，岂不自寻麻烦吗？”

“这不成问题，我会小心做事的。”

“那么你早去早回，也不要多拿什么东西，拿几件随身换换的衣服也就够了。好在天冷的时候，可再添置的。”

“我知道，姑妈，回头见。”

云英点头答应，遂匆匆坐车回到杜家去了。好在杜家的人都是各管各的，所以进进出出并没有谁注意。云英到了自己的卧房，急匆匆地整理了一只皮箱，虽然卧房内是并没有第二个人，但云英的心头是跳跃得十分厉害，而且神情也特别慌张，越是想轻声一点儿，但偏偏一会儿碰翻了椅子，弄倒了凳子。她把衣服整理好了，心中不免又暗暗地忧愁起来，因为进来是很便当，要拿了衣箱出去，这确实有些困难，假使碰见了什么人，他向我问起来，这叫我怎么回答好呢？云英这样思忖之下，她在室内团团地打转，真急得有些像热锅上的蚂蚁样子了，踱了几个圈子，又走到房门外来，向四周张望了一眼，见并没有什么人，心中又想：不待此时一走了事，更待何时？云英，你不要太以胆子小，应该鼓一点儿勇气出来呀！云英自己勉励着自己，遂转身回进房来，正欲提了衣箱，急急地出外，忽然听见一阵脚步之声由远而近。云英慌忙把衣箱又塞进床底下去，她那颗芳心真的像小鹿般地撞个不住。就在这当儿，见小丫头小花拿了一瓶鲜花进房。小花是上房里的丫头，因为前几天云英病了，杜太太特地派遣过来服侍云英的，小花似乎想不到云英此刻会在卧房里，这就目瞪口呆地"咦"了一声，含笑问道：

"三小姐，你怎么会此刻回家来了？"

"嗯，我……有些头晕，在学校里坐不住，所以回来休息了。"

云英支支吾吾地回答，她伸手按了额角，皱了眉尖，故意显出很不舒服的样子，同时把身子歪在床上去。小花俏皮地笑道：

"小姐的身子本来没有十分复原，应该多休养休养才好，况且过几天就要做新人了，原本用不到再上学校去读书了。"

"唉！"

"三小姐，你要喝杯茶吗？"

小花见她听了自己的话，反而深深地叹了一口气，这就不敢多说什么，便在暖水壶内倒了一杯玫瑰花茶送到云英的床边梳妆台上。云英向她挥了挥手，低低地说道：

"小花，你出去吧，让我静静地躺一会儿。"

"三小姐，你要不要再请个大夫瞧瞧？"

"不！不！我生平最怕的就是喝药，况且我并没有病，看什么大夫呢？"

云英对于小花的讨好，反而把她急得了不得，这就连说了两声"不"字，坚决地拒绝。小花遂不再说什么，悄悄地退出房外去了。云英等小花走后，便早又坐起身子来，呆然了一会儿，悄悄地走到房门旁，探头又去张望了一眼，她又奔到床边蹲下，伸手去取衣箱，忽听大嫂子的声音在房外叫道：

“英姑娘，英姑娘，你怎么睡了呀？”

“我……我……没有睡，我没有睡……”

云英口里虽然这么回答，但她身子却又歪到床上去了，蹙了两条柳眉，心中真有说不出的怨恨。抬头见叶萍却已推门而入，她含了微笑，挨近床边坐下，说道：

“英姑娘，我们去打牌吧，别闷在床上，大家去散散心。”

“大嫂子，你怎么知道我已回家来了？”

“我在婆婆房中，是小花告诉的。婆婆怕你闷出病来，所以叫我来劝你打牌玩去。”

“大嫂，你是同情我的人，你叫我还有什么心思去打牌玩吗？”

云英见自己受了她们的注意，一时心中又急又恨、又悲又痛，因此忍不住流下眼泪来了。叶萍被她一哭，心里也有些黯然，拉了她的手，轻轻地抚摸了一会儿，叹息着道：

“事到如此，还有什么可说呢？他们为了金钱，出卖了自己的女儿……”

“大嫂，你在明人面前，还说什么假话呢？你知道的，我不是他们亲生的女儿，所以他们才这么狠心呀！”

“啊！英姑娘，你怎么知道的？”

“是小弟告诉我的，我如何不知道呢？”

叶萍想不到人杰会把这个秘密泄露到云英的耳朵里去，一时倒不禁愕住了一会儿，然后低低地劝慰道：

“英姑娘，这些问题，你也不必去追究了。张家骏虽然是个老头子，但到底是个大富翁。老实说，为人在世，也无非为了几个钱。你也想明白一点儿，多骗他一点儿钱，然后和你知心朋友向外埠一走了事，那不是很痛快吗？因为事情已经到了这个地步，你伤心也是没有用呀。况且年轻的丈夫也不是个个多情多义的，我说来说去，又要说到我心头的事情了。瞧你大哥、二哥，他们在外表看来，也可说得一句少年英俊了，但锦绣其外，败絮其内，又有什么用呢？”

“我真奇怪着，天下的事情，总是失意的多，欢悦的少。大嫂劝我的话虽也有道理，不过张家骏固然是个年老之人，而且又是一个汉奸，我若为了贪他几个肮脏钱，而把我宝贵的清白一旦失于贼手，这叫我岂不是太对不住良心了吗?”

两人正说着，二嫂子秋心也走了进来，她见两人的脸上都笼罩了凄凉的神色，这就望了她们一眼，奇怪地问道：

“大嫂，你怎么啦？喊个打牌的搭子连自己也喊得不回去了，婆婆叫我来催你们哩。英姑娘，不要难过了，三缺一，不来伤阴骘，快到上房去吧。”

“二嫂，我确实没有心思打牌玩，你们去玩吧。”

“啊呀！你不凑搭子，还有谁来呀？英姑娘，我劝你想穿一点儿，郁郁闷闷地伤了身子犯不着呀！”

“英姑娘，我们两个嫂子来请你，你就赏我们一个脸吧！”

叶萍、秋心两人一面劝，一面还拉着云英下床。云英在这情形之下，这就弄得没有了办法，只好跟着她们来到上房。只见桌子已经摆开，牌也倒出了，筹码也分好了。杜太太坐在桌边，一个人也已经先等着了。云英见了杜太太，委委屈屈很不情愿地叫了一声妈。杜太太笑道：

“你这小妮子，真是好大的架子，一请不够，还得第二请才到呢！”

“打牌我又不大会，人家有些头晕呢！”

云英被大嫂拉着在桌边坐下了，她有些撒娇的表情回答。杜太太笑眯眯地望着云英，故作说不出疼爱的样子，笑道：

“不会打牌可以慢慢地学呀。明儿嫁了人，没有事，打打牌消遣不是很好的吗？唉，我养了这四个孩子，还算你福气好，将来做了局长太太那才威风凛凛哩！”

“婆婆是局长太太的娘，那福气不是更好了吗?”

叶萍凑趣地说，杜太太却拉开嘴笑得合不拢来了。四个人一面说话，一面做牌，便开始雀战起来。其实云英根本没有心思打牌，她的心里只管转着念头，什么时候再逃走比较妥当呢？因为云英心不在焉，所以四圈下来，云英一个人独输，她便不肯再打下去，说要回房休息。杜太太也不相强，遂叫叶萍、秋心陪她回房，云英看看天色，已经黑了下来。大嫂、二嫂坐在自己房中，偏偏说东又说西，不肯离去，所以她哑子吃黄连，有苦说不出，心中真有无限的焦急。正在这时，人杰也匆匆地走进来了，他在袋内取出一张照相，向秋心一扬，笑嘻嘻地说道：

“二嫂子，照片已经洗印出来了。”

“快拿来我瞧吧。小叔叔，你印几张呀？”

“印一张呀，多印干什么？难道印好了把它拿到四马路去当作活春宫吗？”

人杰一面笑嘻嘻地说，一面把照片交给秋心。秋心接过看了，由不得恨恨地啐了一口，但红晕了粉脸，似乎有些羞涩的样子，笑骂道：

“断命死不要脸的！大嫂，你瞧瞧，阿要恶行？”

“这是小叔叔的脑筋，真是贼腔！英姑娘，你要不要也来瞧瞧？”

“我真不要瞧这种现世的东西！”

云英别转粉脸去，恨恨地说，秋心和叶萍听了倒忍不住都笑起来了。这时人杰挨近床边去，向云英望了一眼，很开心地问道：

“英姊，你怎么又歪在床上了？不舒服吗？”

“嗯，有一点儿。”

“你今天上学校去过没有？”

“去一去就回来的，因为我有些头晕。”

云英此刻在人杰的面前，也不肯说真心的话了，她伸手按着自己的额角，表示有些头痛的样子。这时秋心走过来又向人杰问道：

“小叔叔，你见邦杰回来了没有？”

“这倒没有知道，我在上房没有见过他的人。”

秋心叹了一口气，遂和叶萍一同走出房外去了，于是房内就只剩了云英和人杰两个人。人杰悄悄地去掩上了房门，然后低声儿问道：

“英姊，你今天到底和那个知心朋友去商量过没有？”

“嗯，嗯，去商量过了。”

云英支支吾吾的，她想说谎，但结果却又老实地说了出来。人杰凝望着她的粉脸，觉得她的神情是显得十分局促，于是怀疑地追问道：

“那么他的意思怎样说？是否赞成你出走呢？”

“他当然赞成，不过……他又胆小，恐怕被你爸爸抓住了，会遭受到一个拐骗女子的罪名，所以他有些委决不下。”

“这是他多余的考虑，其实你可以鼓励他呀，叫他不必担忧这些问题，一切有我可以帮你们的忙。”

云英听了，却默默然了一会儿，心中暗想：你父亲就是我们的仇人，云侠怎么会要你帮忙呢？本来云英对于人杰要一同逃奔倒也表示允许，但现在有了这一层仇恨关系，当然是不能再相聚在一处了。云英虽然是这么想，不过她心里却没有说出来。人杰见她并不表示意见，遂忍熬不住又急急地说道：

“英姊，你怎么啦？干吗不回答我呀？”

“你叫我回答什么？”

“我说你到底拿定了主意没有？今天星期三，离开这日子是只有四天了，你不再有所准备，难道你情愿去牺牲吗？”

“那我当然不愿意的……”

“既然不愿意，自然决心地抛家出走了。你定了日子没有？我们可以准备起来……”

“人杰，我的意思，你又何必跟我一同去受苦呢？再说你还在求学时代，而这学期又是高中毕业，就此抛弃学业，我认为是太可惜了。”

“我认为这是不值得可惜的，在这伪组织之下的学校，即使毕了业，那文凭也值不了什么呀。英姊，你假使希望我做一个清白的人，那么你应该答应我跟你一同走。否则，你就是讨厌我的意思。”

人杰这几句话听到云英的耳朵里，这叫云英不免为难起来，雪白的牙齿微咬着嘴唇皮子，呆呆地沉吟了一会儿，方才轻声儿说道：

“人杰，你千万不要误会我的意思，因为我是对你一番好心。我和你的情形不同，在你的环境而说，实在可以不必冒这个危险啊。”

“英姊，你也不用多说了，我是完全明白你的意思了。你怕我跟你一同走，将来会闹成三角恋爱尴尬的局面是不是？也好，我就不跟你走了，不过我并不是有口无心的人，我说帮助你，我一定要实行我的话。英姊，你到底什么时候走？我给你去弄一点儿钱来。”

云英听他这样说，觉得人杰对自己的情分也可说是很痴的了，一时也不知为什么缘故，心头只觉十二分的悲酸，眼泪便大颗地滚下来了。人杰见云英流泪，他的眼皮也有些发红，轻轻地叹了一口气，说道：

“英姊，你不要伤心，你快些告诉我，你预备几时走？”

“我想……我想……今夜马上就走！”

“今夜就走？”

“是的，人杰，你恨我吗？”

云英见人杰显出惊慌的样子，遂点了点头，很难过的神情，秋波逗了他一瞥哀怨的目光，凄凉地问。人杰摇摇头，苦笑道：

“不，我为什么要恨你？”

“人杰，我很感激你，你能够原谅我的苦衷。”

“英姊，你别那么说，我知道你是一个用情专一的姑娘，所以我不但原谅你，而且十分同情你。那么你等一等，我到上房里去向妈妈骗一点儿钱来给你。”

人杰说到这里，回身便要走出房去，却被云英拉住了，明眸含了无限柔情，脉脉地望着他，摇摇头说道：

“谢谢你，我不需要金钱。”

“那么你往后的生活怎么办?”

“做到哪里算哪里，这也管不得许多了。”

“既然没有把握，那你不是很需要金钱吗？英姊，我完全是一片真心地帮助你，你千万不要以为我有半丝恶意才好啊!”

“我知道，你为什么要说这些话呢?”

云英听他这语气至少有些负气的意思，这就急急地回答，同时她的眼泪忍不住又夺眶流了下来。人杰方才缓和了口吻，感情地说道：

“那么你就给我替你尽一份互助的力量。”

“人杰……”

“不要难过，你等一等……”

人杰见她只叫了自己一声，却说不下去，知道她是感激自己的意思，遂向她一点头，便匆匆地走到上房去了。只见杜太太歪在床上吸烟卷，于是他便在沙发上坐下，默默地不说话，却深长地叹了一口气。杜太太见他这个模样，心中很是奇怪，遂在床上坐起身来，望了他脸，说道：

“为什么一声不响的？我看你好像有什么心事的样子?”

“唉!”

“瞧你，小小的年纪，老是长吁短叹干什么？究竟为了何事？你也好歹向我告诉一个详细呀!”

“不用说了，不用说了，我实在下不了这个面子，我枉为是个银行行长的儿子，我还做什么人？我还做什么人？我只有死，我就死吧!”

人杰在连声叹气的时候，他实在是大动其怎么样向母亲骗钱的脑筋，忽然他有了一个主意，于是便自言自语地说出了这几句话，一面说，一面猛可地站起身子，把脚一顿，便向房外直奔了。杜太太还弄得莫名其妙，她几乎从床上直跌撞下来，伸手没命似的一把拖住了人杰，她忍不住要哭出来的样子，急急地说道：

“人杰，人杰，你这是什么意思？你到底什么事情下不了面子，竟连人也不要做了呢？”

“唉！不必再提了，我觉得太没有风光做人了。妈，你譬如少养一个儿子，还是让我去死了干净。”

人杰还是显出万念俱灰的样子，故作要挣脱他妈手的神气，叹息着说。杜太太哪里肯把他放松，抱着了人杰，急急地说道：

“我的好宝贝，好心肝！你究竟有什么为难的事？你好歹也向我为娘的说一个明白呀！要知道我是为了你一个人才做人的，你若有三长两短，那叫我还有什么滋味活在这个世界上才好呢？倒不如跟你一块儿去死了好吗？”

“妈，你……不要伤心，不要哭呀！”

杜太太一面说，一面急得忍不住已经哭了起来。人杰知道自己的计划一定可以有成功的希望了，他忍不住暗暗地好笑，不过表面上也显出痛苦的神气，低低地安慰。他把手帕给杜太太拭泪，表示很有孝心的意思。杜太太是素来吃这一下子马屁功夫的，尤其是这个心爱的儿子面前，所以她觉得十二分的安慰，低低说道：

“我不哭，我不伤心，那么你有痛苦的事情，你快说出来。我为娘有能力，一定可以给你挣回面子来。”

“好了，不用说了，反正这件事情太难了，就是妈肯帮我忙，但爸爸一定也不见得会答应的。我也不恨谁，只恨我没有能力，所以会让人看不起。”

人杰听她越问得紧，他也越加地不肯说出来，他一面流着眼泪，用苦肉计，一面用激将之法，故意去激动母亲。果然，杜太太也是个最最好胜的人，当时便气鼓鼓地说道：

“哼！谁有这样法力？他敢看不起你？人杰，你说，为娘完全给你做主意。只要我肯帮助你，还有谁敢放一声屁？老实说，你爸有这个胆量来阻挡我吗？瞧我先给他两个嘴巴子，也知道我老娘的手段！"

"妈，你火气不要这么大呀，我说爸爸不答应，也无非是一种猜测而已，你何必又要存心和他吵闹起来呢？"

"你说别人和我作对，我倒还有些顾忌三分，至于你爸爸，哼！不是我夸一声口，两个手指捏得住的，他怕我还来不及，我会去怕他吗？那除非是下世了。人杰，你现在可以告诉我了，到底是怎么一回事呢？"

杜太太很有把握的样子回答，一面又向人杰再三地探问。人杰呆住了一会儿，其实他肚子里还在起草稿，直等杜太太急起来，人杰方才低低地说道：

"我学校里有个女同学，生得非常美丽。"

"嗯，是不是你想爱上了她？"

人杰说到这里，顿了一顿，微红了脸，故作不好意思的样子。杜太太方才恍然了，她忍不住笑出声音来，含了慈祥的口吻，低低地问。人杰还故作撒娇地说道：

"不是妈自己跟我说的吗？除了毓英之外，只要我心中喜欢的姑娘，你都肯给我去娶来做妻子吗？"

"不错，我并非没有说不肯呀。那么这个女同学叫什么名字？今年几岁了？家境好不好？最好约个日子，叫她到我家来玩玩，也好给我认识认识。"

"年纪还只有十七岁，她叫孙兰芬，家境比我们还要好，父亲是军界做军官的，真是威风得了不得哩！"

人杰胡诌着回答，他自己几乎也好笑起来。杜太太一听对方父亲是个军官，心中便十分喜欢，连忙地赞成说道：

"那好极了，那好极了。人杰，你放心，我马上可以派人给你做媒去。"

"妈，你别忙呀，事情还有困难哩。"

"什么困难？莫非这位孙小姐另有爱人了吗？"

“并不是她另有爱人，实在是爱她的人太多了，我们学校里的男同学差不多个个人都想讨她做妻子呢。”

“那么她总不可以嫁给这许多人啰，你看她平日对谁最有意思？”

“我看她对我很不错，时常跟我说说笑笑的，显得十分亲热。”

“这就好了，你不是有中奖的希望了吗？”

杜太太抚摸着他的手，忍不住得意地笑起来，但人杰摇摇头，还表示有些忧愁的样子，说道：

“妈，你不知道，就是因为我很有希望，所以妒忌我的人也特别多。有一个男同学叫范基祥的，他今天就和我吵起来，而且还拿言语讥笑我，说我是个穷鬼，癞蛤蟆想吃天鹅肉，真是在做梦。妈，你想，我受得了他这样侮辱吗？”

“放他娘的狗臭屁！他是什么人家的儿子？敢骂你穷鬼吗？”

杜太太听了人杰这几句话，不禁气得跳起来，大声地骂着。人杰却叹了一口气，很难过似的表情，说道：

“可是他的举止果然比我阔绰，叫我实在太惭愧了。当时我红了脸，恨不得钻入地洞里去。唉，假使我这件事情办不到，我还做什么人呢？”

“到底是什么事情？你快说出来，争气不争财，只要有面子，我当当卖卖也非给你办到不可。”

“妈，你这话可真的？”

“为什么不真？我这人脾气就是这个样子，叫你坍台，不是坍我的台吗？”

“妈，你听着呀，我告诉你。今天我和孙小姐在一处谈话，姓范的同学走过来，在袋内取出一枚钻戒，足足有五克拉那么大，亲自套到孙小姐的手指上去，他还讥笑我说，穷鬼滚开点儿，不配跟孙小姐在一起谈话。我心中这一气，几乎吐出血来。妈，我若不送她一枚六七克拉的钻戒，挣回我的面子，你想，我还能做人吗？”

人杰说完了这些话，他好像要哭出来的样子，一面偷偷地窥张杜太太的脸色，虽然是转变成了铁青，但还有些为难的样子，于是连忙又说道：

“我知道我自己没有这个能力，而爸爸又是这样一钱如命的人，所以我是只好被人家视作穷鬼了。唉！我还是死了干净呢！”

“人杰，你千万别说死，你爸爸虽然一钱如命，还有我做娘的在着呢！断命这个姓范的小子太可恶了，我非跟他斗这口气不可。”

杜太太见人杰一面说，一面懒洋洋地站起身子来，好像又要去自尽的样子，这就急起来，把他拉住了，恨恨地说。人杰还故意说道：

“妈，钻戒是很贵呢，何况又是六七克拉的大钻戒。”

“大概要多少钱？”

“姓范的说，他这一枚也要一千多万，我要比他一枚更大点儿，起码要两千万的数目，我想爸爸一定会肉疼的。”

人杰不说杜太太肉疼，一味地只说爸爸要肉疼。因此杜太太这就没有落场势了，呆呆地愣住了一会儿，方才委委屈屈地说道：

“只要我做主意，不怕他肉疼不肉疼。人杰，我这里有一张一千五百万的即期支票，你先拿去买钻戒。假使不够，你叫他们把钻戒送到家里，然后我再补足他们好了。”

“妈，你待我这样好，我实在太感激你了。”

杜太太一面说，一面拉开了洋箱，把支票给人杰。人杰心中乐得什么似的，握了拳头，在杜太太背上轻轻地捶敲，他是竭力地拍马屁。杜太太笑道：

“好孩子！不过你以后千万要听从娘的话，还有这位孙小姐你可不能放松她，非把她追求到手不可。假使她做了我家的媳妇，那枚钻戒还不是仍旧回到我家来了吗？”

“不错，不错，妈的算盘真好。我想……这件事情最好不要给爸爸知道，免得他啰啰唆唆把我更加地当作眼中钉看待了。”

“你放心，我一定不给他知道是了。”

杜太太正在说时，忽听一阵脚步声，佛卿从外面回来了。人杰慌忙把支票纳入袋内，便一溜烟似的奔出房外去了。

人杰到了云英的卧房，只见她坐在沙发上呆呆地出神，好像在想什么心事的样子，这就笑嘻嘻地说道：

“英姊，大事告成了，你瞧，这不是一千五百万的支票吗?”

“人杰，这许多钱，你……你……怎么拿来的?”

“我用花言巧语向妈骗来的，你放心，只管拿着，绝对不会发生什么问题的。”

“人杰，你待我这么好，叫我拿什么来报答你?”

云英接了支票，站起身子，两眼呆呆地望着人杰英俊的脸，她的眼泪便扑簌簌地滚了下来。人杰被她一哭，他也感到一阵悲伤，红了眼皮，低低地说道：

“英姊，你不要说这些报答的话，我所以帮助你，无非是为了爱你，不过爱的范围很广，我们始终还是姊弟之间最纯洁的爱。你这次走后，我希望你和那个知心朋友踏上光明大道，组织一个美满的家庭，那我心中也十二分安慰和欣喜的了。”

“人杰，我生生死死都忘不了你的。”

人杰这些话听到云英的耳里，她的芳心里真是有说不出的甜酸苦辣的滋味，因为自己的知心朋友已经变成嫡亲的哥哥了，那么这一句美满家庭的话，当然是无从说起了。照理，像人杰这么情深义厚地对待自己，自己也正可以和他结成一对，但为了“仇恨”两字，因此硬生生地把我们拆开了。云英心中的事，人杰当然不会知道。因为她说出这一句动人心弦的话，使人杰的情感也激动得太厉害了，所以眼泪也夺眶而出。云英情不自禁扑向人杰的肩胛，便抽抽噎噎地哭泣起来。人杰对于云英这个举动，倒不禁为之愕然，两人抱了一会儿，人杰方才轻轻地推开云英，低低地说道：

“英姊，你不要伤心了，哭红了眼皮也是不好的。”

“人杰，我劝你看机会也脱离了这个罪恶的家庭吧，因为爸爸的行为，早晚也是不容于社会的。”

“我知道，爸爸的行为，我本来早就看不入眼了。英姊，我希望将来我们还有相会的日子，所以你那个朋友的姓名能不能告诉我?”

云英听他这样问，她心里不免有些委决不下地为难起来，但是人杰的情义终究打动了她的芳心，使她不忍有所瞒骗他，因此低低地说道：

“他叫田云侠，他……他……”

“他怎么样呢，英姊?”

云英几次三番想吐露出真情来，但到底鼓不起这个勇气，不过人杰对于她说了三个“他”字，使他心中感到怀疑，遂忍不住低低地问。云英摇了摇头，只好连说两声“没有什么”。这时天色已经入夜，人杰亮了电灯，低低地又说道：

“英姊，索性吃了晚饭后走吧，我想办法送你出门。”

“好的，我们此刻一块儿到上房里去吧，免得爸妈生疑。”

两人正在说时，忽然听得外面砰砰的两声枪响，接着听爸爸大叫：“捉强盗！捉强盗!”云英和人杰心中这一吃惊，真是非同小可，这就脸儿失色地“啊呀”一声愣住了。

第三回

山穷水尽兄妹困愁城

黄昏降临了大地，暮霭已笼罩了整个的宇宙。云侠匆匆地从学校回到了家里，只见姑妈一个人正在愁眉苦脸暗暗地焦急。陆太太不待云侠开口问话，她先搓着手，急急地叫道：

“云侠，糟了糟了，事情一定闯祸了！”

“姑妈，你说的什么？是谁闯祸了？”

云侠冷不防听姑妈这样说，他自然是吃惊不小，这就慌张了脸色，急促地追问。陆太太有些悔恨的意思，连声地叹气，说道：

“这是我不好，我不好，我没有阻止她，唉！否则，她也许不会再回去的。”

“姑妈，你说的是什么一回事？云英呢？她……她……难道又回去了吗？”

“事情是这样的，下午吃过了饭，云英、莹芳谈了一会儿话，莹芳便回去了。云英忽然对我说，因为她所有衣服、鞋、袜等东西都在杜家没有带来。因为现在物价贵，乐得回去拿取一点儿，省得花钱去买。我想她这些话也很有道理，不过我是再三叮嘱她，叫她千万小心，不要被杜家人注意，她还叫我放心，便匆匆地走了。她去的时候，大概两点钟光景。我想来回最多一个钟点，谁知此刻还不见她回来，难道是被杜家扣留起来了吗？假使果然这样，那便怎么才好？那便怎么才好呢？”

陆太太一面告诉，一面急得好像要流下眼泪来的样子。云侠听了，心中虽然怨恨她们未免贪小，但口里却不敢埋怨。因为姑妈一家急得这一份的模样，所以反而用了缓和的语气，安慰她说道：

“姑妈，你老人家不要焦急呀。我想云英不是一个含糊鲁莽的姑娘，她一定不会让他们疑心她的，想这儿到杜家也很有一段路，说不定再过一会儿就回来了。”

“但愿老天保佑她，能够平平安安地回来才好啊！”

陆太太合十了双手，是只有连连地念佛了。云侠却自管地回到书房，坐在写书桌旁，呆呆地想了一会儿心事。只见窗外的天色是慢慢地黑暗下来，天色越黑暗，云侠的心头也越感到紧张，他胸口是非常沉闷，好像是镇压了一块铅质那么笨重的东西，使他竟有些透不过气来的样子。他的脸色由热燥而涨得通红，由通红而变得铁青，他的脑海里是浮现了一幕幻象，这幻象是多么痛恨和愤怒，他的两手有些凉了，而且瑟瑟地发起抖来，心中暗暗地细想：假使妹妹真的因行动败露而被他们扣留，甚至用种种蛮不讲理的手段压迫妹妹，把妹妹强迫地送到张家骏的手掌之中去，那不是无缘无故牺牲了我妹妹宝贵的清白了吗？想到这里，气得猛可跳起身子，骂声：“妈的狗贼！我非和你拼了不可！”一面骂，一面拉开抽屉，取了他工作上用的勃朗林，便急匆匆地向陆太太只说去等候妹妹。他怀了满腹的杀气，坐车来到杜佛卿的公馆。

这时杜佛卿正从外面回来还不多一会儿，他见人杰鬼头鬼脑地避着自己走出房外去，心里十分生气，恨恨地白了他一眼，但是却也不敢骂他。杜太太先开口搭讪问道：

“今天股票行情怎么样？好还是跌？”

“今天很平稳，并没有什么上落。”

“张家骏和你碰过头没有？还有三千万元钱，你怎么不问他要呢？”

杜太太见佛卿坐在沙发上吸着雪茄，好像在想心事的样子。一时也想起给人杰拿去了一千五百万，总要到什么地方去补还过来，所以她的脑筋就不免动到张家骏的头上去。佛卿听了，微微地一笑，说道：

“太太，你也太贪心不足了，张家骏第一次给我支票三千万，第二次又给我七千万，我趁股票行情小，补进二万股永纱，果然又赚了三千万。假使再问他要钱，那叫我自己真也有些说不过去的了。”

“什么？你敢说我贪心不足？他这种混账东西，做了税务局长，搜刮民脂民膏，也不知几万万的数目，我们再问他要三千万用用，那也算不了罪过呀！哼！你这死人！现在好拿钱不拿，你真是一个饭桶！老不死，多吃饭米的，给我现什么世？还不如早点儿死了干净！”

杜太太要么不开口，一开口非骂得狗血喷头，唠唠叨叨就是这么一大套。这叫佛卿听了，真不免有些啼笑皆非了，遂委委屈屈地说道：

“够了，够了，我的好太太！要如我真的死了，于你也没有什么好处啊！”

“哼！你要真的死了，我也不会老是在你那里受气了！”

杜太太却还不肯认错地回答，恨恨地白了他一眼，好像把他恨入骨髓的样子。可怜佛卿像哑子吃黄连似的，有苦说不出来，还赔了哭里带笑的脸，说道：

“其实问人家要钱也得有个机会，假使他向我有什么要求，我便可以提出条件，这样子他拿出钱来，也是情情愿愿、服服帖帖。否则，老实说，这老狗也是一钱如命，不要说三千万，就是问他要三万元数目，恐怕也不大容易呢。”

“哼！你不要以为他拿出一万万数目就算多了，照理，像他那么有地位的人，要娶一房妻子，单拿聘礼金一项说，也得花费多少呢。我女儿到底不是一件货色，他说星期日送过去，难道就这么依顺他了吗？我不答应，没有这样容易！”

佛卿听太太忽然悔起来，一时急得睁大了眼睛，站起身子，连连地搓手。他口吃了语气，急急地说道：

“太太，太太，这……这……怎么可以呢？当初不是自己也赞成的吗？你现在忽然不答应了，这叫我不是太以作难人了吗？”

“不管，我什么都不管！”

“太太，你不能太横对呀，张家骏假使要我还他一万万的数目，你叫我急得真是要上吊了。”

“还他一万万？他在做梦，有什么证据？他要还钱，我先给他两记耳光！”

“太太，这可不行哪！他是局长，他有的是势力，而且还有日本人做他的后盾，哼！你抵得过他吗？太太，你千万不要太鲁莽，打我没有问题，要打张家骏，只怕要闯大祸水了。”

“什么局长部长，就是皇帝大总统，也及不到一个马桶间的间长！我这人脾气就是这个样子，杀了我的头，我也不领盆的！”

佛卿急得额角上的汗点儿也冒了上来，正在不知如何是好的当儿，忽见小花匆匆地奔来，说老爷有电话来。佛卿觉得房内空气太紧张，在太太发火的时候，原没有什么可以理喻的，所以巴不得有了这一声电话，好像是解了他的危难，于是应了一声，匆匆走到电话间来，握了听筒，“喂”了一声，问道：

“找谁？”

“你家老爷呀，在不在家？”

“我就是，你贵姓？”

“哦，哦，你原来就是大人吗？我是小婿张家骏。”

佛卿被他这一声大人，真叫得有些异样的感觉，遂情不自禁地连连地说了两声“不敢”，接着问道：

“张兄，不，家骏，真奇怪，我喊你名字，不知怎么的总觉得有些不大顺口。”

“这是因为你不惯常喊的缘故，你时常地叫我名字，那么慢慢地自然也会顺口起来的。你听我呼你大人，不是呼得很自然吗？你说是不是？”

“嗯，嗯，家骏，你此刻打电话给我，有什么事情吗？”

“我来告诉你，我的新屋已经租好，在马斯南路三百十六号的一座小洋房内，室内家具也都买舒齐了。还有丫头、使女、车夫、厨师，也统统雇用好了。这是孔明说的，万事俱备，独缺东风，不过我这里不是独缺东风，却是独缺太太。”

“星期日我马上送过来，太太不是就有了吗？”

“不错，星期日的日子不太好，我已看过了历本。”

“噢，那么再过几天也不要紧。”

张家骏另有作用地说，但佛卿也是个刁滑之徒，他“噢”了一声，故意这么吊他的胃口。家骏不免有些焦虑，遂急促地说道：

“不！不！我的意思，是最好早几天。”

“离开星期日一共也只有四天了，你要再早几天，那不是成了今夜马上就送过来了吗？”

“对！对！哈哈！哈哈！大人很知道小辈心里的意思，最好今天夜里就送过来。”

“我是不成什么问题，就只怕我的太太不答应。”

“太太绝不会有什么问题，只要我有条件给她。”

“你什么条件给她呀？”

“我马上再送五千万过来，你太太保险很欢喜、很赞成。”

“这个……那倒也难说。回头再打电话给你好不好？”

“也好，我这里电话八四〇八六，我马上等着你的回答。”

佛卿听他马上再送过五千万元钱来，这就正中下怀，不免大喜，但表面上还故作沉吟的样子，表示尚待考虑的意思。家骏是料到这一针下去，必定见效，他所以这样转折，也无非是官样的文章而已，遂含笑答应，两人就此搁下了听筒。佛卿兴冲冲地回到上房，杜太太问道：

“是谁来的电话?”

“张家骏来的电话。”

“找你做什么?”

“他说星期日的日子不大好，因为他翻过了历本。”

“哼！这老贼妈的狗东西！又不是明媒正娶，还管什么日子好不好。那么他的意思怎么样说呢?”

“他说最好今天夜里就叫我们把毓英送过去。”

“什么？什么？放他妈的一百二十个狗臭屁！我女儿到底是一个人，不是一样货色，就算是样货物，请定几时出货，也没有提早的理由呀！哼！哼！没有这么便当的事，不要说他是个芝麻绿豆样的小官儿，就是国府主席跟我要求，我也绝不会答应他的!”

杜太太听到这里，气得脸像血喷猪头那么红，这就再也忍熬不住起来，一面拍手跳脚地大骂，一面不住地冷笑。佛卿却像没有气样的死人一般，微微地笑道:

“太太，你急什么哪，我后面的话还没有说完呢。”

“后面还有什么断命话？你快些说呀！打量你在我那儿还想卖什么关子不成?”

“你自己火气这么大，性子这么急，叫我有话也说不上来呀。”

“好了好了，你现在总可以痛痛快快地放屁了！我顶顶恨的就是死样怪气，人家在火里，你却在水里，慢吞吞的看了就惹气!”

佛卿觉得在太太那里说话，真比在总经理那儿还要难说，一时脸上浮了苦笑，也只好忍气吞声地说下去道:

“我当时也对他说，这件事情恐怕我太太不答应。他说不成问题，假使我们把毓英今夜送过去，他马上送过来五千万元钱。但我还不敢做主意，所以和太太来商量商量，不知太太的意思怎么样?”

“啊呀！你这人真是个死坯！那还有什么商量的吗?”

杜太太听了这话，脸上方才又回嗔作喜，但口里还是狠狠地骂他。佛卿有些莫名其妙的样子，木然了一会儿，问道:

"怎么？我又变成死坯了！"

"你还不是死坯吗？一个做生意人连这些利害关系都不晓得，真是活现世。比方说毓英是件货色，讲好价钱，几时出货，现在买主要提早出货，情愿抬价，那也是情理之中的事情。老实说，我们为的是什么？无非是为了钱，就是把毓英在家里再多藏一月两月，恐怕也不见得会多生出五千万元的出息呀！所以我说你只管马上地答应，何必还要来跟我商量呢？快去，快去答应吧！"

佛卿听她滔滔不绝地还说出这么一篇道理来，遂忙站起身子，像做贼一般抬不起头，匆匆向房外走了。在走到房门口的时候，却被太太又叫住了，说道：

"回来！"

"太太，你还有什么吩咐？"

"叫张家骏用汽车自己来接，并随身带下五千万元即期支票一张，五千万元支票一张！记牢吗？"

"记牢，记牢。"

杜太太对五千万元还重复地说了两句，表示相当注重的意思。佛卿连说记牢，便匆匆地又到电话间去了，拨了八四〇八六的号码，对方接听的就是家骏。佛卿把太太的意思，向他转达了一遍。家骏听了大喜，当下连说："好的好的，我马上放汽车亲自来接。"佛卿还叮嘱他不要忘了五千万元的支票，遂放下听筒，喜滋滋地出了电话间，心中暗想：这个年头儿女孩子竟会这么值钱，早知如此，我当初多收养几个养女好了，那不是比我现在做银行里行长好得多了吗？一面想，一面已走到会客室门口，只见门房李大匆匆进来，后面还跟着一个西服少年。李大见了佛卿，遂报告道：

"老爷，有个田先生要见您老爷。"

"什么田先生……喔哟……"

佛卿话还未说完，忽然李大身后那个少年便在袋内摸出手枪，就向佛卿砰的一枪开了过去。佛卿大叫了一声"喔哟"，身子就跌到地下，而且没命地大叫强盗起来。这个少年是谁？诸位当能明白，他就是特地来报仇的田云侠了。云侠当时见目的已达，遂即匆匆返身而逃，不料佛卿这一阵叫喊强盗，早已惊动了花园里在闲谈的两个保镖了，当下急急赶来，向云侠也连连地放枪。这时门房李大因为见闯了大祸，说起来是因为自己不小心的缘故，所以心中一急，也就奋不顾身地追奔上去。云侠正在和保镖互相开枪还击，顾前难顾后，因此被李大两手冷不防地拦腰抱住，云侠挣脱不得，遂被两个保镖奔上来擒住了。这时人杰和毓英闻声赶出，一见爸爸倒在地上，正在慢慢地爬起身子，吓得魂不附体的样子，两手摸着死灰般的脸向人杰连连问道：

“人杰，人杰，你瞧爸爸活着还是死了呀？”

“你不是好好儿地活着吗？怎么说是死了呀？”

人杰听他这样问，几乎要笑出声来地回答。佛卿听了，方才惊魂稍定，伸手浑身一摸，好像没有什么痛苦，一时暗暗庆幸，原来没有被强盗打中。正在这时，李大急匆匆地奔进来，慌慌张张地问道：

“老爷，你受伤了没有？”

“他妈的！混账！你这该死的奴才预备带了强盗来害死我吗？”

“老……老爷，小的该死……实在不知道是强盗，幸亏老爷没有受伤，而且我把强盗已经捉住了。”

李大口吃了语气，一面求恕，一面告诉。佛卿听强盗已经捉住了，他的胆子变大了起来，遂大怒道：

“快把这强盗抓进来，我要问问他，他和我有什么冤仇，要不问情由地暗杀我呀！”

“是！”

李大答应了一声，遂匆匆出去，不多一会儿，两个保镖抓了云侠进来，齐巧和云英打了一个照面。这一瞧真是应着了不瞧犹可的一句话，云英的芳心一阵子乱跳，顿时粉脸灰白，“呀”了一声，急得几乎晕倒过去了。佛卿此刻的两眼只管注视在云侠的脸上，对于云英的失惊倒并没有理会。但人杰在旁边瞧了，心中就明白了几分，他立刻拉了云英，走到会客室门外，低低问道：

“英姊，你敢是认识他的?”

“嗯，嗯，是……的……”

云英急红了粉脸，她的眼泪已扑簌簌地滚了下来。人杰暗想：那么这个少年显然不是强盗。于是皱了眉毛，又急急问道：

“那么，他……他……是什么人呀?”

“他……他……他……是……”

“是不是你那个知己朋友田云侠吗?”

云英实在回答不出他是什么人才好，因此支支吾吾地始终没有明白地告诉。人杰眸珠一转，便有些恍然地问。云英点点头，她的心中已不知该怎么才好，因此哭起来了。人杰一面把她扪住嘴，一面也觉得为难极了。这时听会客室里啪啪的声音不绝，人杰、云英又入内来看。只见两个保镖蒲扇那么大的手掌正结结实实地落在云侠的脸颊上，可怜云侠被他们打得鼻头红和牙齿血都流了满面。佛卿还在大声地骂道：

“他妈的！你这好大胆子的小贼！原来你是一个蓝衫党！你预备害死我吗？但幸亏天不绝我之命，反而被我抓住了。妈的小子！把他送到司令部里去，叫他受点儿生不得死不得的痛苦吧!”

“哦！爸爸，且慢!”

云英听了这话，她无论如何再也忍熬不住了，遂勉强地叫了一声爸爸，同时她的身子奔到佛卿面前跪了下来。佛卿还弄得莫名其妙的样子，“呀”了一声，急急地问道：

“阿英，你……你……这是什么意思?”

“爸爸，他……是我的同学，你……老人家慈悲为怀，就……饶了他吧!”

“什么？什么？原来是你的同学，难道是你叫他来暗杀我的吗?”

佛卿对于云英这一句话不听犹可，听到了之后，顿时气得暴跳如雷，连连顿脚地大叫起来。云英急得双泪交流，连忙否认说道：

“不！不！他……实在因为有些神经病的缘故。”

“哈哈！你这该死的贱人！你花言巧语地想欺骗我吗？他既然有神经病的，为什么和我无冤无仇，特地寻到我家里来行凶啊？张保，把他快快送到司令部里去吧！”

佛卿冷笑了一阵，恨声不绝的样子，又向那保镖急急地吩咐。这时人杰心中也非常焦急，虽然也有相救他的意思，但在爸爸面前说不出什么话来才好。云英见哥哥被他们押送到司令部以后，性命保险可以没有的，因此猛可站起身子，把云侠一把拉住了，回头向佛卿说道：

“爸爸，你若不肯饶他，我也不要活在这个世界上，我情愿一头撞死在你的面前。”

“啊！你……你……这是什么意思？”

云英这几句话，听到佛卿的耳里，不免又急又恨，他气得全身发抖的样子，愤愤地问。心中暗想：毓英死了倒不怕，但这一万万五千万的钞票不是化为乌有了吗？因此他又继续地问道：

“阿英，我问你，你和这个凶手到底是什么关系？你明白地告诉我，我或许可以饶他不死！”

“爸爸，我老实地说了，他……他就是我的爱人，因为知道我要嫁人了，所以他的神经受了极度的刺激，他是疯狂起来了。现在爸爸要把他送到司令部里去，这叫我心中怎么对得住他呀？”

“胡说！他身上有徽章，他明明是个蓝衫党，是个该死的乱党！”

“爸爸，你怎么说他是乱党呢？我真不懂得爸爸是存了怎么样心理。难道你已入了日本籍？难道你甘心情愿做走狗？难道你忘记了祖宗、忘记了民族、忘记了祖国，而诚诚心心地做亡国奴了吗？”

人杰站在旁边，听爸爸甚至于说他是乱党，一时气得手脚发冷，实在再也忍熬不住了，他叫了一声爸爸，便毫无感情地大声说出了这几句话来。云侠想不到在这黑暗的家庭里，还会播送出这些光明之音来，他本来是低垂了头，此刻惊奇地把视线向人杰望去。在灯光之下见是一个英俊的少年，他心里不免暗暗地敬爱。但佛卿听了，却相反地愤怒极了，双脚乱跳，大骂道：

“反了反了！你这畜生！你这奴才！你莫非疯了？你莫非活得不耐烦了？你是不是也要到司令部里去寻死吗？”

“什么？你预备打人吗？妈！妈！爸爸打我啊！救命！救命啊！”

人杰见他一面骂，一面伸手赶了过来要打自己，这就连忙闪身躲避，同时他又竭声地叫妈，并高喊起救命来了。

杜太太在上房里当初听了枪声，并佛卿高叫强盗的声音，以为真的来了强盗，所以紧紧地关上了房门，躲在床底下瑟瑟地发抖。谁知不多一会儿，忽然又听人杰大叫“爸爸打我，救命，救命！”的声音，她知道父子两人又在大起冲突了，心中一愤怒，便急急从床底下爬了出来，开了房门，噔噔地赶到会客室，只见佛卿抓住了人杰，正在没头没脑地痛打。她一瞧这个情形，真把她肚子也气破了，这就抢步上前，大吼一声，一把抓住佛卿的胸襟，也不顾众人在面前，老实不客气地撩上手，在佛卿脸上啪啪地打了起来，她口里还号啕大哭道：

“好！好！好！你要打死我的儿子吗？你要我宝贝儿子的性命吗？我也不要做人了！我就和你拼了性命吧！噢！我的天哪！天哪！”

“什么？什么？你不教训儿子，你还打我？打我？”

佛卿正在把人杰出气的时候，万不料这只雌老虎会从房中蹿了出来，一时好像耗子见了猫一般吓得愣住了，不过为了在众人面前下不了这个面子，所以他竭力鼓足了勇气，反抗了几句。但杜太太听了，却是火上添油，更加暴跳如雷，一面号哭，一面骂道：

“你这个杀千刀的老不死啊！儿子一共也只有十几岁的年纪，你要这么样地教训他啊！你是不是要打死了他才称心吗？好！好！你先来打我吧！打死了我娘儿两人，好叫你这个老贼痛痛快快地做人！”

“妈，你不要这个样子，你快起来吧！”

杜太太当然还是那么一套老花样，倒在地上打滚着号哭。人杰见了连忙扶她的身子，叫着劝慰。佛卿这时搓着手，觉得事情闹得一团糟似的，简直有些不可收拾了，这就愁眉苦脸地说道：

“太太！太太！你不要哭呀！你还不知道到底是怎么的一回事情呢！我告诉了你，你就知道这事情实在太以尴尬了。你瞧，张保和王三两人抓住的这一个小子，他就是刚才开枪的人，他要行刺我，幸亏天有眼睛，弹子不肯穿到我的身上来。”

“啊！他……他是什么人？他无缘无故地为什么要暗杀你？”

杜太太听了佛卿的话，方才停住了哭泣，“啊”的一声惊叫起来，两眼望着云侠鲜血满面的脸，她心头真是感到莫名骇异。佛卿接着告诉道：

“他是阿英外面的情人，而且他又是一个重庆分子，他想来杀我，他……他简直不是个人养的狗东西！”

“这……这……还了得，把他送到捕房去吧！”

“我要送他到司令部去处死，但阿英不肯，要我放他，说我假使不饶他，阿英也要自尽而死……”

“哼！这不要脸的贱人！叫她死，叫她死吧！”

佛卿见杜太太冷笑了一声，恨恨地冲过去，似乎要去打云英的神气却被佛卿拉住了，在她耳朵旁低低地说道：

“打不得，打不得，她若一死，一万万五千万的钞票就落空了。太太，你要三思而行才好啊！”

“这……这……”

杜太太一肚子的怒火，被这“一万万五千万”六个字终于像一盆冷水似的浇灭下来，说了“这这”两个字，她便呆呆地愣住了。云英趁此机会，便走上一步，向杜太太跪了下来，说道：

“妈，你若放了他，我便情情愿愿地嫁给张家骏；假使你们一定要把他送到司令部去，那我也情愿撞死在这里，不要做人了。”

“佛卿，放他就放他，那也没有关系……”

“太太，这可不是玩儿的事，擒虎容易纵虎难，我此刻放走了他，他将来不是仍旧要来暗杀我吗？”

杜太太是一心为了“一万万五千万”这六个字而着想，所以她是糊里糊涂地叫佛卿只管放走了云侠。但佛卿怎么能答应呢？因此皱了两条眉毛，急急地回答。杜太太细细地一想，也觉得这事情透着有些左右为难，这就呆呆地愕住了一会儿。人杰见大家僵住着，不由心生一计，遂附了杜太太的耳朵，低低说道：

“妈，我倒有个好法子，你可以把这个少年暂时押在书房里，假意说好好儿审问他一番。等明儿三姊嫁给了张家骏，你再送他到司令部去也不迟呀。”

“嗯！嗯！不错，你的意思好极了。”

杜太太认为十分赞成，她连连点头，也轻声儿地回答，然后望了云英一眼，假装温和之色，说道：

“阿英，你要放他走，我可以答应你，不过暂时把他在书房里押一夜，我要向他好好地劝告一番，叫他以后不能为恶作歹，千万要改过自新。假使他觉悟了，我一定明天就放他走。”

“太太，你……”

“不许你多开口，我自有主意。张保、王三，你们把他绑到书房里去吧！”

佛卿恐怕人杰弄的诡计，所以怀疑地意欲发表谈话，却被杜太太喝住了，一面向他丢个眼色，表示自己有好计谋的意思。佛卿没有办法，也只好不说什么了。云英是个细心人，她知道这办法是人杰贡献出来的，那么人杰一定没有恶意，可见他是缓兵之计，回头他一定会设法救他的，这样想着，遂也不再言语。这里张保、王三两人遂押了云侠关到书房去了。云侠刚被押走，不料这时花园外开进一辆自备汽车，里面跳下一个人来，正是张家骏。他笑嘻嘻地跨步入内，向佛卿拱拱手，叫道：

“大人，你们都已预备好了吗？这里是五千万的即期支票一张，请大人查收。”

“哦，哦，太太，你瞧，这是五千万的支票。”

佛卿伸手接过支票，一面恭恭敬敬地转交杜太太。杜太太满面含笑地走到云英身旁，拍拍她的肩胛，说道：

“阿英，家骏开了自备汽车特地来接你回去的，你看他这么多情，真是一个好夫婿，你嫁给了他，也不知几世修来的好福气呢！”

“啊！这是什么话？妈，不是说定在星期日吗？”

云英听杜太太这样说，心里这一吃惊，真好比半天里起了一个霹雳，顿时涨红了粉脸，显现无限痛苦的神气，急急地说。人杰也觉得这是出乎意料之外的转变，一时暗暗叫苦，要想插嘴代替云英抗议，但仔细一想，还是站在旁边不开口好，否则倒叫母亲也要疑心我是云英一派的人了。这时听家骏笑嘻嘻地向云英解释道：

“杜小姐，哦，不，我该叫您一声太太了。太太，你不要奇怪，因为我已在马斯南路三百十六号买好了一幢小洋房，里面一切家具等物件统统预备舒齐好，单等太太进去做主人。我想星期日离开今天也不过四天日子，你早晚总是我的太太，那么今天进新屋去成亲，也没有什么关系呀。况且你爸妈都答应了我，太太，嘻嘻，我们回家去吧。”

“哼！这是什么混账的屁话？我不是妓女，我不是玩物，就随你们把我这样摆布吗？老实说，我人是活的，我可不答应。”

云英气得柳眉倒竖起来，鼓着脸腮子，眼睛里好像要冒出火星来的样子，态度是十分倔强。家骏不免有些哭里带笑，向佛卿望了一眼，皱了眉头，狡猾地说道：

“大人，你听听，这是打哪儿说起来的话？我不管，请大人负一点儿责任吧！”

“太太，我想这件事情是要你来解决的了。”

佛卿转身却向杜太太这么说。杜太太因为手里拿了这张五千万的支票，所以她的三角眼便圆睁起来，大喝道：

“你这女孩子胆敢违抗父母之命吗？我问你，你那个……哼！要不要送他到司令部去吗？”

“妈，你不要生气，三姊一定会听从你的话，三姊，我劝你放心地去吧。早晚总要嫁过去的，那何必还要闹意见呢？瞧你满脸沾着泪痕，像什么样子？我伴你到房中去洗个脸吧。”

云英听杜太太的话，显然有些要挟的意思，一时心痛若割，不知如何是好。人杰忽然心生一计，遂故意向云英这么劝解，一面拉了云英，匆匆走向房内去了。杜太太还十分得意，说人杰真是好儿子，他什么事情都会做我们帮手，但佛卿却有些不放心，恐怕人杰和云英又有什么花样精，于是连忙叫小花到云英卧房里去叫喊了。

第四回

移花接木主婢鸦换凤

人杰把云英急匆匆地拉到了卧房里，他的目的当然并不是真的叫她洗个脸。他关上了房门，向云英低低地说道：

“英姊，想不到事情会变化得这样快速。现在事到如此，你且暂时跟了家骏回去。我马上把田先生救出，然后一同再来救你，你看这办法可好？”

“你这办法很好，那么你快点儿去救他呀！我想在房中多挨一点儿辰光，因为我跟家骏走后，爸爸会老实不客气地把他送到司令部去的。”

云英乌圆眸珠一转，她很有心计地回答。人杰伸手和她紧紧地一握，便开了房门，匆匆地走出去了。这里云英故意倒在床上，又抽抽噎噎地哭泣了一会儿。就在这当儿，小花急急地走进来，一见小姐倒在床上哭泣，便“咦”了一声，说道：

“三小姐，你怎么啦？脸不化妆，怎的倒又在哭起来了？老爷叫我来催您，快些洗好了脸出去吧。”

“不！我今天不去，我一定不去！”

云英两脚在床上甩了甩，她故意哭得格外伤心的样子。小花没有办法，只好匆匆地又回到会客室来，向佛卿说道：

“老爷，三小姐倒在床上撞哭，她没有在梳妆打扮呀！”

“你听，你听，我晓得人杰这畜生不是好种，他背后在阿英面前不知又在捣什么鬼，所以阿英中途又变卦了。这畜生真是该死啊！可杀！”

佛卿一听，心中暗想：果然不出我之所料，一时便痛恨切齿地骂着，大有恨不得把人杰咬几口的意思。杜太太哑口无言地愕住了一会儿，竟说不出话来。张家骏冷笑了一声，用了俏皮的口吻，说道：

“老杜，那没有关系，你女儿假使真的不肯嫁给我，那你只要还我一万万五千万的款子好了，老实说，我花了这个贵的代价，就是外面去讨个女人难道还讨不着吗？否则，我就不客气地和你法律解决，说你们父女做好圈套，故意用美人计来诈骗我的钱财。哼！哼！看谁斗得过谁！”

“哎！哎！张老！你……不要生气呀！我总不使你感到失望，无论如何，今天晚上总要叫她跟你回家去的。太太，你……你也快拿些手段出来，叫阿英屈服才好啊！”

佛卿急得满头大汗，连说话都有些口吃的成分，说到后面，他又向杜太太低低地激动。杜太太铁青脸，恨恨地说了一声好，她便三脚两步奔到云英卧房里来了。在杜太太的心中，起初的意思，她想见了云英，就狠狠地把她打一顿，问她还敢倔强不倔强；但是当她见到云英的时候，她脑海里立刻又有一个感觉，打是千万打不得的，因为云英现在是已经做张家的人了，万一把她打伤，张家骏岂不是要和我交涉吗？况且云英的脾气也不大好弄，吃软不吃硬，愈是对她硬上，恐怕事情愈加要弄僵的。杜太太想到这里，为了这一万万五千万的钞票，她不得不来一下苦肉计，遂猛可地向云英跪了下去，竟然呜呜咽咽地哭了起来。云英歪在床上，对于杜太太这一下子举动，那真是做梦也意想不到的事情，一时连忙跳下床来，扶起杜太太的身子，急急地问道：

“妈，这……这……是做什么呀？你……不是要折死我了吗？”

“阿英，我的好姑娘！你千万救救我这一条狗命吧！你要发发慈悲心，你要可怜可怜我呀！你若不肯救我，我是情愿跪在你的面前永远不起来了。”

杜太太被云英扶起身子，她立刻再度地跪了下去，一面流泪，一面苦苦地哀求，她这时已忘记了自己的身份，真好像是一个罪犯在法官面前求恕的样子。云英觉得她的卑鄙，虽然一万分地轻视，但口里还不明不白地问道：

“这……这……是怎么的一回事呀？妈，你叫我怎么救你呢？”

“阿英，你就跟家骏去吧，他已经在大发脾气了，他说你不跟他回去，他要叫日本人来捉拿我们，把我们一家人都关到司令部去。阿英，你就发发慈悲心，答应我跟他回去吧！”

“妈，你起来，我就答应了。”

云英委委屈屈的样子，答应下来。杜太太乐得破涕为笑，立刻站起身子，高叫小花把面水倒来，一面又叫小花出外报告佛卿，说小姐答应了。她自己站在云英身后，服侍她梳洗化妆，面上含了笑容，却一味地大拍马屁。云英梳洗完毕，杜太太陪着她一同出外。佛卿笑嘻嘻地说道：

“到底太太的本领大，叫人敬佩得很！”

“大人，时候不早，那么我们要回新房去了，三天后，我们双双回门来拜望两位大人吧。”

张家骏色眯眯的样子，老实不客气地来拉了云英的手，一面说，一面走到花园里跳上汽车去了。佛卿和杜太太送到石阶级上，眼瞧两人被汽车开走了，方才全身感到一阵子轻松，忍不住深长地透了一口气。

在汽车里，家骏是紧紧地偎着云英，满面是显着得意的颜色。但云英却冷若冰霜似的呆坐着，两眼只管向前望，好像泥塑木雕地连瞧家骏一眼都不大情愿的样子。家骏厚了面皮，慢慢地把她纤手拉了过来，温和地说道：

“太太，你为什么这样不快乐的神气呢？”

“谁不快乐？”

“既然没有不快乐，那你干什么老是蹙了眉尖一声不响呢？”

“我不喜欢多话，我的脾气就是这个样子，谁叫你来讨我的？”

云英恨恨地说，她表示十二分地讨厌他。家骏碰了这一个钉子，他还笑嘻嘻地好像没气死人的样子，说道：

“不错，一个人有一个人的脾气，女孩儿家不多说话，其实这是很难得的，幽静贤淑，哈哈！我娶了你这么一个好太太，我的福气真是前世修来的哩！”

“只怕你瞎了眼，因为我是一个白虎星、扫帚星，谁娶了我，谁就倒霉，说不定半个月之内还会生病死的！”

“不！不！没有这一回事，没有这一回事，你……你简直是太开玩笑了！”

张家骏听她这样说，真不免有些心惊肉跳起来。他连说了两声“不”字，心内开始也有些怨恨。云英秋波斜睨了他一下，冷冷地一笑，说道：

“信不信由你，反正这和我是没有多大的害处。”

“你这话是谁告诉你的？”

云英这么认真地回答，因此使家骏心中也不免狐疑起来，遂皱了两条稀疏的眉毛，低低地问。云英还是一本正经地说道：

“当然是算命瞎子算出来的，他说我貌艳于花、命薄如纸，最好一辈子不结婚，否则，今天嫁人，明天就得做寡妇。我因为不肯有害于你，所以我不情愿嫁给你。老实告诉你，你是上了我爸妈的大当。”

“我不相信你的命竟是这样坏，就说你真的不好，算命的也绝不肯这么照命直谈，难道不怕人家给他吃耳光吗？”

“是我叫他照命直谈，说得不好，我绝不怪他。他有我声明在先，所以他才敢说的。常言道，女人本是祸水，越是美丽的女人，越是像蛇蝎一般毒。所以我是一番至诚的好意，你不要为了贪爱女色，而牺牲了性命。那我为你着想，也不是太犯不着了吗？”

家骏听了，并不作答，他忍不住暗暗地沉思了一会儿。一个女人家命好命坏，那倒确实大有讲究。有些如花似玉的姑娘，她生成是个苦命，嫁了丈夫，不是活离，就是死拆，总没有美满的结局，不过假使做了人家小老婆，或者是丈夫年龄大一些，那就没有问题了。现在说到这位杜小姐，她虽然是一位闺阁千金，但今天嫁给我做妻子，不但没有举行婚礼，而且连请客都省掉了，这还不是等于同居一样吗？况且我和她年龄足足相差四十年，这样老夫少妾，照命相上看来，也绝不会有什么不幸的事情发生了。家骏在这么一想之下，他又把这些忧愁置于脑后了，微微地笑道：

“我知道你是一个多情的姑娘，所以我心里非常感激你。不过就是因为你多情的缘故，所以我心中实在舍不得放弃你。我已经是个五十八岁的年纪了，活得也不算太短命吧，因此我就存心一个死了，但这死到底还没有一定，万一这些命相家是在放屁，那我们就可以晓得算命看相均属无意义的迷信。即使我真的死了，不过我只要能够和你做了一夜夫妻，我的死似乎还有价值的。太太，你想，我为了爱你，连死都不怕，那我是多么痴心啊！”

云英听她絮絮地说了这么一大套的话，而且还温情蜜意地抚摸着自己的纤手，一时又怒又恨，但却也弄得无话可答，呆呆地默然了一会儿。家骏却又低低地说道：

“其实你所以不肯嫁给我的原因，我也很明白的。”

“你明白什么呢？”

“那还用说吗？当然是嫌我年纪太老的缘故。像你那么花一般的姑娘，心中的对象最好是一个年轻的小白脸，那么你就不会像现在这样显出不高兴神态了。你说我可猜得对不？”

“这也并不是这个意思。”

家骏斜侧了脸，一面说，一面把两只贼眼在她粉颊上打转。听她毫不以为然地回答，一时倒感觉惊异，遂继续地问道：

“那么你的意思是……”

“我的意思，一个女孩儿嫁人是一生之中只有一次的事情，当然应该要有个隆重的仪式不可，现在我这样子跟你回家，就好像你买了一个丫头的样子，那叫我不是太受一点儿委屈了吗？想我也是一个大户人家的女儿，而且我本身又是一个中学生，我也有许多的同学和朋友，明儿被人家知道了，我还有面子做人吗？”

“你这话虽然不错，不过我们应该讲究实际，而不必注意这些虚浮。比方说，我为了你，特地买了一座小洋房，特地买了一套红木家生，特地又置了一辆汽车。老实说，在这个年头坐汽车不大容易，若不是在政界有一点儿地位，汽油就没有办法买得到呢。所以你名义上虽然委屈一点儿，实际上的享受，你是太舒服了。太太，我的年纪虽老，但精神还很好，普通一般小伙子和我相较，他们恐怕都要望尘莫及。我嘴里说没有用，好在今天是我们花烛之夜，事实胜于雄辩，回头你一试验，那你就知道我的精力实在是太好了。”

云英听他说到后面，不免近乎一点儿下流，一时芳心别别乱跳，她几乎有些恼怒起来，绷住了粉脸，心中暗暗地忧愁。我所以答应跟了他回家，完全是听了人杰的劝告。因为人杰会救出云侠，同时他们也会来救我的。不过回头要如他们没有来救我，那叫我怎么样来应付今夜这一个难关呢？想到这里，真是忧煎万分，几乎要流下泪来了。

汽车到了马斯南路三百十六号门口停下，车夫揿了两声喇叭，里面便有一个头脸清白的小大姐开门出来。她拉开车厢，很有礼貌地鞠了一个躬，好像预先训练好的样子，笑盈盈地叫道：

“老爷，太太回来了吗？”

“嗯，回来了，阿莉，你们饭菜准备好了没有？”

“早备好了，直等老爷、太太回家用饭呢。”

阿莉很伶俐地回答，她让两人步入大门，便跟着进内。到了楼上卧房，只见里面亮了很幽美的灯光，在灯光下瞧到的，果然是一套红木的家具，床上大红绣花的缎子被、鸳鸯戏水的枕，布置得焕然一新，真的像一间新房的样子。云英闷闷地在沙发上坐下，阿莉含笑倒上一杯玫瑰花茶，叫声“太太用茶”。云英听了这一声太太的叫唤，心头就觉得有阵异样的感觉，全身一阵子热燥，两颊就像桃花瓣儿似的娇红起来。家骏很得意地吸了一支烟卷，等阿莉走出房外之后，便低低地问道：

“太太，你瞧这一间新房布置得还算美观吗？假使你认为还需要添什么东西的话，你只管吩咐我，我是没有不给你去办到的。”

“……”

“嗯，太太，你为什么不说话？哦，我忘记了，还有样名贵的饰物，没有给你看过。你……你假使看到了，那你一定很欢喜了。”

家骏见她低了头默不作声，因此他一个人自言自语地说着，一面走到梳妆台旁边，抽开抽屉，取出一只小小八宝箱来，笑嘻嘻地又走到云英坐着的长沙发旁，一同坐了下来。一面打开箱盖儿，一面取出钻戒，拿到云英的眼前，笑着道：

“太太，你瞧这一枚钻戒比你手上戴着的那一枚可大得多了吧。来，我给你戴上了……喏，你瞧，像你这葱尖似的玉手，戴上了这一枚钻戒，真是漂亮极了！”

家骏一面说，一面悄悄地拉过她的纤手，把那枚钻戒给她轻轻地套上了，满面含笑着赞美，他是一味地拍着马屁。云英也不推拒，也不开口，她呆呆地却像失去了知觉的呆木头那么一段。家骏且不管她，又把那条金链子、金锁片取出来，亲自地套到云英颈项上去，又笑嘻嘻地说道：

“太太，你知道吗？这个年头，黄金涨得厉害，现在市价，一千五百万一两。这根金链子和锁片少说也有四两多重的分量，那么就值六千万储备票。不说别的，就单拿这四两金子说，你也可以吃它一生一世了。”

“……”

“太太，你为什么又老是不开口了呢？请你随便地和我谈话好吗？只要你肯开口，就是你骂我几句听听，我心中也高兴哩。”

家骏色眯眯地偎过脸去，要想贴云英的粉颊。云英把脸一偏，秋波逗给他一个娇嗔，怨恨地说道：

“请你放尊重一点儿吧！”

“啊，你这是什么话？我们是夫妻了，难道在闺房之中还不该有亲热的表示吗？”

云英这句话听到家骏的耳朵里，一时大为失望，显出恼意的样子，大有责备意思。云英却毫不介意地说道：

“上床夫妻，下床君子。你这么大的年纪了，难道连这两句话还不知道吗？我究竟不是妓女，你要拿这种态度对付我，我可不答应。”

“太太，你不要生气了，我错了，我下次绝不敢这样子。对啊，我一定记得这两句话，上床夫妻，下床君子。太太，你真是一个温重的女子。”

家骏见云英鼓着红红的粉腮子，愤愤地回答，她猛可站起身子，似乎要有个什么举动的模样。家骏方才急起来，连忙伸手把她拉住了，他赔了笑脸求饶，同时他脑海里浮上了“上床夫妻”这四个字中包含了神秘肉感的一幕，因此他又连连地称赞。云英被他一拉，只好又坐了下来，她心头是急得什么似的，暗暗想着：人杰不知把云侠救出了没有？他们不知什么时候来救我？假使太晚一点儿的话，那叫我不是难逃淫魔的手掌之中了吗？想到这里，愁肠百结，真是痛苦难言。就在这时，阿莉匆匆进来，说道：

“老爷，您有电话来了。”

“是谁打来的？”

“一个日本人的口音，不知道是谁。”

家骏一听“日本人”三字，他便一句不说地匆匆向房外走了。在电话间里接听了电话，知道是司令部里野木山郎大队长，有事要他到司令部去一次，家骏不敢有违，连声地答应，放下听筒的时候，方才恨恨地骂道：

“他妈的！断命绝子绝孙的日本鬼！早不来电话，晚不来电话，偏偏在这个要紧关头叫我去有事商量，那不是明明跟我寻开心吗？”

家骏口里是这么恨恨地骂着，但事实上没有办法，只好急急回到房中来，向云英低低地告诉，并且说道：

“太太，你肚子饿了，回头你一个人先吃好了。”

“不，我不饿，我要等你回来一道吃。”

云英听了这个消息，心中自然十分欢喜，暗暗想道：这不是天助我吗？但表面上还故作多情的样子，低低地回答。家骏拍拍她的肩胛，笑嘻嘻地似乎有说不出安慰的神气，望了她一会儿，方才作别走了。家骏走到门口的时候，又叫阿莉跟着出房。阿莉问：

“老爷有什么吩咐？”

家骏咬了她耳朵，低低地叮嘱了一阵。阿莉连说：

“晓得，老爷放心是了。”

家骏这才安安心心地坐上汽车，到司令部去了。阿莉等家骏走后，便在新房里和云英做伴，她有一搭没一搭地向云英说话。云英似乎有些明白阿莉是受了家骏的叮嘱，她在房中无非监视我行动的意思，这就转了转乌圆眸珠，微笑着问道：

“你叫阿莉吗？今年几岁了？”

“是的，我二十一岁了。太太青春多少？看来比我还年轻一点儿吧？”

“比你小两岁，阿莉，你嫁人了没有？”

“我在乡下十七岁就嫁人的，丈夫不争气，吃酒糊涂不算，而且还跟人家孤孀女人偷偷摸摸，我心里一气愤，就和丈夫闹离婚了。现在我一个人在上海帮佣，倒自由自在，一点儿也不会受气了。”

“唉！世界上的女人，不论穷穷富富，为什么总是这样命苦呢!”

云英听了阿莉的告诉之后，她深深地叹了一口气，表示不胜感慨的意思。阿莉望着云英秀丽的面庞，却含笑说道：

“这也不尽然呀。我觉得像太太就是一个有福气之人。”

“福气？那你真是在挖苦我了。阿莉，我告诉你，我是一个最苦命的人，我是像一样货物似的被人出卖了。唉，说起来真是太痛心了。”

阿莉所以这样说，当然是近乎奉承她的意思，但万不料云英的脸上更显现了惨白的颜色，大有凄然泪下的样子，这就惊奇地问道：

“太太，你这是什么话？能不能向我详细地告诉吗?”

“为什么不可以？我本来是有未婚夫的人，为了养父母贪图金钱，把我强嫁给这个老贼的。阿莉，你想，我不是很可怜吗?”

“哦，原来如此，不过老爷的家产不少，太太虽然换了一个年老的丈夫，但吃用是一生一世也不必愁苦的了。”

“那不是这样说的，我情愿嫁个普通人家年轻的丈夫，却再也不愿意嫁给这个老贼了。阿莉，我想跟你商量一件事，不知道你能不能帮我的忙吗?”

云英说到这里，顿了一顿，她逗了阿莉一瞥令人怜爱的目光，情不自禁低低地央求。阿莉虽然有些明白，但却故意问道：

“太太，你有什么事情叫我帮忙？你说吧，我若能力及得到，那我一定可以答应你。”

“阿莉，我……我……要你跟我趁这个老爷不在的时候，一同逃出了这个魔窟，那我一定好好地重谢你。”

阿莉见她慌张了脸色，两眼四处张望了一下，方才用了极低沉的语气，嗫嚅着说，这就皱了眉尖，显出为难的样子，摇摇头，说道：

“太太，这恐怕很不容易吧。”

“阿莉，你……你难道不能同情我吗？假使你救出了我，我不但重重谢你，而且我愿意和你结为姊妹，使你可以得到很好的生活。”

“这不是谢不谢的问题，实在因为我没有这个能力。所以请太太千万要原谅我，并非我故意地刁难你。”

“这是很轻易的事情，我觉得一点儿也不困难呀。只要你此刻跟我一同出走，天大的事情不就完了吗?”

“太太，你说得太以简单了，我固然可以放你走出这个房门，但你就难以飞出这洋房的大门呀。老爷临走的时候，一面关照我，一面他当然还关照下面其他的仆人，所以你想此刻逃走，实在太困难了。你一定也知道老爷是个有势力的人物，万一我们被下面扣留起来，太太倒没有问题，我就恐怕要尝铁窗风味了。所以这样冒险行事，我可不敢。”

阿莉一面给她解释，一面连连摇头。云英细细地一想，觉得她说的倒也很不错，因此蹙了眉尖，轻轻叹了一口气，站起身子，只管在房内来回地踱步。阿莉见她烦闷极了的样子，遂低低地说道：

“太太，你不要难过了，我开晚饭给你吃好吗?”

“不，我吃不下。”

“太太，我说老爷这么老的年纪，过不了几时总要死的，到那时候，太太譬如和我一样跟丈夫离了婚，不是另外再可以配好夫婿吗?”

云英听她这样说，芳心怦然一动，望着阿莉的粉脸，倒又愣住了一会儿，接着走上前去，拉了阿莉的手，低低地又说道：

“阿莉，你既然不能跟我一同逃走，但我还有一个办法，不知道你能够帮我的忙吗?”

“是什么办法呢？你说吧。”

云英遂把小嘴儿凑过她的耳边，低低地说了一阵。阿莉听了，粉脸顿时像玫瑰花朵似的娇红起来。云英见她沉吟着不作答，显然是在考虑的样子，这就又说道：

“阿莉，并非是我这么自私自利，但你既然不是一个姑娘身体了，而且又和丈夫离了婚，那也是无所谓了。假使你答应了我，我就把这金链子、金锁片送给了你，这件饰物照现在市价值六千万左右。老实说，就是老头子明天发现了你而把你辞歇的话，你有了这六千万饰物，还愁得了一辈子的吃用吗？不但如是，而且你还可以趁此说他强奸你呢！阿莉，你以为这办法还合得算吗？”

“……太太，就只怕老爷当场揭穿了秘密，那事情就糟了。”

阿莉心中暗想：假使我真的只牺牲了一夜，就可以得到六千万的代价，这又何乐而不为呢？有了六千万家产，我也不必再给人家帮佣了，从此再寻找一个年轻的丈夫，做些买卖，不是一世不用愁苦了吗？想到这里，心中十分情愿，但到底还有一点儿忧虑的，就怕秘密泄露，六千万没有到手，反而出了一场丑，所以她低低地回答。云英知道她并无坚决拒绝之意，遂连忙说道：

“这个你放心好了，事情绝不会败露的。只要你肯代我受一点儿委屈，什么问题都没有的了。”

云英说到这里，又咬了阿莉耳朵低低地诉说了一阵。阿莉又羞又喜的表情，瞟了云英一眼，沉吟着道：

“不过，你是否走得出这大门呢？”

“那你且不要管他，反正我随机应变会想办法的。阿莉，你要不要此刻就把这锁片拿去了？”

“那可不用，回头老爷见了，不是要疑心吗？反正过一会儿给我好了。”

“阿莉，你答应了我，我太感激你，你真是我的大恩人一样。”

主仆两人商量既定，云英心中就放下了大半。约莫在九点钟的时候，家骏急匆匆地回来了，含笑向云英连连赔不是，又问吃了晚饭没有。这时云英早已改变作风，笑靥迎人，温和地说道：

“还没有吃哩。我们今天也可说是新婚之夜，当然要两个人一块儿吃才有意思呀！”

“呀！这……这……岂不是饿坏了我的爱卿吗？太太，你这么多情恩待于我，那叫我实在太爱你了。”

家骏听了这话，不免受宠若惊，乐得笑嘻嘻地回答，一面连忙吩咐阿莉摆上酒菜，拉了云英的手，一同坐下。云英殷殷地劝他喝酒，故意显出淫浪的态度，灌他的迷汤，灌得家骏神魂飘荡，色眯眯，昏陶陶，几根老骨头几乎酥了起来。在色不迷人人自迷、酒不醉人人自醉的情形之下，家骏早已喝得酩酊大醉，拉了云英，便要共成美事。云英劝他先睡，自己脱衣同睡，待家骏睡进被窝里的时候，忽然室内灯光熄灭了，同时窗外起了一阵洒洒的雨点儿声音，家骏惊问道：

“太太，这是什么声音?”

“外面大概在下雨了，真奇怪，好好儿的天气竟下雨了。”

“是的，这是象征我们夫妇之间马上就要云雨之情了，哈哈！哎，太太，你为什么熄了灯光啊?”

“我怕难为情，因为我此刻正在脱衣服呀。”

“回头抱在我的怀内难道倒不怕难为情了……哈哈……”

云英在和家骏谈话的时候，阿莉早已从房外悄悄地进来。云英虽在黑暗之中，也已发现了，便连忙把自己颈项上锁片脱下，走到阿莉身旁，把金链子、锁片套到阿莉的脖子上，然后和她握了握手，表示感谢的意思，于是阿莉羞答答地摸到床边去，而云英却蹑手蹑脚地走到房外去。只见房门口堆着阿莉脱下的一件青布旗袍，这就匆匆地穿在自己的身上。她那颗芳心是跳跃得厉害，几乎要从她口腔里跳出来的样子，云英三脚两步奔到楼下，出了会客室门，见院子里泥地稀湿，天空中的雨落得正大，一时也管不了身上没有雨衣，手里没有雨伞，就急匆匆地奔到铁栅子大门口旁去了。好在公馆里此刻一个人也没有发觉，云英开了栅门，好像虎口余生一般地向人行道上急急狂奔了。

马斯南路这条街道原很冷静，况且在大雨倾盆似的黑夜里，此刻不但行人少见，而车辆也没有一辆在街上驶行。云英的身上好像落汤鸡一般，头发湿淋淋地披散着，简直像乞儿一样狼狈不堪了。谁知正在这个时候，忽然斜马路里蹿出两个人来，竟把云英撞倒在这水淋淋的马路上了。

第五回

明大义忍心抛家救侠士

人杰既然关照云英之后，他便匆匆地走到书房里来。只见张保、王三两个保镖看守在门口，坐在两张方凳之上，一面吸烟，一面谈天。一见人杰到来，便都站起身子，向他问道：

“小少爷，你到这儿来做什么？”

“是妈叫我来审问审问这个凶犯，他到底为什么行刺我的爸爸？你们两人守在门口，不要走开，假使我和凶犯打起来，你们快点儿进房帮我的忙。倘然没有什么声息，你们可以不必到里面来的，知道没有？”

“嗯，知道了。不过小少爷只管放心进内去审问，这个凶犯被我们绑在椅子上，结结实实，动也不能动一动，他怎么有能力和小少爷打起来呢？”

“这样很好，我就不用怕他的了。”

人杰点点头，故意显出很欢喜的样子，便悄悄地步入书房里来，果然见云侠被捆绑在椅子上。他扭动着身子，好像尚欲挣扎的神气，当他抬头猛可发现人杰的时候，他的脸转变成铁青的颜色，两道炯炯的目光好像要冒出火星来的样子，冷笑道：

“你是谁？”

“不要响，不要响，我是来救你的。”

人杰放低了喉咙，一面连连摇手，一面低低地回答。他轻轻地走到云侠身旁，见他两手反绑在椅子背上，两脚也连系地绑在一起，于是从袋内摸出一把小洋刀，把绳索都割断了。但是他又附了云侠耳朵，低声说道：

“田先生，请你仍旧装作被绑的样子坐着，因为外面还有两个人看守着，让我去哄走他们，然后我们一块儿逃走吧。”

“谢谢你……”

云侠心里当然是有说不出的感激，遂低低地回答了三个字。人杰却并不理会，他自管走到书房外面来，故意恨恨地骂道：

“他妈的！这小子好大的架子！”

“小少爷，怎么啦？”

张宝和王三听了，不约而同地问他，表示有些惊奇的意思。人杰眸珠一转，立刻有了主意地说道：

“这小子口渴要喝茶，还说肚子饿，要吃些东西。”

“他妈的，管他渴死饿死，我们不要理睬他好了。”

“王三，那不是这样说的，因为我细细地问他，他不肯回答，我想待他好一些，他一定什么话都肯对我说了。到那时候，我们可以送他到司令部，而且派宪兵可以去捉获他们同党，所以我答应了他，实在也是我一个计谋。这里还有一点儿现钞，你们两人去分了吧。我很明白，皇帝不差饿兵，是不是？”

“小少爷，这……这……可不敢当……并非我们不肯去拿，实在因为老爷吩咐，叫我们看守在此，责任重大的缘故呢！”

“你们又说呆话了，我是太太差我来审问凶犯的，你们难道还不晓得太太的权威有甚于老爷吗？况且凶犯好好儿地绑在椅子上，他怎么会逃得了呢？你们不听我的指挥，那就是看轻太太，回头太太一发脾气，我可不负责任，一切由你们两人来承当好了。”

王三、张保听他这样说，一时暗暗地想着：老爷是个有名的怕老婆，那是无人不晓的，我们宁可得罪老爷，总不能违拗太太的。于是忙说道：

“小少爷，你不要生气，我们去拿好了，不过钞票可不能接受。”

“很好，我回头在太太面前一定夸奖你们两人的好处，老实说，太太心中一欢喜，你们下个月薪水保险加一倍。”

人杰老实不客气地把手中一叠钞票又藏到自己的袋内去，眼瞧张保、王三匆匆地走开了，他心里是乐得什么似的，遂急忙翻身进内，解脱了云侠身上的绳索，说道：

“田先生，我们快走，快走!”

人杰一面说，一面拉了云侠的手，匆匆奔出了书房，弯入花园。好在人杰是熟门熟路，拉开花园后门，便神不知鬼不觉地逃出杜公馆去了。云侠在走到马路上的时候，方才向人杰低低问道：

“这位先生贵姓？承蒙你救了我的性命，此恩此德，真叫我没齿不忘。”

“我叫杜人杰，毓英就是我的姊姊，田先生，这儿不是说话的地方，我们还是找个坐处谈谈吧。”

人杰一面回答，一面和云侠跳上一辆三轮车，便叫车夫驶到咖啡室去。云侠这时心中，一阵阵地暗想：他叫杜人杰，说毓英是他的姊姊，那么这个人杰不就是佛卿的儿子吗？既然是佛卿的儿子，那么我是去暗杀他父亲的仇人，照理他见了我应该恨入骨髓，但如何反而来相救我呢？那不是叫人太感到奇怪了吗？人杰见他呆呆地坐着，默然不作一声，于是回眸望了他一眼。这一望人杰才发觉了他脸上还留着一点儿血迹，大概是刚才被张保、王三打出的鼻子管血，一时便忙摸出手帕来，说道：

“田先生，你脸上有血渍，我给你拭去了，免得被旁人看见了多起疑心。”

“杜先生，你太好了。”

云侠见他如此关怀，心中感激得几乎流下泪来，遂低低地说。人杰却不作答，自管给他揩净了血渍。不多一会儿，车到乐健咖啡室门口停下，人杰付了车资，和云侠匆匆入内，拣了一张座桌坐下。

这时已经七点半了，两人都觉得有些饿了，人杰遂吩咐侍者拿上两客西餐。云侠望着人杰英俊的脸，他心中似乎有许多的话要问他，但一时里却问不出口来。而人杰先开口说道：

“田先生，你真是勇敢，使小弟十二分地佩服。现在我有一个要求，希望你能够领导我步入光明的大道，那我心中是非常感谢你了。”

“杜先生，你……你……这是什么话呢？”

“你不用骗我了，刚才你被我爸爸捉住的时候，爸爸在你身上不是搜抄出一枚徽章来了吗？在这样恶劣的环境之下，你尚且干着这样冒险的工作，我觉得你不愧是我们青年的模范！”

人杰一本正经的态度，低低地回答。云侠听了，方才恍然大悟，暗想：我刚才被他们捉获的时候，自己糊里糊涂，原没有注意别的人，原来他在旁边，却完全听到了呢。遂皱了眉尖，很奇怪地说道：

“杜先生，我……这行为……你……难道倒不恨我吗？”

“是的，因为我爸爸自己的行为太可恶了。他简直没有做长辈的资格，利令智昏，为了贪财，情愿出卖女儿。你想，这种人不是可杀吗？”

“我真想不到这几句话出在你的口中，实在太叫人敬爱你了。”

云侠听他这样说，一时也忘记了他是个仇人的儿子，觉得他实在是个有血性的青年，情不自禁地伸过手去，和他紧紧地握住了回答。人杰微微地一笑，说道：

“田先生和我英姊的感情很不坏吧，我已经知道你们的关系是非比普通的友谊了。论亲戚说，你也许是我的姊夫。”

“这……这……”

云侠知道云英并没有把曲折的情形向他告诉过，所以人杰不晓得我和云英实在还是嫡亲的兄妹，一时要想从实地否认，但为了种种的困难关系，却又说不出口来。人杰却笑着说道：

“你不要奇怪，因为我和英姊的感情也很好，平日之间，我们姊弟俩也无话不谈的。所以我知道你是我英姊的爱人，你这次前来暗杀我父亲，我明白你多半还是为了刺激太深的缘故。今天我救你，一半是爱你的人才，而一半也是为了英姊的缘故，所以我们吃好了饭，我们还要设法去救英姊。”

“不过你救了我之后，你在你爸爸面前怎么样交代呢?”

人杰这几句话听到云侠的耳朵里，方才知道他和云英的感情也很不错，因此自己倒颇有成全之意，但是他故作代他焦急的样子，低低地问他。人杰似乎早已下了决心似的，点着头，笑道：

“那我在事先当然也有一个考虑的。田先生，我老实告诉你吧，我爸爸要把英姊嫁给张家骏，我当初就竭力地反对，可是没有效力，爸妈是被金钱迷住了心。我只好向英姊怂恿，叫她和知心朋友去商量，并且问了姓名，方知就是田先生。我的本意是叫英姊抛家出走，而且我也愿意跳出这个罪恶的家庭，但英姊不愿我跟她一同脱离，我只好暂时不走。原定今夜叫英姊逃走，而且在我妈那儿还代为骗到一千五百万的支票一张交给英姊，但事情忽然变化，田先生固然突来行刺，而张家骏这老贼要在今夜把英姊接去成亲，你想，我在这情形之下，也只好管不了许多地先放你逃走，然后我们再到张家去救英姊。我是存心和这黑暗的家庭永远地脱离关系了。”

“为了我们，你情愿牺牲自己，和家庭骨肉分离，这叫我们心头太说不过去了。杜先生，我万万料不到杜佛卿会有你这么一个伟大的儿子!”

云侠不好明说佛卿就是杀自己父母的仇人，但是觉得人杰为了大义而不顾父子之情，这思想是伟大的，这举动是超人的，虽然自己恨他的父亲，但是心中也非常爱人杰，所以紧紧地握了他的手，情不自禁地说出了这几句话。人杰却不以为然地说道：

“不，田先生，请你不要这样夸奖我，倒叫我心里觉得惭愧。其实我一半固然是为了你们，而一半也是为了我自己。想我爸爸做人这么糊涂，只贪眼前富贵荣华，不管将来死无葬身之地，一味地结交这班人面兽心的狐群狗党，在他还以为是耀武扬威，而我心头却感到了可耻极了，所以我今日脱离家庭，完全也可说是为了我自己的前途问题。田先生，所以我要恳求你，求你带我走上一条新生的道路吧！”

“杜先生，那我当然可以成全你的志愿，因为我希望我们同志是多一个好一个的。现在我要问你，你知道张家骏的家是在什么地方？我们用什么方法去救你的英姊呢？”

“这老贼的新屋是在马斯南路三百十六号，我想回头吃好了饭，我们到那边去，把这老贼一枪打死，就救了英姊，我们不是可以远走高飞了吗？”

云侠听人杰这样说，觉得事情谈何容易，显然是很有些困难的，因此微蹙了眉毛，不免沉吟了一会儿。就在这时，西餐一道一道地送了上来。人杰说了一声“请！”两人便匆匆地吃了起来。吃毕了这顿西餐，时候已经八点多了，人杰付了账单，大家步出乐健咖啡室。人杰说道：

“田先生，我们此刻就到张家骏那里去好不好？”

“可是，我身边的枪已经被你家保镖拿去了，空手怎么能去救人呢？”

“嗯，这倒是一个困难的问题，那么……你能不能到团部里再去领一支来呢？”

“这当然不容易……要么我跟同志那里去借一支来吧。”

“能够借得到，这当然很好，我们马上就去吧。”

两人于是立刻跳上三轮车，急急地赶到云侠的同志那里，说明了详细的情形，借了一支勃朗林，然后又乘了三轮车赶到马斯南路来。不料车到半路，忽然天空起了变化，顿时落下了一场大雨。云侠和人杰身上因为都没有雨衣，所以各人心中不免暗暗忧煎。到了马斯南路横马路，三轮车停下，云侠和人杰因为不知道三百十六号在哪一段路，况且时在黑夜，兼之大雨倾盆，当然很难找寻，遂只好跳下车来，急急地走向人行道上去。不料冷不防之间，却和一个女子撞了一个满怀，却听那女子“啊呀”了一声，便跌倒在马路上了。云侠吃了一惊，遂忙把她扶起，定睛一瞧，不觉惊喜交集，遂急急地问道：

“什么？什么？你……你……就是云英吗？”

“啊！是英姊吗？你……怎么逃出来的？”

“哦！云哥和小弟都脱险了吗？我……我……也设计逃出来了。这么大的雨，街上不是谈话之处，我们先找个躲雨的地方吧。”

云英被他们一撞，不免有些七荤八素，此刻一听两人说话的声音，方才欢喜起来，遂望着两人水淋淋的脸，十二分安慰地说。云侠忙道：

“那么我们还是到姑妈家里去吧。”

“好的好的，小弟也一块儿去。”

“那当然，还用得了说吗？杜先生是我的救命大恩人呢！”

云侠听云英这样说，遂笑着回答，一面拉了人杰的手，大家匆匆地又坐上了街车，回到云侠姑妈陆太太家里去了。

陆太太这时在家中正焦急得热锅上蚂蚁似的，因为云英固然一去而不回，就是连云侠也不见回来了，那不是叫她老人家要急坏了吗？此刻见到云侠等三人淋得像落汤鸡似的回家来，并且还多了一个年轻的男子，心中自然又惊又喜，不免双手合十，暗暗念了一声阿弥陀佛，急急地问道：

“云侠，云英，你……你们都回来了？怎么淋成这个样子呢？还有这位先生是什么人呀？”

“哦，姑妈，他是我的朋友杜先生。杜先生，她是我姑妈，姓陆。”

“陆太太，小侄来得孟浪，万勿见责。”

“哪里哪里，你们都用了饭没有？”

“我们吃过了，云英呢？”

“我也吃过了。”

云英一面拿手帕理着湿淋淋的头发，一面回答。陆太太见了，忙拉着云英到房中换衣服去。这里云侠也请人杰到他的卧房里去换衣服，当夜人杰便睡在云侠的房中。云侠见他呆呆地对灯出神，似乎在想什么心事的样子，遂低低地安慰他说道：

“杜先生，你是不是担心着往后不能回家去了吗？”

“不，我倒没有担心这些，反正我早预备脱离家庭了。不过，我这次脱离之后，既不能到学校里去求学，而又不能到社会上去经商，所以以后我的生活问题，倒是要你田先生帮帮我的忙了。”

“杜先生，你说这话叫我太对不住你了，你为了救我性命，而使你脱离家庭，那你是我救命恩人，我怎么能叫一个恩人因此反而吃苦呢？所以请你一百二十个放心，只管在这里住下来。虽然此地是我姑妈的家，但我是姑妈从小抚养长成的，和我自己的家里没有什么两样，你绝对不用放在心上。而且我一定成全你的志愿，明天介绍你去入团，作为我们的同志，你心中以为怎样呢？”

云侠紧紧地握了他手，微笑着回答，表示十二分的诚恳。人杰听了，方才转忧为喜，把他手摇撼了一阵，连声地道谢，一面说道：

“田先生，你的爸妈难道从小就过世了吗？”

“说起我的爸妈，我心中不免立刻又痛愤起来。”

云侠被他一提父母，脸上就变了颜色，同时眉宇之间含了一股子杀气，冷冷地说。人杰有些惊异的表情，急急地问道：

“田先生，怎么啦？你说的是……”

“我爸妈……是被仇人害死的！”

“啊！仇人害死的？不知有多少年了？仇人叫什么名字呢？”

“唉！整整有十五年了。仇人的名字，我现在可不能宣布，反正我总有那么一个仇人是了。”

云侠叹了一口气，他的脸上又含了悲哀的神情。人杰知道他和自己还是初交，所以不便明告，遂也不复问他。但云侠忽然又向人杰问道：

“杜先生，我爹妈被仇人害死了，你说做儿子的该不该报仇呢?”

“那当然要报复的啰！常言道，父仇不共戴天，为人儿子的，若不给父母报仇，那还能算是一个有心肝、有志气的人了吗?”

“对！对！杜先生，你说得太对了！我受了你这么的鼓励，我觉得此仇是不能不报的!”

“不过……还有一点我要补充说一句，就是你父母被人害死的原因，到底是自己的错呢，还是别人的错呢? 比方说，你父母行为不大好，时常刻薄人家，因此别人怀恨在心而下毒手，这似乎罪有应得，况且冤仇宜解不宜结，所以做子女的还是不必再多生是非。假使你父母是个好人，被阴险小人所害，那么这个大仇就得非报不可。”

人杰滔滔地又说出了这几句话，听到云侠的耳朵里，不免又深深地敬佩，握了他手，连声地说道：

“杜先生，你这几句话是非分析得清楚，我爸妈就因为他们是个良善的好人，谁知竟被人害死，你想叫我做儿子的怎么不要报仇呢?”

“那是应当报仇，不过我劝你还得等待机会，不能操之过急，欲速则不达，那是一定的道理。”

人杰点点头，还向他低低地劝告。就在这时候，只见陆太太和云英走进房来，云英已换了一身衣服，脸也洗过，头也梳了，云侠笑道：

“你这身衣服是哪里来的?”

“是莹芳前几天留在这里忘记带回去了，我把它找出来，齐巧给阿英换上了，腰身大小倒差不多呢。”

陆太太不等云英告诉，便先笑嘻嘻地回答。人杰忽然想到了一件事情，忙对云英急急地问道：

“英姊，你换下的衣服里，这张支票可曾取出了没有?”

“取出的，我想……这张支票恐怕要发生一点儿问题了。”

“什么问题呢？”

“因为你放了云哥一同逃走，爸妈发觉之后，他们一定放不过你。所以照我的料想，他们在明天早晨一定候在银行门口，单等我们去取拿，不是就被爸妈捉住了吗？”

“哎，你这一番考虑也很不错，我的意思，你把支票交给我，明天让我去领款，万一被他们捉住，我自有办法对付他们，你说好吗？”

云英听人杰这样说，遂点头称好，把支票从袋内取出，交给人杰藏好。这里四人谈了一会儿，陆太太和云英道了晚安回房。云侠送了出来，云英把哥哥轻轻一拉，向他丢了一个眼风，云侠会意，遂跟了云英一同到她卧房里来。云英掩上了房门，向他低声问道：

“哥哥，我和人杰并没有说明我们是亲兄妹的话，你千万地也不要露马脚才好。”

“是的，我并没有说呀。不过你要关照姑妈，叫她老人家也切勿露风。”

“我把详细情形，刚才已跟姑妈完全说过了。姑妈的意思，既然人杰救了你的性命，你也不要把他视作仇人的儿子一般看待才好，就是要报仇，也得向他父亲算账。哥哥，你说这意思对吗？”

云侠听妹妹这样说，一时觉得要据人杰刚才这一句我们姊弟感情很好的话猜想，可见云英此刻的芳心里对他也自不免有情。因为她怕我恨人杰的父亲，而连带痛恨人杰，说不定对人杰有恶意相害的举动，所以妹妹此刻故意借了姑妈心中的意思，来向自己劝告了。云侠的心里既然那么雪亮，他自然忍不住好笑起来，遂点头很正经地说道：

“妹妹，常言说得好，冤有头，债有主。他父亲作恶害人，现在他既然没有死去，我这个仇当然还得报在他父亲的身上，况且人杰是救我性命的恩人，我岂肯对他有恶意的举动呢？这种不情不义的行为，我是绝不干的，所以妹妹千万放心是了。”

“这……是姑妈的意思，你叫我放心做什么呢?”

云英听哥哥说到后面至少有些神秘的作用，一时倒不免感觉难为情起来了，红晕了粉脸，秋波斜乜了他一眼，低低地抢白。云侠笑了一笑，虽然很想把自己心中欲玉成的意思对妹妹告诉，但一时里也说不出口。两人默然相对了一会儿，云侠恐人杰一个人冷静，方才回房来安息了。

第二天一清早，人杰就起身了。云侠在睡梦中被他惊醒，遂连忙也一骨碌翻身坐起，揉揉眼皮，说道：

“早哩，再睡一忽儿。”

“不，我睡不着，回头早些到银行里去取款的好。”

人杰低低回答，他大有心事重重的样子。云侠遂和他一同起来，匆匆地漱洗完毕。这时云英也已起来，大家吃了早餐，时已八点四十五分，银行九点开门，人杰遂急急驱车前往。到了大利银行门口，付了车资，三脚两步地奔上石阶级去，忽然两旁突来两个西服男子，各执手枪，对准人杰，喝声不许动。人杰知道事情不妙，一时唬得面无人色，举手愕住了。

第六回

恨良人忠言逆耳演武戏

张保和王三两个人匆匆地到厨房里去拿取饭菜和茶水，不料回到书房的时候，却见里面空洞洞的，不但凶犯逃走，连小少爷的人影子也不见了。当时两人就大吃了一惊，目瞪口呆地不禁“啊呀”了一声叫起来。王三急急地说道：

“不好，不好，我们可上了小少爷的当了。”

“奇怪了，小少爷怎么会把行刺老爷的凶犯放走呢？难道他倒反而同情凶犯将老爷杀死吗？这事情可不是儿戏的，我们快些报告老爷去吧，你看怎么样呢？”

两人呆呆地愕住了一会儿之后，方才你一句我一句地说着。张保说到这里的时候，身子要向房门外急急地走了，但被王三拉住了，摇摇头，说道：

“慢来，慢来。我们去报告老爷，恐怕还要叫老爷向我们大发脾气，因为小少爷这人向来和老爷是反对的，你不听刚才小少爷向老爷不是还一味地抢白吗？所以我的意思，还是把饭菜拿回到厨房去，我们假痴假呆，仍旧守候在书房门口，等老爷来提凶犯的时候，我们说小少爷在里面审问好了。”

“这办法也好，那么我们把窗户先开好了，表示小少爷跟凶犯跳窗而逃的样子，你看怎么样？”

“很好，很好，那么我把饭菜送回到厨房去，你把室内窗户打开了吧。”

张保、王三商量定当，遂各自匆匆地工作。不多一会儿，张保由厨房回来，两人仍旧守候在书房门口。大约半个钟点之后，只见老爷兴冲冲地走来，说道：

“凶犯关在书房里吗?”

“是的，老爷，刚才小少爷到来，说奉了太太之命，来审问这个凶犯。”

张保很小心的模样，低低地告诉。佛卿听了这话，不由一怔，暗想：我和太太没有离开过，太太几时曾经这样吩咐小畜生过？莫非又是这小畜生弄的什么花样精吗？于是蹙了稀疏的眉毛，急急地问道：

“这小畜生现在人哪里去了?”

“小少爷此刻正在书房里面审问，他关照我们，说没有叫我们，不许擅自进内，所以我们不敢有违，只好紧守在房门口。老爷可以入内去看看，不知小少爷怎么样地在审问。”

佛卿听了这些话，心中十分气愤，遂愤怒地直奔进书房里面，当他跨步入内见到室中空无一人的时候，不由气怒得暴跳如雷，大喝道：

“张保，王三，你们快快滚进来!”

“老爷，什么事？什么事?”

站在外面的张保、王三故作惊慌的表情急奔进来，不约而同地问。佛卿把脚一顿，大叫浑蛋，高声骂道：

“你们这班饭桶！死坯！浑蛋！怎么连这一点点小事都管不了?你们瞧瞧室内还有什么凶犯吗?”

“啊呀！这……这……是怎么的一回事？瞧，椅子上的绳索都用刀割断了，难道是小少爷把这凶犯放走了吗?”

“对！对！你瞧窗户开得那么大，还不是他们跳窗逃走的吗?这……这真是意想不到的事情，难道小少爷会私通凶手吗？这还了得，这还了得!”

王三、张保故作慌张的神情，四面乱瞧破绽的样子，你一句他一句地说着。佛卿这时心头的愤怒，几乎要把火星从头顶上冒出来了，戟指骂道：

“该死！该死！你们这班该死的奴才！没有我的命令，你们为什么要放小少爷进内去呢?”

“老爷，这……因为小少爷说的，他是奉了太太命令而来。并且……并且……他又说……”

“他又说些什么呢?”

“他说的，小的实在不敢说出来。”

“你只管说，我不怪你们是了。”

“恕小的们斗量，小少爷说，太太的权威有甚于老爷，假使违背了太太的命令，恐怕老爷都要受太太的责罚哩!”

因为事情已经问明在先，所以佛卿听了张保的话，一时真所谓有火发不出来，只好连连顿脚，大骂“放屁放屁”，喝道：“你们听他这小畜生的鬼话！真是太混账了！你们还不快快地给我去四处找寻捉拿，死在这儿难道还等着我给你们两个耳光子挨揍吗?”

“是！是!”

王三、张保说了两个“是”字，早已一骨碌翻身向外急急地奔出去了。这里佛卿越想越气，越气越恨，遂匆匆地直奔到上房里来，一见杜太太，这会子他理直气壮的样子，把台子一拍，大声骂道：

“好！好！都是你溺爱过分的缘故，因此这个宝贝儿子干出这样荒乎其唐的事情来！他简直不是我的儿子，他是我前世的冤孽！真是气死我了，气死我了!”

“什么事？什么事？你难道着了邪气不成？有话只管好好儿地说，有屁也只管好好儿地放，也值得这么大惊小怪的，你预备把我唬死了可以再讨一个烂腐货进门吗?”

杜太太见他好像吃了豹子胆似的，居然在自己面前暴跳如雷，一时也不甘示弱地猛可站起身子，她比佛卿更凶恶的样子，拍手拍脚地也大骂起来。佛卿的怒火好像遇到了一盆冷水，终于熄了下来，默默地走到沙发旁，颓然地倒坐下来，却反而连一句话都不说了。杜太太瞧了，气得那双三角眼圆睁起来，立刻抢步上前，伸手一把抓住佛卿的衣襟，大喝道：

"你这断命死坯老甲鱼！叫你说，你又不说，不叫你说，你就莫名其妙地大发脾气！那你不是明明地在欺侮我吗？好！好！我今天就和你拼了性命吧！"

"哎！哎！你……别忙，别忙，我告诉你呀！"

等杜佛卿连声"哎哎"的时候，但事实上已经是来不及了。杜太太的另外一只手很迅速地已撩到佛卿的面颊上去，只听"啪啪"的两声，很清脆地已着了两记耳光。可怜佛卿赛过哑子吃黄连似的，连还架的力量都发挥不出来，急急地说道：

"怎么你还要打我！还要打我！你的好儿子把凶犯放走，连他自己也一同逃得不知去向了！"

"啊！什么？什么？你……你说的什么话呀？"

这消息仿佛迅雷不及掩耳，把杜太太方才震惊得几乎昏倒了，她放下了抓住佛卿衣襟上的手，踉踉跄跄跌到沙发上去，脸无人色的样子，已经是要哭出来的神气，急急地问。佛卿遂把张保、王三告诉的话向杜太太说了一遍，并且表示无限着恼的意思。杜太太两手有些发抖，她的心中也不知道是气愤还是悲痛，呆住了一会子之后，忽然死了人一般地号啕大哭起来。

"你还哭什么呢？这样不孝的儿子，我真恨不得他早些死了呢！"

"放你妈的臭狗屁！你狠心的魔鬼！你……要咒念我的儿子死吗？老实说，人杰完全是被你逼走的！你天天把他当作眼中钉的样子，他还有什么滋味待在家里了吗？现在我要你赔还我的宝贝儿子来，你若不把他去找回来，我一定和你拼命！"

"这是打哪儿说起？打哪儿说起？你还向我要这个小畜生吗？他

自己把凶手放了，他还有什么脸来见我呢？”

“好哇！你就这么算了，你以为这样称了你的心，拔去了你一枚眼中钉了吗？没有这样容易，我非叫你把他去找回来不可！”

“笑话！这……简直是无理取闹！”

“什么？无理取闹？你……你……要死要活？”

杜太太气得眼睛里已发出来碧绿的光芒，她凶巴巴地伸张了两手，忽然向佛卿跪倒下去。佛卿还以为她跪下来求情，要自己去找寻人杰，可是万万也料不到杜太太的两手会从佛卿袍角边伸进去，好像活猕偷桃一般，把佛卿的命根狠狠地抓住了不放。佛卿这一疼痛，哪里还站脚得住，身子早已扑倒地上，像杀猪一般地叫喊起来。这时王三和张保匆匆来到上房门口，探首一见老爷、太太趴在地上，好像是两条狗的样子，同时听了他们口里喝骂争吵的声音，也明知是在打架了，于是急急去报告大奶奶和二奶奶。叶萍和秋心听了，连忙三脚两步地奔上房，把杜太太做好做歹地劝开了。但杜太太倒在沙发上兀是呜呜咽咽地哭个不停，真像死了什么人一般地伤心。佛卿一拐一拐地走到另一张沙发上坐下，皱了眉毛，连声地只是叹气。秋心和叶萍急急地问他们什么事故又吵闹起来，佛卿遂一五一十地把刚才的经过情形方才向两个媳妇详细地诉说了一遍，一面又气鼓鼓地说道：

“你们给我想想看，这小畜生自己放走凶手一同逃跑了，你们婆婆还要叫我去找寻他，这……这……叫我到哪里去找寻好呢？”

“事情已经到了这个地步，公公婆婆也不必吵闹了，我们总得登报找寻小叔叔回来才好。王三、张保，你们两人站在房外做什么？到底找到了一点儿眉目了没有？”

叶萍一面向杜佛卿夫妇两人劝解，一面又向房门外站着的王三、张保叫问。王三恭恭敬敬地走进来，有些畏缩的样子，说道：

“老爷，太太，小的们在四处都找寻过了，见花园的后门大开，恐怕小少爷跟凶手是从后面逃走的。”

“你们这班死饭桶！统统给我滚出去！”

佛卿没处出气，只好把气出到两个保镖的头上去。王三、张保不敢回嘴，遂默默地退了出去。这里佛卿又向杜太太假意低低地劝慰道：

“太太，你不要哭了，我明天一定登报把人杰找回来是了。”

“婆婆，公公既然这么答应了你，您老人家也可以放心了。”

叶萍、秋心也温和地安慰，杜太太方才慢慢地停止哭泣。这时小花从厨房里开上了晚饭，让大家匆匆地用过，叶萍、秋心方才各自回房。秋心一个人坐在房中，想着邦杰直到这时候还不回家，看起来今夜又非到半夜是不会回来的了。一个青年到像了邦杰那么会荒唐的地步，这好像是一个病人已得了不可救的病症一样，那我做人还有什么滋味？还有什么希望？尤其是等到了老来吃苦，那我何不趁现在年纪尚轻就和他离婚了好吗？一面想，一面真是恨到了极点。忽然窗外又是洒洒的一阵雨点儿之声，原来天空中又落起大雨来了。春天的气候，一下了雨，天气就会转冷了许多，何况闺房寂寂，空帏独守，这在秋心的心头自然是倍觉凄凉，所以窗外落了雨，她的粉脸上也会沾了无数像雨点儿般的泪水。

时间是最无情的，一分一刻一点地过去，不知不觉地已经是子夜十二点钟了。秋心坐在沙发上编结绒线，她似乎有些倦意，伸手按在小嘴儿上打了一个呵欠。听窗外雨声是止了，但风声却飒飒作响，她觉得邦杰今夜也许又不回来的了，因此心中由悲哀而转变愤怒，恨恨地站起身子，把手中的活针向沙发上恼怒地一丢。不知她又有了一个什么感觉，忽然在抽屉内取出一张照片，这是小叔叔白天里刚洗印出来的照片，两个赤条条的人拥抱在一起，实在不堪寓目。见了照片中的情形，会使她想到此刻的邦杰，也许又和另一个女子在什么旅馆里做幽叙的行为，她越想越气，咬紧了牙齿，要想把这页照片愤愤地撕碎。但转念一想，撕不得，撕不得，我好容易地叫小叔叔把它洗印出来，将来还要凭这张照片打官司呢，我如何能把它撕了？秋心在这么一转念之下，于是把照片立刻又好好儿地很秘密地藏好。不料这时，忽听一阵脚步声由远而近，秋心暗想：莫非他回来了吗？回头去望时，果然见邦杰跌跌撞撞地走进房来。秋心鼻子里闻到的先是一阵子难闻的酒气，因此白了他一眼，却理也不理地当作没有看见。邦杰似乎有些明白自己错了，遂笑嘻嘻地走近她身边，低低地唤道：

"秋心好妹妹，我真感谢你，你直到此刻还在等着我吗？"

"哼！我以为你永远地不想回家了！"

"秋心，今夜是我们开同学会……"

"放你臭屁！我不相信你这些鬼话！"

"妹妹，你何必生这么大的气呢？"

"给我滚开一点儿，谁叫你拉拉扯扯地涎脸！"

邦杰一味地用软功向她低声下气地赔罪，但这些花言巧语，在秋心耳朵里实在已经听厌了，所以猛可地回身，把邦杰狠命地一推，因为用力过猛的缘故，兼之邦杰酒后两脚无力，他竟站立不住，仰天一跤，跌下地去，竟然是爬不起来。秋心既把邦杰推倒之后，倒也有些惊慌起来，遂急忙地蹲身下去，伸手预备去扶他的意思。不料邦杰这时候不免也有些恼羞成怒，他撩上手来，啪啪的两记，竟然量了秋心两个耳刮子。论理，秋心推他是无心的，邦杰打她却是有意，所以秋心认为邦杰这个丈夫是不情到了极点，自己受他这么虐待，实在也是委屈到了极点，这就一面哭泣，一面也不再客气地伸手还打邦杰。邦杰虽然是酒醉之人，但到底是个男子，气力比秋心要大得多，早已把秋心也扭到地上，两人在地板上打作一团，滚来滚去，谁也不肯罢休。结果各人脸上都抓出了血痕，两败俱伤。在扭打的时候，大家一点儿声音也没有哼出来，因为都要用力，所以绷住了气，如今打了一场之后，似乎可以告一个段落了。秋心摸着浑身都感到疼痛的身子，这就忍不住号啕大哭起来。邦杰把手帕拭着面部上的血痕，还圆睁了环眼，大骂道：

“他妈的！你这个泼妇货！你在学谁的样子？竟敢动手打起丈夫来了吗？哼！哼！我若不给你一点儿颜色看看，我也不姓杜了！”

“我学你娘的样子，你预备怎么样？你自己想想自己的行为，是不是一个有人格的丈夫？当面说得好，转了身子，就花天酒地地瞎胡调，你到底有心肝没有？爹娘花了多少金钱给你进大学读书，不管你爹娘的金钱是不是光明正大去赚来的，即使做贼做强盗去偷来抢来，你也不应该这样不学好呀！一个正在读书时代的青年，天天竟要夜里一两点钟才回家，而且有时候还整夜地不归来，我问你，你到底是人还是畜生呀？”

“好！好！你教训我，你教训我，我今天打死了你，我情愿抵命！”

秋心这一篇唠唠叨叨的话，当然是说得非常凶恶。邦杰觉得自己父母也从来没有这样责骂过自己，因此他认为这是莫大的侮辱，实在有些受不了。他紧握了拳头，把脚恨恨地一顿，身子便再度地冲了过去。秋心见他来势凶猛，便把身子略为偏让，邦杰便冲倒在沙发上了。秋心这就预先大哭大叫起来，说道：

“你打，你打！我是你家的少奶奶，不是你们这里的丫头使女，你动手敢打，这还了得？救命！救命！”

“好哇！我没有打着你，你喊救命，我就索性和你拼了吧！”

邦杰并不因她的大哭大叫而感到害怕，仍旧像猛虎扑羊似的扑奔上来，一手抓住秋心的头发，一手就在她身上痛殴起来。秋心不是一个老实的女子，她全部学着婆婆的样子，一手抄进邦杰西裤的胯下，拼命乱抓，一手在他面部上死人不关地乱扯。两人这一阵子殴打，打得砰砰砰砰地发出了洪亮的声响，因此惊动了房外的小花和张妈等一班佣婢。大家睡眼惺忪地奔进房来，一见两人大打出手，好像打死人不抵命的样子，这就拖的拖、拉的拉，好容易把两人拖开了。但秋心倒在地上，却打着滚儿大哭起来。邦杰冷笑了几声，还要赶上去预备用脚踢她，小花拉住了叫道：

“二少爷，你息息怒吧！半夜三更，被老爷太太知道了，这算什么一回事情呢？”

“不许你管，我今天非要了她的性命不可！”

大凡一个男子有了野心之后，他的心肠总是非常狠毒，把他家中的妻子便视作眼中钉的样子，况且秋心又是不肯忍耐软劝，所以在邦杰心中，把她真是恨到了透顶。他咬牙切齿的表情，把小花狠命地推开，意欲拿桌子上的茶壶向秋心身上掷去。幸亏张妈眼快手快，把邦杰手臂攀住了，一面向小花使了一个眼风，一面急急地说道：

“二少爷，你……难道真的要闯大祸了吗？”

“闯什么大祸小祸？大不了一命抵一命，怕什么？张妈，你快放开手！”

邦杰气鼓鼓地回答，一面还竭力地挣脱。张妈哪里肯放手，口中连说：“不要这个样子。”就在这时候，佛卿和杜太太气急败坏地奔进房来，一面还大喊：“反了反了！”邦杰见爸妈到来，凶恶的神气就减了大半。秋心便委屈地哭得格外伤心，一面又滔滔地说道：

“你要打死我，就只管打，我反正做人也没有出头的日子，倒不如爽爽快快死了干净。让你一天到晚在外面荒唐浮尸，没有人来管教你，你就称心称意再讨几个烂腐货进门好了。喔！天哪！我前生作了什么孽，今生才这样苦命，嫁不着一个好夫婿啊！”

“秋心，好了好了，你的婆婆来了，你有什么委屈的事情，只管向我告诉，你千万不要像死人一样地号啕大哭了。两小口子吵几句嘴，这也常有的事，何必要这个模样呢？到底为了什么事争吵的，你好歹也说一个明白呀！”

杜太太听她边哭边骂，好像唱小曲儿似的样子，而且言语之中还包含了一点儿讽刺的成分。明知邦杰不肯争气，老是半夜三更回来，所以夫妻争吵，但她表面上还假意一本正经地问着。秋心听了，于是一五一十地把委屈之事诉说一遍，并且又眼泪鼻涕地说道：

“爷爷和婆婆你们不要以为我说的全是假话，完全是事实，你们不信，可以问大嫂，大华公寓捉奸的一回事，我可没有冤枉他。本来我早就要告诉你们的，但邦杰一味地求饶，我的心里总想他改过做人学好起来，所以始终给他瞒着。现在他故态复萌，不晓得自知理屈，反而动手打人，我这种痛苦可受不了！如今公公、婆婆都在这里，给我说一句公平话，我死也甘心！”

“邦杰，好！你这畜生！你枉为是个大学生，你竟干出这样不知廉耻的苟且行为来，你还有什么脸面见父母！你给我去死！去死！”

佛卿听了秋心这一番话，方知第二个儿子也是这么不争气，一时气得手脚发抖，一面大声喝骂，一面赶上去预备伸手责打的样子。杜太太到底还是庇护儿子的，遂把佛卿拉住了，说道：

“儿子也不是三岁两岁的小孩子，你要教训只管教训，动手打他，这在丫头、佣妇的面前，到底太不好意思。我说邦杰你也不应该这样不长进呀！你的年纪轻，况且求学时代，你这样荒淫无度，将来还有发达日子吗？我问你，你以后改过不改过？”

“妈，我改过了……”

邦杰在这个母亲的面前，他也失却了抗拒的勇气，遂只好委委屈屈地讨饶着说。杜太太很欢喜地说道：

“你们听，我养的孩子是很孝顺父母的，做娘说的话，他敢违拗吗？”

“人杰呢？他放走了凶手一同逃跑了，难道也听从你娘的话吗？”

“你这老杀千刀！你敢……”

佛卿在旁边冷冷地顶撞她说，杜太太又气又急，涨红了脸，戟指起来。佛卿见样子不对，遂悄悄地溜出房外去了。这里杜太太向邦杰又教训一番，并向秋心劝慰一番，她也自管地回房，于是一场风波才告平静。

第二天一清早，杜太太把佛卿喊醒，佛卿揉着眼皮，连忙问：

“什么事情？”

杜太太急急地说道：

“为了人杰的事情，我一夜没有好好儿地睡。这孩子用什么方法去找他回来呢？左思右想，现在被我想出一个办法来了。”

“太太，是什么办法？”

“因为人杰在学校里追求一个女学生，他和同学们斗气，在我那里曾经讨了一千五百万一张支票，预备给他爱人买钻戒。这支票是今天的日期，我想他一定要到银行里去拿取的。现在我们快点儿叫张保、王三两人去守候，这不是就可以把他找回来了吗？”

佛卿听了，心中虽然有埋怨的意思，但口中却不敢说出来，连连点头，只说：“很好，很好！”他便急急地起床，漱洗完毕，前去吩咐张保和王三，一面他自己和杜太太也坐了汽车，随后到大利银行来了。

第七回

对簿公庭浪子复遭殃

人杰急匆匆地走到大利银行的门口，正欲步上石阶级进内取款的时候，突然之间从两旁来了两个男子，各执手枪，对准了人杰，喝声：“不许动!”人杰起初的心中还以为是遇到了强盗，所以大吃了一惊，急得面无人色，高高地举起手来，但当他向左右望了一眼之后，他的胆子立刻又大了起来。你道为什么？原来他发现了这两个男子不是别人，正是自己家中的保镖王三和张保，所以他马上沉着脸色，放下了高举的手，喝道：

“什么？你们这两个大胆的保镖，胆敢这么无礼的态度来对付少爷吗？这真是反了反了，还成个什么世界呢?”

“小少爷，你自己的胆子太大了，放走了杀人的凶犯，这可不是一件儿戏的事啊!”

“你自己识相点儿，快点儿跟我们回家去，否则，哼！那就莫怪我们不客气，绝不能再拿你当作小少爷看待了。”

张保、王三你一句我一句地回答，他们的脸色都非常难看，枪口对准了人杰，大有威胁的意思。人杰在这个环境之下，真仿佛虎落平阳被犬欺了。他怒目切齿地望着两人，正欲有所反抗的时候，忽然见一辆自备汽车从银行门口停下，车厢开处跳下一个人来，正是杜佛卿。佛卿见他们三人尚僵住在那儿，他便怒气冲冲地奔上来，老实不客气地伸出手来，就在人杰后脑上啪啪两记，还开口大骂："畜生！你给我快快滚回去吧！"人杰一见了父亲，明知事情不妙，还想夺路而逃，早被张保、王三左右抓住。佛卿趁此机会，要出出心中的闷气，啪啪的两声，在人杰面颊上又打了两个耳刮子，喝道：

"把这畜生抓上汽车去！"

"是！"

张保、王三把人杰身子左右挟住，就向汽车里走去。人杰要想挣扎反抗，可是已失却了自由，没有了反抗的余地，也只好委委屈屈地跳上汽车。在步入车厢的时候，方才觉察母亲也坐在里面，这时杜太太的脸色也很不好看，白了人杰一眼，却没有理他。人杰因为被父亲打了后脑，又打了耳光，心中气得火星几乎从眼睛里冒出来，所以把心一横，什么都不怕地呆呆地坐下。这时佛卿也从后面跟入，坐在人杰的外面。张保、王三坐在司机旁边，关上车门，呜的一声，汽车便向杜公馆里开去了。汽车在驶行的时候，杜太太方才唠叨地说道：

"人杰，人杰，你是不是发了神经病？你还是丧失了心肝呢？凶手来暗杀你的爸爸，现在你竟把凶手放走，我问你，你……这到底是安了什么心思呀？"

"……"

"他妈的！这小子还敢冷笑吗？和他多说什么？回到家里，把他捆绑起来，一顿拷打，给他一点儿教训，他下次才不敢胡作为呢！"

佛卿见人杰并不回答，气鼓鼓的样子却不住地冷笑，一时愤怒极了，便伸手在人杰腿上恨恨地拧了一把，还切齿地大骂起来。杜太太听佛卿这样骂，但吃亏的还是自己，这就瞪了他一眼，喝道：

"你这断命死坯！连教训儿子都教训不像，你还做什么父亲？你到底在骂他还是骂我呢？"

"我实在因为气糊涂了的缘故，太太，你何必误会呢？"

佛卿听了杜太太的骂声，不但并无一点儿怒意，反而赔了笑容，低低地说好话。人杰冷笑了一声，却故意俏皮地说道：

“你有种不要赖，妈，他明明在骂你，他的意思，是骂妈肚皮不争气，为什么养出像我这么一个儿子来？唉，妈养了我，还受委屈，我真是太对不住妈了！”

“我知道……好孩子，一切有我，妈总不会委屈你的。你是妈心头的一块肉，你是妈最孝顺的好儿子，妈是多么疼你啊！”

人杰说这几句话的面孔是有着两副不同的表情，当他说到后面的时候，身子斜靠到杜太太身上去，也不知从哪里来的一股子悲酸，眼泪竟扑簌簌地直滚下来了。杜太太本来是最爱人杰的，在平日人杰纵然有几分错处，她还绝对庇护着他。今天这件事情因为太重大了，所以在她当初见到人杰的时候，的确有些生气，不过此刻被人杰满面的眼泪所软化了，她把人杰的错处早已忘记得一干二净，她绝对原谅人杰年轻不懂事，她居然搀住了人杰的身子，也呜咽地啜泣起来。他们母子这么一来，把个佛卿气得眼睛翻了白，暗暗地连叫着糟了糟了，遂情不自禁恨恨地说道：

“太太，你……你……不要糊涂呀！这样不孝的儿子，你还抱住了他哭起来，这……这……你是上了他的当了！你瞧他不把我做父亲的放在眼里，这畜生真是世界上一个坏透的不孝东西呢！我恨不得送他到日本司令部里去吃一点儿苦头哩！”

“老头子，我老实对你说，你也不要把人杰当作眼中钉一样难过。常言道，圣人也有三错呢，何况他还是一个未成年的小孩子哩！事情已经过去了，儿子也给我找回来了，我们还多计较什么？放走一个凶手，那也算不了是件什么天大的事情，况且你也没有被凶手真的暗杀，放走了倒也很好，因为冤仇宜解不宜结的，我以为人杰这一个举动倒是相当有见识呢。老头子，你假使真的要和人杰过不去，那么我也绝不是一个好惹的人，此刻在路上我们什么都不谈。等会儿回到了家里，你有什么颜色，红黄蓝白黑，你只管拿出来好了。”

人杰听了母亲这几句话，他几乎忍熬不住地要破涕为笑起来，心里觉得真是舒服极了，眼睛向佛卿斜睨了一眼，还微微地一笑。在这一笑的意思，就是你有本事不妨拿出来看看。佛卿的脸都变成青了，他几次三番地想发作，但到底又忍熬住了，把肚子里的气愤只好都向屁眼里钻出去，呆呆地坐着，却默不作声，但似乎听到张保和王三的笑声，轻轻地播送过来，因此佛卿铁青的脸上，又添了一层猪肝色的成分。他兴冲冲地来捉拿这不孝的儿子，万不料捉到了之后，反而增加了自己的羞惭和耻辱，他这时心中的痛苦，也绝不是作书的一支秃笔所能形容其万一的了。

汽车到了公馆里，杜太太拉了人杰便自管地先到上房。佛卿没有办法的，只好跟着进内，大家还没有开口说话，只见小花急匆匆地奔进来，急急地叫道：

“老爷，太太，不好了，不好了！”

“什么事大惊小怪的。”

“二奶奶回娘家去了。”

“你这该死的小丫头！二奶奶回娘家去，这也值得说不好了？”

杜太太起初确实有些心惊肉跳，及至听她说出了这一句话，方才毫不介意的神气向她瞪了一眼喝骂着。小花涨红了脸，又急又怕的神气，说道：

“太太，你不要性急，我下面还有话哩。二奶奶今天回娘家和往日不同，她把和二少爷的结婚证书也带了一张回去了！”

“什么？这……这……她是什么意思呢？”

“太太，二奶奶不但带了那张结婚证书，而且……而且我还见她把首饰箱和衣箱也都带着走了。”

“啊！她……她……难道是卷逃了不成？”

小花这两句话听到杜太太的耳里，方才把她再度地心惊肉跳起来，忍不住“啊”了一声，她的脸上开始有些慌张的成分。佛卿也奇怪地道：

“这是什么缘故？难道把我们长辈当作死了不成？真是太岂有此理了！”

“老爷，你的电话来了。”

就在这时，仆妇张妈又进来报告着说。佛卿连忙匆匆地来到电话间，握了听筒，只听那边有人问道：

“你是什么人？”

“我是杜佛卿，你是谁？”

“哼！杜佛卿，我太认识你了，你串通了女儿，用了美人计，竟然欺诈我的钱财吗？好！好！我非请你吃官司不可！”

佛卿冷不防地听了这几句话，一时把那颗心吃惊得别别地乱跳起来，暗想：这不是张家骏的声音吗？他说的到底是怎么的一回事呢？遂慌忙问道：

“你是家骏吗？你说的是怎么的一回事？你快些向我告诉一个明白吧！”

“明白？你还要假痴假呆吗？”

“唉！唉！我委实没有知道呀！”

“真的不知道吗？好，你快些到我马斯南路公馆里来一次，我有事情跟你商量。”

“什么事情？你此刻能说吗？”

“昨天晚上我和令爱小姐洞房花烛，谁知她把我用酒灌醉，她却逃走了。这件事情我认为你有重大的嫌疑，说不定是你教她这样做的，所以你不能推卸责任，非请你代为找寻不可。否则，我们只有法律解决。”

“什么？你这话是打从哪里说起？你简直是在大放其屁了！我女儿清清楚楚交到你的手里，由你带了去一同成亲，这对于我根本就没有什么责任了。现在你自己给她逃走，这与我有什么相干？老实说，谁知道你闹的什么把戏？或许你存心不良，把我女儿卖到外埠去了也说不定呀！好！好！你还要来咬我一口吗？我也非跟你打官司不可了！”

佛卿听了家骏告诉之后，方才有些焦急，暗想：这真所谓屋漏碰着连夜雨了。二媳妇回娘家去，看来是为了昨夜和邦杰吵闹的缘故，说不定了有打一场官司的可能。现在毓英这姑娘又会设计脱逃了，那不是祸不单行了吗？但转念一想，事到如此，我何必还要和他讲什么交情，倒不如扯破脸皮来得便宜吗？佛卿想定主意之后，遂也用了沉重的语气，反而向他严厉地责备。家骏被他这一顿反斥，真是哑子吃黄连，呆呆地竟回答不出一句话来，口里叫了两声“好，好”，他便恨恨地放下听筒了。

原来家骏那天夜里在黑暗之中，糊里糊涂地把阿莉抱着就亲热起来。阿莉看在这一条金链子和金锁片的面上，也只好含羞忍辱地给他轻薄了一阵。家骏是个上了年纪的人，兼之喝醉了酒，所以在经过一度疲倦之后，他就像死人一般地软瘫过去了。阿莉这一晚却没有好好儿地睡，她心中是一阵阵地思忖着：事情虽然是这么代替了，不过明天早晨等老爷醒回来的时候，事情也总免不得有拆穿的一日。假使老爷面孔一板，说我戏弄了他，又说我放走了太太，想老爷是个有势的人，我有什么能力可以和他抗议呢？想到这里，越想越急，越急越怕，所以等不到天亮，就悄悄地起身，趁家骏熟睡的当儿，她还一不做二不休卷拿了一点儿东西，竟然鬼不知神不觉地逃之夭夭了。等家骏第二天日上三竿醒来的时候，事情已经是出了毛病，在他以为是佛卿父女做好的圈套，所以就打电话来责问佛卿。万不料反被佛卿咬了一口，因此他气得怒发冲冠，恨恨地放下听筒，在室内来回地踱步，预备在想报复的办法。就在这时候，老妈子进来说道：

“老爷，外面有位年轻的太太找你。”

“找我？奇怪，这是什么人？”

家骏心中微微地一跳，他自言自语地说，表示有些惊异，但不及走到会客室去，只见一个女子已跨进房来，含笑问道：

“这位是张家骏先生吗?”

“是的，你贵姓?”

家骏见是一位美貌十分的女太太，他心里由惊奇而转变喜悦起来，不过他微微地蹙了两条稀疏的眉毛，还表示有些怀疑的神气。那女子低低地说道：

“我姓何……”

“哦，何太太，不知找我有什么贵干？因为我们素来并不相识呀。”

“你不认识我，我认识你，今天我来找你，我是来告诉你一件秘密，而且我还给你看一件很肉感的东西。”

“啊！你这位何太太到底是怎么的一回事呀？我请你明白地告诉。”

家骏觉得她神秘极了，这就“啊”了一声叫起来，有些莫名其妙的样子，急急地回答。这姓何的女子且不说话，就伸手在她拿着的皮包内取出一页照片来，递到家骏的手里。家骏接过一看，这一看真把他那对色眼看花了。原来照片里面，是一对赤条条的男女，正在效鸳鸯交颈地同做好梦，因为在匆忙之间，家骏根本没有认清楚这照片里男女的面目，所以非常惊奇的样子，抬头向那何姓女子望了一眼，问道：

“何太太，你给我看这一张照片，不知是什么意思啊?”

“张先生，你且不要问我，你先仔细地看一看，这照相里那个女子到底是什么人？难道你竟认不出来是谁吗?”

家骏被她一语提醒了，遂把照片凑在眼前，细细地认了一认，等他看清楚了是什么人之后，这把家骏气得两颊像血喷猪头一般地通红起来。你道这何姓女子究系何人？原来就是邦杰的妻子何秋心。秋心在杜家做了两年媳妇，觉得邦杰这个丈夫根本没有希望，假使不和他离婚，另找出路，那么将来固然没有良好的结局，恐怕连一口苦饭都没处去吃呢。所以她今天早晨趁佛卿夫妇不在的时候，就拿了些细软之物，先回到娘家，哭诉了父母，决心愿意和杜家闹离婚了。秋心的父母也常听秋心告诉，说邦杰这人不图上进，只知花天酒地地荒唐胡闹，今天见女儿又哭回家来，当下十分愤怒，遂答应了女儿的意思，一面请有名的律师，一面便到法院里去上诉，请求离异。秋心因为邦杰昨天夜里狠毒地殴打自己，这一口气无论如何难以消去，所以她除了存心和邦杰闹离婚之外，还预备叫他再去尝尝铁窗的风味，因此便到家骏那儿来搬是非了。

当时家骏认清楚了这照相里的女人就是自己第六个爱妾赵丽华，他只觉一股子酸气冲上头顶，两颊由红变成了铁青的颜色，同时他的两手也会瑟瑟地发起抖来。不过他还竭力镇静了态度，望了秋心一眼，低低地说道：

"何太太，你这张照片是从哪里得来的?"

"是我约了人去捉奸，用照相机把他们摄进在里面的。"

"哦，我明白了，那个男子一定是你的丈夫了，他叫什么名字?"

家骏点了点头，他恍然有悟地问她。秋心却在沙发上坐下了，她把俏眼斜乜了他一眼，嫣然地笑道：

"张先生，你别装假痴假呆了，这照相里的男子，你难道会不认识他吗?"

"我真的不认识他，何太太，请你告诉我吧!"

家骏被秋心这么一说，倒不禁为之愕然，遂又把照相看了一看，但委实想不起来，于是又央求地问她。秋心说道：

"说起来，你们还有些亲戚关系。"

"何太太，你别开玩笑了。抽烟吗?"

"不，我是一本正经而来的，我绝对不跟你开什么玩笑，他是你的二舅兄。"

秋心接过了烟卷，摇了摇头，一面吸烟，一面十二分认真地回答。家骏目瞪口呆地愕住了一会儿，忙也问道：

"请你告诉他的名字叫什么，不要算什么亲戚关系，因为我的妻妾太多了，舅兄何止一个两个呢？"

"好，我告诉你，他的名字叫杜邦杰。"

"杜邦杰？啊！他是杜佛卿的儿子吗？"

"嗯，也是杜毓英的第二个哥哥。杜小姐不是嫁给了你？那么他就是你的二舅兄。"

"好哇！就是这个小畜生吗？他妈的，我没有得到他的妹妹，谁知他反而占了我的爱妾。他有几颗脑袋，敢在泰山头上动土？"

家骏听邦杰就是佛卿的儿子，他心中这一气，顿时怪叫如雷，不禁暴跳起来。秋心虽然庆幸自己计谋成功，不免暗暗地欢喜，但听了家骏的话，心中也有一点儿奇怪，遂微蹙了柳眉，凝眸望着他怒气冲冲的脸，问道：

"张先生，你和杜小姐昨夜不是已经结过婚了吗，怎么你说没有得到呢？"

"不要说起了，真把我气都气死了。"

家骏被秋心一问，更加恼恨起来，遂把昨夜的经过向秋心告诉一遍。忽然又想起了这位何太太到底是什么人呢，于是又向她反问道：

"何太太，我有些不明白了，杜邦杰在外面荒淫作恶，你凭什么资格去捉他的奸呢？那不是叫人感到奇怪吗？"

"我是邦杰的妻子，我娘家姓何，我做妻子的如何不能去捉奸呢？"

"哦，原来你是邦杰的妻子。"

"可是，不久之后，我马上不是邦杰的妻子了。"

"啊？这是什么话？"

"因为我已经跟他在办离婚的手续了。"

"就是为了邦杰有外遇的缘故吗？"

“这不过是其中的一个缘故，还有很多很多的原因，觉得杜家不是我终身可靠的家庭。”

“那么你把这件秘密的事来告诉我，你是什么作用呢？”

家骏生成是个老奸巨猾的脾气，他认为尚有研究的必要，遂向秋心这样地追问。秋心听了，猛可地站起身子，伸手把家骏拿着的照片夺了过去，冷笑了一声，显出薄怒娇嗔的神情，斥道：

“你这不知好人心的老东西！你问我这句话是什么意思？我所以来告诉你，是因为我和你同样地是个被人遗弃的可怜虫。既然你喜欢做老甲鱼、老乌龟，那我就悔不该来多此一行了。”

“哎！哎！何小姐，何小姐！”

秋心说罢，便向外面匆匆地就走。家骏既然被她骂了，倒反而觉得十分服帖，连忙赶了上去，连声地叫喊。但秋心只装没有听到，头也不回地走下楼去了。家骏见她走远，遂也罢了，他取了烟卷吸着，一面在室内团团地打圈子，暗暗想道：我花了这么多的钞票，到结果弄得人财两空，那明明是他们父女两人做好的圈套，我若不报此仇，那不是被他们当作瘟生看待了吗？况且邦杰这小子又挑我做了乌龟，我岂肯就此罢休？我非给他们一点儿颜色看看不可！家骏暗暗地计划了一会儿，他便悄悄地到司令部里去拜访宪兵队长去了。

秋心既然请了律师，在法院里起诉，请求离异。等到了开庭的那一天，邦杰便毫无畏缩地到庭，因为他知道有一张照片落在秋心的手里，所以态度不敢强硬，还表示向秋心求恕的意思。秋心念在夫妇之情，所以没有把照片拿出来，不过她坚持着非离婚不可，邦杰见她情愿无条件地离婚，当下也表示赞成。庭上以夫妇两人感情破裂已绝，看来难以偕老，遂即宣判，允其两人离婚，此后男婚女嫁，各无异议。秋心、邦杰既遂心愿，欢欢喜喜地走出法院。两人家属把汽车候在法院门口，正欲登车回家的时候，忽然来了四个日本宪兵，把邦杰从车厢内抓了下来，押上另一辆宪兵车子上，便呜呜地开去了。这时邦杰的车夫急得满头大汗，跳下汽车，拦住了秋心，急急地说道：

“二奶奶，你怎么下这个毒手呀？”

“阿根，你不要见鬼！我和你家二少爷已经离婚了，他此刻被捕，根本不是我的事情。”

“那么是谁的事情？”

“那我怎么知道？不过照我的猜想，那一定是张家骏的事情，谁叫他去奸淫老甲鱼的姨太太，我想一定是这老甲鱼发了一个狠心了。”

秋心说完，她便跳上汽车，自管地回家去了。这里阿根也只好把空车子开回杜公馆来，匆匆到了上房，把二少爷被宪兵捉去，并二少奶告诉的话向佛卿夫妇两人说了一遍。佛卿听了，不免急得跳脚，“呀”了一声，说道：

“这……这……便怎么好？邦杰该死的奴才，如何竟去勾搭家骏的姨太太？那不是自寻死路吗？现在被宪兵队捉去，那叫我有什么办法救他好呢？唉，这真是家门不幸，所以失意事情接连而来。太太，你……有什么好法子想想呢？”

“有什么好法子可想呢？这都是你从前作恶多端，所以如今报应在儿子的身上了。”

杜太太叹了一口气，她想到了十五年前的事情，于是情不自禁地说出了这两句话。佛卿听了，不免心惊肉跳，灰白了脸色，真有些坐立不安起来。人杰在旁边听了母亲的话，他心中暗暗地奇怪，觉得父亲在过去一定做过不端的行为，所以母亲会这样说呢。大家正在静默的时候，忽然见大嫂叶萍脸如灰死地奔进房来，她边哭边说道：

“不好了，不好了，俊杰被人家打伤了！”

“什么，你这消息是打从哪里来的？”

“大公医院来了电话，说俊杰伤势很重，叫我们家属快去！”

叶萍说完，便号啕大哭。佛卿急得话也说不出来，杜太太比较有主意，立刻吩咐阿根备好汽车，她拉了叶萍，和佛卿便坐车到大公医院去了。

第八回

算清仇恨凡事有因果

赵丽华是张家骏第六个姨太太，她公馆是在静安寺路派克路口四维村十六号内。因为家骏一共有九个妻妾，假使轮流地挨过来，那么在赵丽华的名下，也只不过配给到四天不到的日子。你想，像丽华这么风流热情的少妇，如何能够安安静静地在家中恪守妇道呢？所以对于桃色艳事，那无论如何也免不了。

那夜和邦杰在大华公寓寻欢幽会，秋心突然地会来捉奸，这是想不到的变化，至于人杰会用照相机来捉奸，那更是梦想不到的事情。当时丽华恐怕事情扩大，被家骏老甲鱼知道了，自己就不免大大地出丑，所以整整地担了好几天心事。但过了几天，根本没有什么发生，于是她的胆子又大了起来，依然我行我素地出入于歌台舞榭，勾搭一班年轻的男子，干着风流的把戏。那么家骏既然听了秋心的告诉，他为什么不去向丽华交涉呢？原来家骏是个明白乌龟，他也知道自己年事已老，况且又拥了这么多的妻妾，假使个个爱宠面前要给她们得到满足舒服，那自己两根老骨头不早已拆开了吗？但是少妇热情，谁又过得惯寂寞的生活？偷偷摸摸，那是在所难免，自己无力顾及，也只好一只眼开一只眼闭，装聋作哑地不问不闻，岂非省却许多的烦恼吗？家骏既然大度容人，所以并不和丽华计较。不过心中痛恨的却是佛卿父子两人，所以他下了一个毒心，向日本司令部里去报告，说邦杰是个重庆分子，因此邦杰在残暴势力下做那莫名其妙的牺牲了。

这天下午，丽华又到维也纳舞厅去跳茶室舞。等三点钟敲过，舞客就陆续地多起来，舞女也纷纷地入座位了。丽华昂了粉脸，手里夹了一支烟卷，一面吸烟，一面向进来的舞客们注视着，她的目的，是看有没有漂亮的小白脸，自己可以略施小技，设法勾搭。果然，不多一会儿，给她发现了一个身穿西服的男子匆匆地进来，东张西望地好像在寻人的样子。丽华定睛一看，心里不觉又喜又恨，这就三脚两步地走了上去，伸手把他肩胛搭住，冷笑道：

"好！好！我为你受了这么大的委屈，你却一点儿硬不起来，竟然怕老婆怕得这个样子，今天我非和你算账不可！"

"哎！哎！你……你……你……不要弄错人呀！"

丽华一面说，一面拉了他已到座桌旁来。那男子真弄得丈二和尚摸不着头脑，连声明都来不及，直到座桌旁站定的时候，方才望了丽华一眼，笑嘻嘻地否认。丽华听了，心头倒是别别地一跳，两颊立刻涨得绯红，蹙了眉尖，秋波向他凝望了一会儿，倒是怔怔地愕住了。原来丽华和邦杰虽然那夜已达到了发生肉艳的关系，但事实上他们相遇还只有仅仅两次的见面，所以对于邦杰的容貌，此刻隔了几天之后，也有些模糊起来。在她心中还只道是邦杰的一种狡赖行为，遂将信将疑的神情，转了转眸珠，问道：

"贵姓？"

"姓杜……"

"妈的！你这没有心肝的东西，你还跟老娘寻开心吗？邦杰，我老实对你说，你想假作不认识我了，那可没有这么容易吧！"

丽华听他说姓杜，那还有什么弄错的道理吗？这就老实不客气地开口骂起来，一面伸手拉着他坐下，一面盈盈欲泣似的逗给他一个白眼。那男子却哈哈地笑了一阵，伸手拍拍她的肩胛，低低地说道：

"好小姐，你弄错了，我的名字并不叫邦杰呀！"

“哼！你还要花言巧语地抵赖吗？老实告诉你，你这张脸蛋烧了灰我都认识的。”

“邦杰是我的弟弟，我叫俊杰，你说不会弄错，可是你偏偏弄错了。”

“哼！我不相信，这是你的胡说白道。”

“这可糟了，我弟弟做的事，怎么缠到我的头上来了？那可真是天大的笑话了。你……哦，有了，我可以拿市民证给你看，你一定会明白了。”

俊杰见她一口咬定自己是邦杰，心中又好气又好笑，连喊糟了，表示为难的样子，忽然他有了一个主意，遂在袋内摸出市民证，交给她看。丽华接过一看，见上面果然写的“杜俊杰，年二十八岁，业西药”等字样，方知真的弄错了，但他们兄弟两人的脸也太相像了。一时十分不好意思，把市民证交还给他，红了粉脸，低低地说道：

“原来你真的是邦杰的哥哥，那你们兄弟两人太像了，我错认了你，真对不起得很，还得请你原谅才好。”

“没有关系，没有关系，假使你一定要认我作邦杰，我就权且充个邦杰那也不要紧的！”

“嗨，你这人真……”

俊杰摇摇头，贼秃嘻嘻的样子回答。丽华知道他是讨自己的便宜，显然也是个情场老手，她心中很是喜欢，但故作娇嗔的意态，啐了他一口，伸手还打了他一下肩胛。说到后面，却没有说下去，赧赧然地娇笑起来。俊杰猜测她总不是一个正路的人物，不是生意上女人，定是人家的姨太太，一时觉得这意外的艳遇真是太幸运了。他乐得心里不住地荡漾，只觉甜蜜蜜地奇痒难抓，遂大胆地偎过身子，握了她手，含笑问道：

“我还没有请教小姐贵姓大名？”

“赵丽华就是我的姓名。”

“久仰久仰。”

“我们还只有初次见面，怎么说久仰？难道我的名字，你早已听到过吗？”

丽华听他口齿伶俐，可见他在女人面前也是个善于奉迎的朋友，这就扑哧地一笑，瞟了他一眼，低低地问。俊杰笑道：

“我听弟弟说起过你，说你是个怎样温和、怎样美丽、怎样爽快、怎样多情的女子。今日一见，名不虚传，令人感到无限的敬爱。”

“哧！想不到哥哥比弟弟的噱头果然大得很，叫人佩服佩服。”

丽华明知他说的都是谎话，虽然没有直接地揭穿他，但却绕了一个圈子俏皮地讽刺他回答。俊杰微红了脸，笑了一笑，这会子他却没有说什么了。侍者上来问他喝什么，俊杰吩咐侍者拿两瓶啤酒。不多一会儿，啤酒拿上，俊杰倒了两杯，一杯交到丽华的手里，笑嘻嘻地说道：

“赵小姐，您喝一杯吗？”

“不，我不会喝酒。”

“啤酒是不会醉人的，它一名麦精，喝了不但无害，而且于身体有益。在夏天里，人家把啤酒当茶喝的，而且身体也会发胖呢。”

“不错，我也听人家这么说过。可是我们女人家倒不希望过分地发胖，胖得像肥猪似的，那还穿得好衣服了吗？”

“赵小姐这话很有道理，胖的女人做衣服总不会有好的样子，因为曲线的曼妙是没法再显现出来了。像赵小姐现在的脸庞，固然美得像一朵玫瑰花似的，就是你婀娜的腰肢，也像柳条一般地显出曲线的优美来。不是我捧你的话，在整个的中国，像你赵小姐是很可以说得上一声标准美人了。”

俊杰是很会鉴貌辨色的，他听了丽华的话，就知道她是一个爱美的女性，于是顺了她的个性，借此又竭力地赞美她。丽华把秋波斜睨了他一眼，忍不住嫣然地一笑，也故意说道：

“你不要瞎三话四地捧我吧。我听邦杰说，你的太太容貌也很不错啊。”

“我……我的女人是个黄脸婆，扁脸尖嘴坍鼻黄牙，见了她真是会恶心的。若和你相较，一个是天，一个是地，给你做一个丫头还嫌没有资格哩!”

俊杰在女人家面前他总是说家中还没有妻子的，但今天被丽华先这么一说，因此就没法再说谎了，只好又拍着她马屁地回答。丽华在无形之中已经知道他家中也有女人的，因为在邦杰身上已经吃过一次的苦头，所以此刻心中不免别别地一跳，遂说道：

“家中有女人的男子是不应该再和我们女子七搭八搭的，所以我们还是分开来各坐一张桌子吧。”

“赵小姐，你说这话未免太陈旧了。现在是什么时代？社交公开，尤其在这交际场中，我们坐在一处，即使被我妻子看见了，那也绝对没有什么问题呀。何况我妻子是向来不跑舞厅的，她也绝不会到这里来找我，那你何必这么胆子小呢?”

“并非是我胆子小，因为我就是怕找麻烦。”

“其实我也很明白，你一定受过我弟媳妇的亏了，所以一听我有妻子的，你便不肯和我交朋友了，是不是?”

丽华被他这么一问，她的粉脸便娇红得像朵秋海棠了，心中暗想：莫非邦杰妻子捉奸的一回事，他也已经知道了吗？假使果然知道了，这叫我怎么有脸再和他坐在一处呢？不过她表面上还竭力显出镇静的态度，瞅了他一眼，反问他说道：

“你怎么知道的?”

“咦，刚才我进门的时候，你不是拉住了我把我当作邦杰看待吗？同时你又骂我怕老婆，又说你为了我受委屈。我从这一点猜想，才知道你是一定受过我弟媳妇的亏的。”

“你真聪明，我老实告诉你吧，我和邦杰在中学里还是同学，那天我们在舞厅遇见了，因为隔别了也有好多年，所以我们很亲热地坐在一起，谈谈别后的情形。万不料事有凑巧，邦杰的女人也来舞厅游玩，一见了我，伸手就打，骂我不要脸，勾引她的丈夫。你想，我这个冤枉到什么地方去申诉？可恨邦杰不但不解释明白，反而逃之夭夭。你想，他这个人不是太岂有此理了吗？”

丽华听他这样说，方知自己心虚，误会了他的意思。其实他并不知道捉奸的一回事，那么我何必显出局促不安的态度呢？这么一想，她立刻又大方起来，转了转眸珠，很认真的神气，圆了这么一个谎。俊杰听了，却十分相信，他代为愤愤不平的表情说道：

“这真是太混账了！我说邦杰这小子太莫名其妙了，的确是太委屈了你赵小姐。不是我自己夸张说一句话，换作了我，立刻先向你们介绍。假使我妻子要有无视的态度对付你，我马上不客气地先给她两个耳光，倘然她再要不服帖的话，我可以和她立刻离婚。”

“离婚？这是谈何容易的事情？而且我也不肯伤这个阴骘呀。”

“这算得了什么？我为了你，什么牺牲都不可惜的，只要你不受委屈，我心中就非常安慰了。赵小姐，不知怎么的，我今天见到了你，我觉得你就像我的生命一样重要，假使我没有了你，说不定我就要闷闷不乐地死了。赵小姐，请你不要把我也当作邦杰一样看待，邦杰是个没有勇气不长进的青年，我是绝不会使你有感到失望的地方。”

“真的吗？俊杰，恕我呼你一声名字。”

“你尽管呼好了，我也叫你一声名字，丽华，我赤裸裸地对你说，我爱你，我有了你，我宁可和妻子离婚。”

俊杰已经看出丽华的举止，觉得她也是一个生性风流淫荡的女子，所以他索性用了闪电式的方针，向丽华求起爱来。丽华白了他一眼，但立刻又嫣然地一笑，却默不作答。俊杰知道事情已有了八九分的希望，他乐得满心眼儿里甜蜜无比，遂把啤酒杯拿起，向丽华笑道：

“丽华，我们大家干一杯怎么样？”

“怕醉倒了，一杯喝不下。”

“那么喝半杯，你多少赏我一个脸。”

“好吧，你喝，我陪着你喝半杯。”

“谢谢你，我太感激你了。”

俊杰觉得丽华的话是多么温情可爱，他笑嘻嘻地点了点头，把杯子举起，就一饮而干了。丽华把玻杯也凑到殷红的嘴唇皮子上，也喝了一口。俊杰心中一乐，把两瓶啤酒就一口气地喝了下去，这就有些微醉，挽了丽华的手臂到舞池里狂欢去了。两人在舞池里抱着、搂着、跳着、偎着，差些快要吻着了。因为一个是干柴，一个是烈火，所以你贪我爱，不管人家注意，恶形恶状的举动都显露出来。但事情太不凑巧了，丽华还有一个情夫也在舞厅里游玩，当时见了他们这一种淫浪的丑态，不免醋心大发。

说起这一个情夫，他是七十六号里的人物，平日仗了敌人的势力，无恶不作。今天他齐巧约了四五个朋友同来游玩，所以存心要把俊杰摆平了。

一曲音乐完毕，俊杰、丽华携手回座，两人还哧哧地笑着。不料还只有刚刚坐下的时候，忽然走来四五个西服男子，他们不问情由地伸手就抓住了俊杰的衣襟，狠命地痛殴起来。俊杰被他们打得有些莫名其妙，仗着几分酒气，怎么肯甘心受辱？于是奋力抵抗，挥拳举足地对打起来。常言道，寡不敌众，双拳难抵四手。俊杰反抗得愈狠，他们打下来的拳头也更结实厉害，所以俊杰不但占不到便宜，而且被他们打得早已蹲倒在地上了。丽华在当初也有些莫名其妙，及至看到了她的情夫之后，方才明白是为了吃醋的缘故。因为知道这个小何是个七十六号里狠天狠地的人物，心中十分吃惊，她也不敢劝解，早已乘他们混乱之间，溜出舞厅逃到外面去了。

这里舞厅当局恐怕本身受累，所以马上去鸣警到来。当时两个警士急急地把众人劝开，只见俊杰已经被打得脸色青白，手脚冰凉。警士问道：

“你们叫什么名字？为什么要打起来？”

“我叫杜俊杰……”

“我叫何胡三，这是我的派司，你看看清楚。”

警士接过小何七十六号的派司之后，他们就点点头。因为这时候七十六号的势力很大，警局方面，对于个中人物也顾忌三分。所以那警士明知小何理缺，但表面上对俊杰还是显出恶狠狠的样子，问道：

“你做什么生意的？”

“我……我爸爸是杜佛卿，是银行里行长……我……喔哟！”

俊杰虽然身受重伤，但心中很明白，在这个环境之下，就是凭势力做人，所以他不得不把父亲的名字掮了出来，不料因他这么一说，真所谓祸从口出，这也是冥冥中的因果了。俊杰说到“行长”两字，忽然支撑不住，喔哟了一声，便哇的一声吐起血来。警士把小何派司号码记下，叫他们自去，一面把俊杰车送附近的大公医院，说伤者家属若不服气，要找小何说话。小何毫不介意地点头一笑，遂扬长散去。

等杜佛卿接了大公医院的电话，急匆匆地和杜太太、叶萍驱车赶到医院。只见俊杰睡在病床上，差不多已经奄奄一息，他见了父母妻子，不免掉下泪水。杜太太和叶萍见着俊杰惨白的脸色，忍不住早已哭泣起来。佛卿问明了坐在病房内警士关于俊杰受伤的原因，警士约略告诉一遍，并把小何派司号码及地址交给佛卿，说七十六号里人物犯罪，也得由七十六号长官判罚，警局方面却无权过问，至于打架原因，时在舞厅，总不外乎是争风吃醋。佛卿听了这话，知道俊杰自己作孽，碰到辣手人物。虽然自己也认识几个宪兵队的人物，不过互相斗法，谁胜谁败，也还是一个问题，万一失了面子，这不是反而白白地花费金钱吗？佛卿一面想，一面回头见俊杰却在连口地吐血，知道伤势不轻，看来相当危险，这就急急地说道：

“俊杰，俊杰，并不是你受了这样重伤，我还要埋怨你太不上进，为什么终日沉迷在舞厅之中一味地荒唐呢？现在受了这样的委屈，那还不是自讨苦吃吗？我们到底是社会上做生意的商人，有什么势力可以跟这班蛮不讲理的走狗硬拼呢？唉！现在你叫我怎么办才好呢？”

“爸爸，我……我……错了，我在临死之前，总算有些明白了。国家在这么危险的形势之下，虎狼入室，十恶不赦，我们青年早应该脱离万恶之地，去为国家效劳，谁知醉生梦死，只图眼前享福，不顾民族生存。唉！我枉为是个大学生！我今日之死，虽然罪有应得，但我心中还是对不住国家，对不住父母，对不住妻子，对不住自己的良心……”

俊杰说到这里，已是上气不接下气，两眼直视床边的父母和妻子，他的泪水便像雨点儿一般地滚落下来。佛卿口里虽然没有再说什么，但心中却暗暗地悔恨，今日两个儿子都遭到这样悲惨的结局，这恐怕是前因后果的报应吧。但就在他悔恨的时候，俊杰已经不再留恋这个宇宙，闭上眼睛，呜呼哀哉了。杜太太和叶萍见俊杰真的死了，这就放声大哭起来。佛卿给她们哭了一会儿，方才劝住了她们，然后把俊杰尸体移到太平间。因为是被人打伤身死，所以还要到验尸所去验尸。这里佛卿等三人匆匆走出医院来，预备回家去料理俊杰的后事。不料还没有跳上汽车，忽然在医院门口旁奔上一个西服男子，手握勃郎林，向佛卿身上猛击两枪，只听砰砰两声，佛卿早已应声而倒，躺在血泊之中饮弹而死了。杜太太想不到一日之间就发生了这三件惨案，都会降临在自己的头上，心中这一惨痛，她忍不住昏厥在医院门口了。那少年见目的已达，遂也扬长逃去了。

我且不说佛卿被人暗杀而死，先要说明这暗杀他的究竟是什么人呢？原来这个西服男子就是田云侠，不过这里觉得奇怪的，云侠怎么会知道佛卿在这时候从大公医院内出来呢？说起来当然有个缘故的。原来云侠和云英自从人杰到大利银行去取款之后，见他却一去而不回，心中暗暗焦急，猜想起来，一定被他家中人拘留了。所以云侠这几天甚为闷闷不乐，今天偶然也到舞厅里去游玩，不料就见到发生这一幕殴打的情形，他在旁边看着究竟，后来从俊杰口中听到，方知他的父亲就是杜佛卿。当时就暗暗随着警士把俊杰车送大公医院，他料想俊杰父母必定要到医院来探望儿子，所以决意就守候在医院门口，果然不出云侠之料，因此他就遂了心愿，痛痛快快地给他报了这血海中的大仇。

云侠大仇既报，遂急急逃回家中来，一脚跨进大门，就哈哈地狂笑不停。陆太太和云英坐在会客室内正在闲谈，忽见云侠如此模样，急问他什么缘故，云侠遂悄悄地把报了大仇的事情向她们告诉。陆太太和云英、田福听了，也喜之不胜，无不额手称贺。这时云侠对云英说道：

“妹妹，佛卿死了，人杰一定会第二次逃出家来找我们，我想你们既然感情很好，我就成全你们配成一对，不知你的意思如何？”

“不，哥哥，我和他虽然感情很好，但事实上我们已经成为杀父的仇人了。万一往后给他知道我们暗杀了他的爸爸，恐怕他一定要怀恨在心，况且我若嫁他为妻，良心问题上也对不住我已死的爸妈。所以哥哥的玉成美事，妹妹不敢应命。”

云侠听妹妹这样拒绝，心中深为钦佩，连连点头，称赞妹妹是个有思想的女子。正在这时，邮差送来一信。云侠连忙拆开来看，知系上峰的密电，叫自己即日启程调任广西团部去报到。云侠见了，遂忙向陆太太和妹妹说知。陆太太甚为惊讶，且有不舍之意。但云英却愿随兄一同启程，共度流浪生活。云侠很为赞成，不过他的意思，要留一封信给人杰，叙明他父亲过去的罪恶，表示自己做事明白。云英点头说好，当下云侠匆匆作书，写毕之后，交给田福，叮嘱了几句，方才和陆太太洒泪而别。

到了第二天，人杰果然匆匆到来，当时田福遂把书信交给人杰，人杰拆开看道：

人杰好友如握：

我很坦白地告诉你，毓英本是我嫡亲的妹妹，只因为我的爸妈在十五年之前被你父亲害死，我给田福抱了逃出，方才活了性命。妹妹年幼，就给你爸爸留养在家。现在事情既然明白真相，父仇不报非丈夫也，所以你的父亲就被我暗杀了。虽然你父亲今日的死，就是从前种下的原因，这是罪有应得，不过我对你朋友的面上，实在表示万分抱歉。如今我和妹妹离开这个万恶的上海了，希望你不要记恨在心，努力上进，多干一点儿有意义的工作，这就是我们国家的大幸了。最后，我请你问一问田福，他会详细告诉你父亲在过去罪恶的行为，假使你是一个正义的青年，你一定不会因父子之情而同情他的所作所为吧。专此奉达，即请台安！

田云侠临别上言

即日

人杰看完了这封信，方才恍然大悟，遂向田福详细诘问。由田福诉说十五年前的经过之后，人杰对于父亲的行为表示非常痛恨，他怏怏不乐地辞别出来。

这时日已西沉，暮云四布，春风扑面，也觉无限凄凉。他深深地叹了一口气，觉得爸爸和两个哥哥的惨死都是报应，只剩下我自己一个人，从此是应该步上光明的大道了。

附　录

从鸳鸯蝴蝶派谈到冯玉奇小说

裴效维

《民国通俗小说典藏文库·冯玉奇卷》将收录冯玉奇的百余种小说作品，此举极其不易。现在，我愿以这篇文章给出版者呐喊助威。尽管我人微言轻，但我毕竟是一个中国文学的研究者，为鸳鸯蝴蝶派说些公道话是我的责任。

冯玉奇是一位鸳鸯蝴蝶派作家，因此我们要想了解冯玉奇，必须首先厘清有关鸳鸯蝴蝶派的一些问题。

一、何谓鸳鸯蝴蝶派

鸳鸯蝴蝶派作家平襟亚在《关于鸳鸯蝴蝶派》（署名宁远）一文中对鸳鸯蝴蝶派的来历说得很清楚：

> 鸳鸯蝴蝶派的名称是由群众起出来的，因为那些作品中常写爱情故事，离不开“卅六鸳鸯同命鸟，一双蝴蝶可怜虫”的范围，因而公赠了这个佳名。
>
> ——载香港《大公报》1960年7月20日

可见鸳鸯蝴蝶派并不是一个有组织有宗旨的小说流派，而是因为当时流行的言情小说多写一对对恋人或夫妻如同鸳鸯蝴蝶般相亲相爱，形影不离，因而民间用鸳鸯蝴蝶小说来比喻这种言情小说，那么这种言情小说的作家群当然也就是鸳鸯蝴蝶派了。这种说法应该是可信的，因为民间常用鸳鸯和蝴蝶来比喻恋人或夫妻，很多民间文学作品中不乏其例。这一比喻非常形象生动，但并无褒贬之意，因此不胫而走。

传到新文学家那里，便加以利用，并赋予贬义，作为贬低对手的武器。但新文学家对鸳鸯蝴蝶派的界定并不一致，大致有两种看法。

一种看法认同民间的比喻说法，即将鸳鸯蝴蝶派小说局限为通俗小说中的言情小说，将鸳鸯蝴蝶派局限为言情小说作家群。鲁迅是这种看法的代表，他在 1922 年所写的《所谓“国学”》一文中说：“洋场上的文豪又作了几篇鸳鸯蝴蝶派体小说出版”，其内容无非是“‘卿卿我我’‘蝴蝶鸳鸯’”（载《晨报副刊》1922 年 10 月 4 日）。又于 1931 年 8 月 12 日在社会科学研究会做了《上海文艺之一瞥》的长篇演讲，其中对鸳鸯蝴蝶派小说更做了形象而精辟的概括：

> 这时新的才子 + 佳人小说便又流行起来，但佳人已是良家女子了，和才子相悦相恋，分拆不开，柳阴花下，像一对蝴蝶、一双鸳鸯一样。
>
> ——连载于《文艺新闻》第 20、21 期

此外，周作人、钱玄同也持这种看法。周作人于 1918 年 4 月 19 日在北京大学文科研究所小说研究会做《日本近三十年小说之发达》的演讲中，就说现代中国小说“还有《玉梨魂》派的鸳鸯蝴蝶体”（载《新青年》第 5 卷第 1 号）。次年 2 月，周作人又发表《中国小说里的男女问题》（署名仲密）一文，认为“近时流行的《玉梨

魂》，虽文章很是肉麻，（却）为鸳鸯蝴蝶派小说的鼻祖”（载《每周评论》第5卷第7号）。与周作人差不多同时，钱玄同在1919年1月9日所写的《“黑幕”书》一文中也说：“人人皆知‘黑幕’书为一种不正当之书籍，其实与‘黑幕’同类之书籍正复不少，如《艳情尺牍》《香闺韵语》及‘鸳鸯蝴蝶派小说’等等皆是。”（载《新青年》第6卷第1号）这种看法后来被人称之为“狭义的鸳鸯蝴蝶派”看法。

另一种看法却将鸳鸯蝴蝶派无限扩大，认为民国年间新文学派之外的所有通俗小说作家都是鸳鸯蝴蝶派，他们的所有通俗小说都是鸳鸯蝴蝶派小说。这种看法的代表人物是瞿秋白和茅盾。瞿秋白从小说的内容方面来扩大鸳鸯蝴蝶派小说的范围，他在《财神还是反财神》一文中说，“什么武侠，什么神怪，什么侦探，什么言情，什么历史，什么家庭”小说，都是鸳鸯蝴蝶派小说（见人民文学出版社1953年10月版《瞿秋白文集》）。茅盾则从小说的形式方面来扩大鸳鸯蝴蝶派小说的范围，他在《自然主义与中国现代小说》一文中认定鸳鸯蝴蝶派小说包括“旧式章回体的长篇小说”“不分章回的旧式小说”“中西合璧的旧式小说”“文言白话都有”的短篇小说（载1922年7月《小说月报》第13卷第7号）。这种看法后来被人称之为“广义的鸳鸯蝴蝶派”看法，而且逐渐成为主流看法，以致后来的文学研究者都接受了这种看法。

新文学家不仅在鸳鸯蝴蝶派的界定问题上分成了两派，而且在鸳鸯蝴蝶派的名称上也花样百出。如罗家伦因为徐枕亚等人好用四六句的文言写小说，便称其为“滥调四六派”（见署名志希的《今日中国之小说界》，载1919年《新潮》第1卷第1号），但无人响应。郑振铎因为《礼拜六》杂志为鸳鸯蝴蝶派的主要刊物之一，便称其为“礼拜六派”（见署名西谛的《新文学观的建设》一文，载1922年5月21日《文学旬刊》第38号）。这一说法得到了周作人、茅盾、瞿秋白、朱自清、阿英、冯至、楼适夷等人的响应，纷纷采用，以致使用频率越来越高，知名度越来越大，终于成为鸳鸯蝴蝶派的别称了。于是“鸳鸯蝴蝶派”和“礼拜六派”两个名称便被新文学家所滥用。如郑振铎在《新文学观的建设》一文中称“礼拜六派”，而在《〈文学论争集〉导言》一文中却称“鸳鸯蝴蝶派”（见上海良友图书公司1935年10月出版的《新文学大系·文学论争集》卷首）。还有人在同一篇文章里既称鸳鸯蝴蝶派，又称礼拜六派。如阿英在1932年所写的《上海事变与鸳鸯蝴蝶派文艺》一文中说：张恨水的所谓“国难小说”，与“礼拜六派的作品一样，是鸳鸯蝴蝶派的一体”，“充分地说明了鸳鸯蝴蝶派的作家的本色而已”（见上海合众书店1933年6月出版的《现代中国文学论》）。

茅盾在20世纪70年代觉得统称鸳鸯蝴蝶派或礼拜六派都不合适，于是提出了一个折中的看法，他在《紧张而复杂的生活、学习与斗争（上）——回忆录（四）》中说：

> 我以为在“五四”以前，“鸳鸯蝴蝶派”这名称对这一派人是适用的。……但在“五四”以后，这一派中有不少人也来“赶潮流”了，他们不再老是某生某女，而居然写家庭冲突，甚至写劳动人民的悲惨生活了，因此，如果用他们那一派最老的刊物《礼拜六》来称呼他们，较为合式。
>
> ——载1979年8月《新文学史料》第4辑

事实是该派在“五四”前后没有根本变化，都是既写言情小说，又写其他小说，将其人为地腰斩为两段，既显得武断，又无法掩盖当时的混乱看法。

这些混乱的看法导致后来的文学研究者无所适从：或沿用“鸳鸯蝴蝶派”的说法（如北大本《中国文学史》和《中国小说史稿》、

复旦本《中国文学史》和《中国近代文学史稿》等）；或沿用“礼拜六派”的说法（如山东师院本《中国现代文学史》等）；或干脆别出心裁地称之为“鸳鸯蝴蝶—礼拜六派”（见汤哲声《鸳鸯蝴蝶—礼拜六小说观念的价值取向及其评价》，载《苏州大学学报》1992年第2期）。这可真算是中国小说史上的一出有趣的滑稽戏了。

二、如何评价鸳鸯蝴蝶派

鸳鸯蝴蝶派的开山作品是1900年陈蝶仙的言情小说《泪珠缘》，因此鸳鸯蝴蝶派应该是指言情小说派，这也就是后来的所谓“狭义的鸳鸯蝴蝶派”，但被新文学家扩大为“广义的鸳鸯蝴蝶派”，实际上也就是民国通俗小说派。

鸳鸯蝴蝶派与同时期的“南社”不同，既没有组织，也没有纲领，而是一个在思想倾向和艺术风格上大体相同或相近的小说流派，连“鸳鸯蝴蝶派”这一招牌也是别人强加给它的。然而客观地说，鸳鸯蝴蝶派确实是一个产生过巨大影响的小说流派。在“五四”以前的近二十年间，它几乎独占了中国文坛；在“五四”以后的三十年间，虽然产生了新文学，但新文学只是表面上风光，而鸳鸯蝴蝶派却一派兴旺发达景象。我对“广义的鸳鸯蝴蝶派”做过不完全的统计：该派作家达数百人，较著名者有一百余人，所办刊物、小报和大报副刊仅在上海就有三百四十种，所著中长篇小说两千多种，至于短篇小说、笔记等更难以计数。在此前的中国文学史上，还没有哪个文学流派有过如此宏大的规模，产生过如此巨大的影响。

鸳鸯蝴蝶派由于规模宏大，又处在历史的一个巨变时期，其成员的确鱼龙混杂，其作品也良莠不齐，但总体来说，它形象地记录了中国二十世纪前五十年的历史，为中国读者提供了丰富的精神食粮，对中国小说的传承起过积极作用，因此应该给予充分的肯定。

鸳鸯蝴蝶派小说已经不是中国传统通俗小说的复制，而是一种改良的通俗小说。在形式方面，它既采用章回体，也采用非章回体，甚至采用了西洋小说的日记体、书信体等，至于侦探小说则更是完全模仿自西洋小说。在艺术手法方面，受西洋小说的影响非常明显，如增加了人物形象和景物描写，结构与叙事方式也趋于多样化，单线和复线结构并用，第三人称和第一人称叙述法兼施，还采用了倒叙法和补叙法。在内容方面，鸳鸯蝴蝶派小说已经扩大了描写范围，反映了当时社会生活的各个方面，甚至已经紧跟时事，及时反映当前的社会现实，被称为“时事小说”。如李涵秋的《广陵潮》描写辛亥革命，而他的《战地莺花录》则描写五四运动，这种及时反映当时发生的重大政治事件的小说，与多写历史故事的古代小说完全不同，显然是一大进步。鸳鸯蝴蝶派的言情小说，也不同于古代的才子佳人小说，而是一种新才子佳人小说。古代的才子佳人小说因面对森严的封建礼教，只能写才子与佳人偶尔一见钟情，以眉目传情或诗书传情的方式进行交流，最后皆是有情人终成眷属的大团圆结局。而这种大团圆结局完全是人为的：或出于巧合，或由于才子金榜题名，皇帝御赐完婚，这就完全回避了封建包办婚姻的问题。而民国年间的封建礼教已经在一定程度上松绑，尤其像上海、北京等大城市得风气之先，恋爱自由和婚姻自主思想已经渐入人心。因此有些鸳鸯蝴蝶派的言情小说也突破了古代才子佳人小说的窠臼，才子佳人已经敢于“相悦相恋，分拆不开，柳阴花下，像一对蝴蝶、一双鸳鸯一样”。其结局也不再全是有情人终成眷属的大团圆，而是“有时因为严亲，或者因为薄命，也竟至于偶见悲剧的结局……这实在不能不说是一个大进步”（鲁迅《上海文艺之一瞥》，连载于1931年7月27日、8月3日《文艺新闻》第20、21期）。言情小说由大团圆结局到悲剧结局的确是一个大进步，因为前者是回避封建包办婚姻礼制，而后者是控诉封建包办婚姻礼制。而这一进步的开创者是曹雪芹和高鹗，他们在《红楼梦》里所写的婚姻差不多都是悲剧。因此胡适称赞《红楼梦》不仅把一个个人物“都写作悲剧的下场”，而且最后“作一个大悲剧的结束，打破了中国小说的团圆迷信”（《〈红楼梦〉考证》，见1923年亚东图书馆版《胡适文存》）。可见鸳鸯蝴蝶派的言情小说在一定程度上继承了《红楼梦》开创的爱情婚姻悲剧模式，因而具有相当的反封建意义。我们可以徐枕亚的《玉梨魂》为例加以说明，因为该小说被新文学家指为鸳鸯蝴蝶派的代表性作品。

《玉梨魂》的故事很简单——清末宣统年间，小学教员何梦霞与年轻寡妇白梨影相爱，但两人均认为他们的这种行为是不道德的。为了得到感情的解脱，白梨影想出个“移花接木”的办法，即撮合何梦霞与自己的小姑崔筠倩订了婚。然而何梦霞既不能移情于崔筠倩，白梨影也无法忘情于何梦霞，结果造成了一连串的悲剧——白梨影在爱情与道德的激烈冲突下郁郁而死；崔筠倩因得不到何梦霞之爱而离开了人世；白梨影的公公因感伤女儿、儿媳之死而一病身亡；白梨影的十岁儿子鹏郎成了孤儿。何梦霞为排遣苦闷，先赴日本留学，继又回国参加了辛亥武昌起义（即辛亥革命），壮烈牺牲。

《玉梨魂》不仅描写了一个爱情婚姻悲剧，而且不同于一般的爱情婚姻悲剧。一般的爱情婚姻悲剧都是由封建势力造成的，即由包办婚姻造成的；而《玉梨魂》所写的爱情婚姻悲剧，其原因却是何梦霞和白梨影自身的封建道德。他们既渴望获得恋爱自由和婚姻自主的权利，又不能摆脱封建道德和封建礼教的束缚，两者激烈冲突，造成三死一孤的惨剧。从而揭露了封建道德和封建礼教的影响力是多么巨大，它已深入人们的骨髓，使其不能自拔。因此，它的反封建意义比一般的爱情婚姻悲剧更为深刻。

其实，新文学阵营也不是铁板一块，虽然大多数新文学家对鸳鸯蝴蝶派全盘否定，但也有少数新文学家态度比较客观，他们对鸳鸯蝴蝶派也给予一定的肯定。鲁迅是其中最突出的一位，他不仅认为某些鸳鸯蝴蝶派的悲剧言情小说是“一大进步”，而且不同意某些新文学家对鸳鸯蝴蝶派消极影响的夸大其词。他说：

至于说他流毒中国的青年，那似乎是过虑。倘有人能为这类小说所害，则即使没有这类东西也还是废物，无从挽救的。与社会，尤其不相干，气类相同的鼓词和唱本，国内非常多，品格也相像，所以这些作品也再不能“火上添油”，使中国人堕落得更厉害了。

——《关于〈小说世界〉》，载《晨报副刊》
1923年1月15日

这种客观的观点与前述周作人无限夸大鸳鸯蝴蝶派作品能使国民生活陷入“完全动物的状态”乃至“非动物的状态”的观点形成了鲜明对比。当抗日战争爆发后，鲁迅更提倡文学界的抗日统一战线，主张团结鸳鸯蝴蝶派一起抗日。他说：

我以为文艺家在抗日问题上的联合是无条件的，只要他不是汉奸，愿意或赞成抗日，则不论叫哥哥妹妹，之乎者也，或鸳鸯蝴蝶都无妨。但在文学问题上我们仍可以互相批判。

——《答徐懋庸并关于抗日统一战线问题》，
载《作家》月刊第1卷第5期

鲁迅不仅提倡团结鸳鸯蝴蝶派一起抗日，而且主张新文学派与鸳鸯蝴蝶派在文学问题上“互相批判”，这种平等对待鸳鸯蝴蝶派的度量，也与那些视鸳鸯蝴蝶派如寇仇，必欲置诸死地而后快的新文学家形成了鲜明对比。

对鸳鸯蝴蝶派给予肯定的不只鲁迅，还有朱自清和茅盾。朱自清认为供人娱乐是中国传统小说的特点，因此不赞成将“消遣”作为罪状来批判鸳鸯蝴蝶派小说。他说：

> 在中国文学的传统里，小说……更是小道中的小道，就因为是消遣的，不严肃。不严肃也就是不正经，小说通常称为“闲书”，不是正经书。……鸳鸯蝴蝶派的小说意在供人们茶余酒后的消遣，倒是中国小说的正宗。
>
> ——《论严肃》，载《中国作家》创刊号

茅盾也承认鸳鸯蝴蝶派小说也“写家庭冲突，甚至写劳动人民的悲惨生活”。他还从艺术性方面对鸳鸯蝴蝶派小说给予一定肯定。他认为鸳鸯蝴蝶派的有些长篇小说“采用西洋小说的布局法”，如倒叙法、补叙法，以及人物出场免去套语、故事叙述“戛然收住”等等，这一切是对“旧章回体小说布局法的革命”。还认为鸳鸯蝴蝶派的有些短篇小说学习了西洋短篇小说“截取一段人生来描写，而人生的全体因之以见”的方法：“叙述一段人事，可以无头无尾；出场一个人物，可以不细叙家世；书中人物可以只有一人；书中情节可以简至只是一段回忆。……能够学到这一层的，比起一头死钻在旧章回体小说的圈子里的人，自然要高出几倍。”（《自然主义与中国现代小说》，载 1922 年 7 月 10 日《小说月报》第 13 卷第 7 号）

鲁迅、朱自清、茅盾毕竟属于新文学派，因此他们对鸳鸯蝴蝶派的肯定是有限的。我们应该摆脱成见与束缚，从中国文学史的角度，对鸳鸯蝴蝶派做出客观公正的评价。

三、如何看待冯玉奇的小说

我们澄清了以上有关鸳鸯蝴蝶派的三个问题，等于为介绍冯玉

奇的小说提供了一个坐标，也等于为读者提供了一把参照标尺。读者用这把标尺，就可自行评判冯玉奇的小说了。

冯玉奇于1918年左右生于浙江慈溪，笔名左明生、海上先觉楼、先觉楼，曾署名慈水冯玉奇、四明冯玉奇、海上冯玉奇。据说他毕业于浙江大学（一说复旦大学）。1937年九一八事变后寄居上海，感山河破碎，国事蜩螗，开始写作小说以抒怀。其处女作为《解语花》，由上海春明书店出版。出版后旋即由东方书场改编为同名话剧，演出后轰动一时。那时他才十九岁。由此一发而不可收，至1949年7月《花落谁家》出版，在短短十来年时间里，他创作的小说竟达一百九十多种，平均每年近二十种，总篇幅应该不少于三千万字，只能用"神速"来形容。这时他只有三十一岁。近现代文学史料专家魏绍昌先生（已去世）所编《鸳鸯蝴蝶派研究资料（史料部分）》（上海文艺出版社1962年10月出版）开列的《冯玉奇作品》目录只有一百七十二种，也有遗珠之憾。不过我们从这一目录中仍可确定冯玉奇是一位以写言情小说为主的通俗小说作家，因为在一百七十二种小说中，言情小说占有一百二十二种，其他小说只有五十种：社会小说三十四种、武侠小说十四种、侦探小说两种。

冯玉奇不仅是一位写作神速且极为多产的通俗小说作家，还是一位热心的剧作家和剧务工作者。早在他二十六岁（1944年）时，就担任了越剧名伶袁雪芬的雪声剧团的剧务，并为之创作了《雁南归》《红粉金戈》《太平天国》《有情人》《孝女复仇》五大剧本，演出效果全都甚佳。在他二十七到二十八岁（1945～1946）时，又与他人合作，前后为全香剧团和天红剧团编导了《小妹妹》《遗产恨》《飘零泪》《义薄云天》《流亡曲》等二十多个剧本，演出效果同样甚佳。可见冯玉奇至少写过十几个剧本。

冯玉奇一生所写的小说和剧本总计不下两百五十种，总篇幅可能达到四千万字以上，是名副其实的"著作等身"，是当之无愧的中国最多产的作家，号称多产的同派小说家张恨水也难望其项背。当时的文学作品已是一种特殊商品，冯玉奇的小说如此畅销，其剧本演出又如此轰动，这足可以证明其受人欢迎，这就是读者和观众对冯玉奇的评价，它比专家的评价更为准确，也更为重要。遗憾的是，我们无法看到他的剧作和三十岁以后的作品，也不知其晚景如何，卒于何年。

从冯玉奇的生活年代和创作时段来看，他显然是鸳鸯蝴蝶派的后起之秀，所以尽管他作品如此之多，影响如此之大，而同派的老前辈却很少提到他，这也是“文人相轻”的表现之一。

按说要介绍冯玉奇的小说，应该将其全部小说阅读一遍，但我没有这么多时间，也没有这么大精力，因而只向中国文史出版社借阅了《舞宫春艳》《小红楼》《百合花开》三种，全都是言情小说。因此我只能以这三种言情小说为例加以介绍，这可能会犯以偏概全的错误，因此只能供读者参考。

《舞宫春艳》写了两个纠缠在一起的爱情婚姻悲剧故事：苏州富家子秦可玉自幼与邻居豆腐坊之女李慧娟相恋，由于门第悬殊，秦可玉被其父禁锢，二人难圆成婚之梦。不幸李慧娟生下了一个私生女鹃儿，只好遗弃，自己则郁郁而死。鹃儿被无赖李三子收养，长大后卖到上海做伴舞女郎，改名卷耳。中学生唐小棣先是爱上了姑夫秦可玉家的婢女叶小红，不料叶小红失踪，于是移情于卷耳，但无钱为卷耳赎身，两人感到婚姻无望，于是双双吞鸦片自尽。

《小红楼》的故事紧接《舞宫春艳》：曾经被唐小棣爱过的叶小红的失踪，原来也是被无赖李三子拐卖为伴舞女郎，小棣、卷耳自杀后，小红才被救了回来，并被秦可玉认为义女。经苏雨田介绍，与辛石秋相识相恋而订婚。同时石秋的姨表妹巢爱吾也爱石秋，但石秋既与小红订婚在先，便毅然与小红结婚。爱吾为了摆脱难堪的地位，离家出走，下落不明。石秋奉父命赴北平探望二哥雁秋，在火车站被人诬陷私带军火，被军人押到司令部。可巧爱吾此时已成为张司令的干女儿兼秘书，便设法救了石秋一命。但张司令强迫石秋与爱吾结婚，二人既不敢违命，又固守道德，便以假夫妻应付。后来石秋回到家里，终于与小红团聚。

《百合花开》写了两个紧密相关的爱情婚姻故事：二十岁的寡妇花如兰同时被四十二岁的教育家盖季常和十八岁的革命青年盖雨龙叔侄俩所爱，而盖季常的十六岁侄女盖云仙又同时被三十六岁的银行家杨如仁和十九岁的革命青年杨梦花父子俩所爱。经过许多曲折后，终于两位长辈让步，盖雨龙与花如兰、杨梦花与盖云仙同场结婚。

由以上简单介绍可知，冯玉奇的这三种小说共写了五个爱情婚姻故事，其中两个是悲剧结局，三个是有情人终成眷属。这正如鲁迅所说："有时因为严亲，或者因为薄命，也竟至于偶见悲剧的结局……这实在不能不说是一个大进步。"其次，这三种小说的五个爱情婚姻故事，倒有四个是三角爱情婚姻故事，但它们的情况并不雷同。唐小棣、叶小红、卷耳的三角恋是一男爱二女，辛石秋、叶小红、巢爱吾的三角恋是两女爱一男，而盖季常、盖雨龙、花如兰和杨如仁、杨梦花、盖云仙的三角恋更为异想天开，竟然都是两辈嫡亲男人（叔侄、父子）同爱一个女子。可见冯玉奇极有编故事的才能，从而使作品更具吸引力和娱乐性。又次，这三种言情小说的描写极为干净，没有任何色情描写。除了秦可玉与李慧娟有私生女外，其他人都非礼勿言，非礼勿行。如辛石秋与叶小红因婚礼当天石秋之母去世，为了守孝，新婚夫妻在百日之内没有圆房。而辛石秋与姨表妹巢爱吾为了对得起叶小红，虽被张司令强迫成亲，却只做了几天假夫妻。

从表现形式和艺术手法来看，我觉得冯玉奇的小说与当时新文学的新小说都受了西洋小说的影响，基本相同。譬如：两者都突破了传统小说书名的套路，不拘一格，尤其采用了一字书名和二字书名，如冯玉奇有《罪》《孽》《恨》《血》和《歧途》《逃婚》《情奔》等；而巴金有《家》《春》《秋》，茅盾有《幻灭》《动摇》《追求》。两者的对话方式也突破了传统小说的套路，灵活自如：对话既可置于说话者之后，也可置于说话者之前，还可将说话者夹在两句或两段话之间。至于小说的结构法、叙述法与描写法，更是差不多的。譬如人物描写不再是“沉鱼落雁”“闭月羞花”“倾国倾城”之类的千人一面，景物描写也不再是“落红满地”“绿柳成荫”“玉兔东升”之类的千篇一律，而加以具体描绘。这里随便举一个例子：

> 小红坐在窗旁，手托香腮，望着窗外院子里放有一缸残荷，风吹枯叶，瑟瑟作响。墙角旁几株梧桐，巍然而立。下面花坞上满种着秋海棠，正在发花，绿叶红筋，临风生姿，可惜艳而无香，但点缀秋色，也颇令人爱而忘倦。

这是《小红楼》对莲花庵一角的景物描绘，虽然算不上十分精彩，但作者通过小红的眼睛描绘了院中的三样东西——风吹作响的“枯荷”、巍然挺立的“梧桐”、正在开花的“海棠”，从而衬托出莲花庵幽静的环境，曲折地表明了时在秋季。频繁使用巧合手法是冯玉奇小说的显著特点，可以说把所谓“无巧不成书”用到了极致。巧合手法有助于编织故事，缩短篇幅，增加作品的吸引力等，但使用过多则时有破绽，有损于作品的真实性。冯玉奇的某些小说也采用了章回体，但只是标题用“第×回”和对偶句，“却说”“且听下回分解”之类的套语已不再经常出现，因此并非章回体的完全照搬。况且章回体并非劣等小说的标志，它在我国小说史上发挥过巨大作用，产生过杰出的四大古典小说。因此用章回体来贬低冯玉奇的小说，也是毫无道理的。

冯玉奇的小说也有明显的缺点。它们与其他鸳鸯蝴蝶派小说一样，主要注重小说的娱乐性，而忽视小说的社会性和艺术性，因此没有产生杰出的作品。他是南方人而小说采用北方话，加之写作速度太快，无暇深思熟虑，导致语言不够流畅，用词不够准确，还有许多错别字和语病。还有使用“巧合”法太多，有时破绽明显，这里不再举例。

总而言之，冯玉奇既不是“黄色”和“反动”小说家，也不是杰出小说家，而是一位勤奋多产、有益无害的通俗小说家，他应在中国小说史尤其是中国现代小说中占有一席之地。

2017 年 6 月 4 日于北京蜗居

图书在版编目(CIP)数据

流水浮云·雪地沉冤/冯玉奇著. —北京:中国文史出版社,2018.3

(民国通俗小说典藏文库·冯玉奇卷)

ISBN 978-7-5205-0006-7

Ⅰ.①流… Ⅱ.①冯… Ⅲ.①长篇小说-小说集-中国-现代 Ⅳ.①I246.5

中国版本图书馆 CIP 数据核字(2018)第 008298 号

点　　校:清寒树　旷　野

责任编辑:牟国煜

出版发行:**中国文史出版社**

网　　址:http://www.chinawenshi.net

社　　址:北京市西城区太平桥大街 23 号　邮编:100811

电　　话:010-66173572　66168268　66192736(发行部)

传　　真:010-66192703

印　　装:廊坊市海涛印刷有限公司

经　　销:全国新华书店

开　　本:720×1020　1/16

印　　张:16.25　　字数:211 千字

版　　次:2018 年 3 月第 1 版

印　　次:2018 年 3 月第 1 次印刷

定　　价:49.80 元